편협의 완성

이갑수 소설집
편협의 완성

초판 1쇄 발행 2018년 4월 13일
초판 3쇄 발행 2019년 1월 10일

지은이 이갑수
펴낸이 이광호
펴낸곳 ㈜문학과지성사
등록번호 제1993-000098호
주소 04034 서울 마포구 잔다리로7길 18 (서교동 377-20)
전화 02)338-7224
팩스 02)323-4180 (편집) 02)338-7221 (영업)
전자우편 moonji@moonji.com
홈페이지 www.moonji.com

ⓒ 이갑수, 2018. Printed in Seoul, Korea

ISBN 978-89-320-3093-7 03810

※ 이 책은 2017년 대산문화재단 대산창작기금을 받아 출판되었습니다.

이 도서의 국립중앙도서관 출판예정도서목록(CIP)은 서지정보유통지원시스템 홈페이지
(http://seoji.nl.go.kr)와 국가자료공동목록시스템(http://www.nl.go.kr/kolisnet)에서
이용하실 수 있습니다. (CIP제어번호: CIP2018010725)

편협의 완경

이
갑
수 소
   설
   집

문학과지성사

차례

편협의 완성

1886년 존 S. 펨버턴이 코카콜라를 발명했다.

— 내가 2만 5천 달러가 있다면 2만 4천 달러는 광고비로 쓰고 나머지는 코카콜라를 생산하는 데 쓸 거야. 그러면 우리는 모두 부자가 되겠지.

펨버턴은 상표등록을 마치고 그렇게 말했다. 당시의 광고 문구는 '갈증에는 계절이 없다'였다.

현재 코카콜라는 전 세계에서 1초에 7천 병씩 판매된다. 열을 세는 동안 7만 명이 코카콜라를 마시는 것이다. 이 검은 물은 탄산, 비탄산을 포함한 음료 시장에서 부동의 1위다. 그리고 음료를 떠나 단일 품목으로 세계에서 가장 많이 팔린 제품이다. UN 가입국보다 코카콜라가 진출한 나라가 더 많고, 전 세계에서 두 번째로 많이 알려진 영어 단어가 바로 코카콜라다. (첫번째는

OK다.) 미국의 대통령은 언제나 코카콜라가 후원하는 후보가 당선됐다. 그 힘으로 2차 세계대전 때는 코카콜라를 미군의 공식 군수품으로 지정했다. 전쟁을 통해 전 세계에 코카콜라를 광고한 것이다. 그러나 독일 점령지에서는 코카콜라를 판매할 수 없었다. 그래서 만든 것이 환타다. 전쟁 기간 동안 코카콜라는 환타를 독일 제품인 것처럼 속여서 판매했다. 2차 대전에서 누가 이기든 코카콜라는 돈을 벌 수 있었다. 코카콜라는 지금까지 120년 넘게 코카콜라만으로 수익을 내고 있다. 앞으로 몇백 년이 지나도 코카콜라는 팔릴 것이다. 코카콜라는 석유보다도 더 가치 있는 액체다. 매카시의 『로드』에서 아버지와 아들이 코카콜라를 나눠 마시는 장면은 인류가 지구 종말의 순간까지 코카콜라를 마실 거라는 사실을 잘 보여준다.

나는 코카콜라에 관련된 책을 많이 읽었다. 책의 내용을 종합해보면 달 진출이 아주 오래전부터 계획돼왔다는 것을 알 수 있다. 1962년 9월 12일 존 F. 케네디가 달에 발을 딛겠다는 미국의 야심을 공표했을 때, 코카콜라는 달에서 코카콜라를 독점 판매할 수 있는 사업권을 달라고 백악관에 편지를 보냈다. 우주 개발에 드는 막대한 예산을 충당하려면 케네디는 코카콜라의 요구를 수용할 수밖에 없었다. 그때부터 코카콜라의 달 진출 계획이 시작된 것이다. 탐사 결과 달에 사람이 살 수 없다는 것을 안 이후로 코카콜라는 달에서 코카콜라를 판매하는 것이 아니라, 코카콜라의 판매에 달을 이용하는 것으로 계획을 전면 수정했다.

그 부분을 읽을 때 나는 리프킨의 말이 떠올랐다.

— 우리는 카펫을 소유하고 싶은 것이 아니라 카펫 위를 걷고 싶은 것이다.

코카콜라는 달에 거대한 코카콜라 병을 세우기로 했다. 아무것도 없는 달에 미국이 수없이 많은 우주왕복선을 보낸 이유가 바로 그것이다. 지난 세기 동안 달의 이면에 대한 무수한 추측을 만들어낸 것도 바로 코카콜라다. 코카콜라는 달의 뒷면에서 코카콜라 병 모양의 광고판을 만들고 있었던 것이다. 그리고 작년에 광고판을 달의 앞면에 세우겠다는 계획이 발표됐다. EU와 러시아, 중국이 반대했고, 시민단체들의 시위도 많았다. 그러나 누구도 초국가적 기업인 코카콜라를 막을 수는 없었다.

나는 무엇이든 책으로 배웠다. 어릴 때부터 뭔가 알고 싶은 것이 있으면 책을 읽었다. 할머니와 둘이 살았기 때문이었다. 할머니는 자기 일에 바빠서 집에 잘 들어오지 않았다. 언제나 콩나물국을 한 냄비 끓여놓고 코카콜라 병에 보리차를 담아놨다. 나는 국에 밥을 말아 먹은 다음 코카콜라 병에 담겨 있는 보리차를 마셨다. 아버지의 죽기 전 직업이 서적 외판원이었던 덕분에 집에는 책이 아주 많았다.

나는 갖고 싶은 것들도 책으로 대신했다. 강아지를 키우는 대신 동물연감을 읽었고, 태권도를 배우는 대신 무협지를 봤다. 그러다 보니 나는 늘 혼자였다. 중학교 졸업식 날 나는 내가 외롭다는 것을 알았다. 책과 함께 사진을 찍을 수는 없었다. 졸업식이 끝나자마자 책을 찾았다. 『새 학기 친구 만들기』라는 책이었다.

1. 상대방의 눈을 본다.
2. 상대의 이야기를 들으며 미소 짓는다.

그러나 결과는 별로 안 좋았다.

— 어제 아버지가 탄 배가 침몰했어. 시신을 찾을 수 없대.

개학 첫날, 내 짝은 그렇게 말했다. 나는 상대방의 눈을 봤다. 그리고 이야기를 들으며 미소 지었다. 책이 언제나 맞는 것은 아니다. 나중에 홉스를 읽고 인간관계는 만인의 만인에 대한 투쟁이라는 것을 깨달았다.

어린 시절 읽은 책 중에 가장 기억에 남는 것은 『무인도에서 살아남기』였다. 책과 파도 소리뿐인 집은 정말 무인도 같았다. 나는 대나무 가지에 손수건을 매달아 깃발을 만들어 집 앞에 꽂았다. 그리고 커다란 돌멩이들을 주워서 마당에 SOS라는 글자를 만들었다. 그러나 대학생이 되어 섬을 떠날 때까지 나를 구조해주러 오는 사람은 아무도 없었다.

고교 시절 내 별명은 미완성 백과사전이었다. 읽은 분야에 대해서는 자세히 알고 있지만 읽지 않은 분야는 전혀 모르기 때문에 붙여진 것이었다. 세상에는 평생 읽어도 다 읽지 못할 만큼 많은 책이 있었다. 인류는 점토판에서 파피루스로, 파피루스에서 죽간으로, 그렇게 계속 발전을 거듭해 현재의 사각형 모서리의 한쪽을 묶은 코덱스 형태의 종이책을 만들었다. 그것은 지난 수 세기 동안 거의 바뀌지 않았다. 인류가 아직 책보다 효과적인 방법을 찾지 못했다는 증거다. 실제로 나는 학원에 다니거나 과외를 받은 적이 없지만 교과서와 문제집을 읽는 것만으로 언제나 상위권의 성적을 유지했다. 책으로 체스를 배워서 고교생 체스 대회에서 우승한 적도 있었다. 대학에 와서도 내 생각은 변하지 않았다. 강의보다는 책을 통해 더 많은 것을 배웠다. 칸트의 사상을 알고 싶으면 서양 근대철학사 수업을 듣는 것보다 칸트의 저작을 읽는 것이 더 확실한 방법이다. 물론 칸트의 사상 같은 것은 모르고 사는 게 더 좋다. 알면 피곤하다.

검도인 안인력을 알게 된 것은 스물다섯이 끝나가던 겨울이었다. 그 무렵 나는 대학 생활의 최대 위기를 겪고 있었다. 나는 워런 버핏의 자서전을 읽고 주식에 투자했다가, 할머니가 보내 준 등록금과 그동안 아르바이트를 해서 번 돈을 모두 날렸다. 게다가 자취방에서 쫓겨나기까지 했다. 코카콜라의 달 진출을 반대하는 시위에 참가한 게 화근이었다.

사실 나는 시위대에게 코카콜라를 공짜로 나눠 준다는 소문을 듣고 간 것이었는데, 내가 다니는 대학 이름을 들은 아저씨들이 나를 대열의 선두에 세웠다. 과거에 선배들이 한강 다리를 세 개나 막았다는 명성 때문이었다. 21세기 글로벌 리더십을 갖춘 인재 양성을 부르짖는 우리 학교 총장은, 학생들이 밖에서 도로 교통 방해에 뛰어난 인재로 인식되는 걸 알고 있는지 모르겠다. 월세가 몇 달 밀려도 별말 하지 않던 주인아주머니는 뉴스 화면에서 나를 보고는, 다음 날 바로 보증금을 돌려줬다.

— 우리 아들이 다니는 회사 앞에서 데모하는 학생을 데리고 있을 수야 없지.

주인아주머니는 그렇게 말했다. 언젠가 아들이 아주 큰 회사에 취직했다고 떡을 돌렸던 것이 기억났다. 다시는 시위에 참가하지 않겠다고 말했는데도 막무가내였다.

짐은 별로 없었다. 한쪽 바퀴가 고장 난 가방을 끌고 친구들 집을 전전했다. 걸을 때마다 가방에서 삐걱거리는 소리가 났다.

나는 매일 집을 보러 다녔다. 보증금 3백만에 월세 30만 원. 비만 새지 않는다면 다른 조건은 아무래도 좋았다. 서울에서 이 가격에 방을 구하는 것은 불가능한 일이다. 할머니께 손을 벌리고 싶지는 않았다. 할머니의 사정도 뻔했다. 그렇게 한 달 정도 돌아다니자 보증금은 250만이 됐다. 슬슬 친구들한테도 삐걱거리는 소리가 났다.

그날은 마땅히 갈 곳이 없었다. 찜질방을 찾아볼 생각으로 동네를 한 바퀴 걸었다. 찜질방은 보이지 않았다. 주택만 밀집해 있는 동네였다. 길이 아닌 곳은 전부 건물이었다. 새삼 서울의 속성을 하나 깨달은 기분이었다.

전 재산이 250만 원이 된 기념으로, 250밀리리터짜리 코카콜라를 하나 샀다. 놀이터가 보여서 그네에 앉아 캔을 땄다. 식도를 자극하는 탄산과 달콤한 뒷맛, 그리고 후련해지는 트림이 뒤따랐다. 마지막 한 방울까지 털어내려 고개를 한껏 젖히다 달이 눈에 띄었다. 보름달이었다.

그때, 어딘가에서 '슈익, 슈익' 하는 소리가 들렸다. 뭔가가 공기를 가르는 파열음 같았다. 소리는 아주 규칙적이었다. 방향을 가늠할 수가 없어서 눈을 감고 집중했다. 소리는 달의 반대편, 그러니까 내 머리 뒤의 건물에서 들려오고 있었다. 고개를 돌려 사위를 톺아보니 옥상에 한 남자가 긴 막대기 같은 것을 들고 서 있었다. 막대기가 움직일 때마다 소리가 났다. 남자는 달을 보면서 막대기를 움직였다. 달밤의 체조라는 말은 저런 남자를 최초로 발견한 사람이 만든 표현일지도 모른다.

— 나 보지 말고 달 봐. 조금 있으면 시작할 테니까.

남자가 시선을 달에 고정한 채로 말했다. 뭐가 시작한다는 것인지는 알 수 없었지만 어차피 남자에게 더 이상 관심도 없었기 때문에 다시 고개를 돌렸다. 그 순간 달이 깜박였다. 상현, 반달, 그믐의 변화가 순식간에 일어났다. 달빛이 사위어가면서 주위의 별들이 한층 밝게 빛났다. 달이 완전히 사라졌을 때, 나는 주변을 일별했다. 어떤 변화도 없었다. 본래 모습으로 돌아간 달도 아무 일 없었다는 듯 시치미를 떼고 있었다. 나는 눈을 비비고 다시 달을 쳐다봤다. 달이 깜박일 수도 있다는 생각은 한 번도 해보지 않았다. 순간적인 착각이거나 환시일 거라고 생각했다.

— 다른 사람이랑 같이 본 건 처음이야.

옥상에 서 있던 남자가 내려와서 말했다. 그는 키가 190센티미터 정도 됐고 긴 머리를 뒤로 묶고 있었다. 개인적으로 머리 기르는 남자를 재수 없다고 생각하는데, 그는 정말 잘 어울렸다. 그가 휘두르던 막대기는 검도 할 때 사용하는 죽도였다.

— 안인력이야.

— 김희재요.

우리는 어색한 악수와 함께 통성명을 했다. 그는 아주 신이 난 것 같았다. 나도 달이 깜박이는 것을 본 직후라 약간 흥분해 있었다. 처음 보는 사람이 맥주를 마시러 가자고 했는데도 거절하지 않은 것은 그 때문이었을 것이다.

안인력이 매년 12월 17일 새벽 2시에 달이 깜박인다는 것을 알게 된 것은 15년 전이었다. 그는 산속에서 찌르기 연습을 하다가 그 사실을 알았다. 아래에서 위로 향하는 찌르기였다. 후에 사람들은 그 찌르기를 월공섬이라 불렀다. 그는 그런 이름을 못마땅해했다.

— 하지만, 이름은 원래 다른 사람이 지어주는 거니까.

안인력이 맥주를 한 잔 마시고 말을 이었다. 안인력은 달을 보면서 매일 월공섬을 연습했다. 월공섬은 그 이름처럼 달에 구멍을 내지는 못했다. 대신 달이 깜박였다. 안인력은 피로 때문에 잘못 본 거라고 생각하고 잠시 휴식을 취했다. 그 사이에 달은 원상태로 돌아왔다. 그가 지독할 정도로 한 동작을 반복하는 사람이 아니었다면 달이 깜박인다는 사실을 알지 못했을 것이다. 안인력은 그 후로 7년 동안 같은 자리에서 매일 월공섬을 연습했고 달은 일곱 번 깜박였다. 그래서 매년 한 번씩 달이 깜박인다는 것을 알았다.

안인력이 새벽에 놀이터에서 뭘 하고 있었던 거냐고 물었고, 나는 어차피 다시 만날 사이도 아니라서 솔직하게 대답했다.

— 도장에 딸린 방이 있어.

그가 말했다. 보증금도 월세도 필요 없이 저녁때 도장 청소를 해주면 된다는 조건이었다. 처음 만난 사람의 지나친 호의가 의심스럽기는 했지만 달이 깜박이는 것을 본 날이라서 그렇게 하기로 했다.

6층짜리 건물이었다. 내가 살 방은 도장과 붙어 있었다. 6층 전체가 검도 도장이었고 안인력이 사범이었다. 따로 관장이 있는 것은 아니니까, 도장은 그의 것이었다. 생각보다 좋은 주거 환경이었다. 전에 살던 방보다 넓었고 난방도 확실했다. 뭣보다 마음에 드는 것은 샤워 시설이었다. 샤워할 때마다 새 책을 읽는 것처럼 상쾌했다.

안인력은 새벽 6시에 도장에 와서 밤 10시에 내려갔다. 오후 3시에서 5시까지는 초등학생들을, 7시에서 9시까지는 중고생들을 가르쳤다. 그 외의 시간은 전부 혼자서 연습을 하는 것 같았다. 규칙적으로 계속 '슈익, 슈익' 하는 소리가 들렸다. 안인력이 죽도로 찌르기를 할 때마다 나는 소리였다.

— 왜 한 동작만 반복하는 거예요?

어느 날 나는 그렇게 물었다. 안인력은 호흡을 가다듬고 죽도를 내려놓으면서 나를 쳐다봤다.

— 이게 내 기술이야.

그는 그렇게 대답하고 연습을 계속했다.

내 방 옆에는 사무실이 있었다. 나는 인쇄를 하러 가끔 그 안에 들어갔다. 방 안 가득히 상패와 상장, 기념품 들이 걸려 있었다. 한쪽 벽면은 책장이었다. 꽂혀 있는 책은 전부 검도 교본 같았다. 나는 초보자용부터 한 권씩 읽어나갔다.

왼발은 뒤로 오른발은 앞으로, 주먹 하나가 들어갈 정도의 간격으로 벌린다. 왼발의 뒤꿈치는 살짝 든다. 그러나 몸의 중심은 앞으로도 뒤로도 쏠리지 않게 양발에 가볍게 나눠서 체중을 싣는다. 죽도 끝은 눈높이에 맞춘다. 그 상태에서 오른발을 앞으로 밀면서 천천히 팔을 뻗는다. 안인력이 매일 연습하는 평청안 자세에서의 한 손 찌르기였다. 책에 있는 설명과 안인력의 동작은 약간 다른 것 같았지만 기본 원리는 같았다.

책으로 배운 것들을 직접 확인하기 위해 안인력이 아이들을 가르치는 것을 몇 번 참관했다. 그런데 수업이 조금 이상했다. 아이들은 저마다 각기 다른 한 동작만을 반복했다. 어떤 아이는 안인력처럼 찌르기만 연습했고, 어떤 아이는 상단 자세에서 머리 치기만 반복했다. 손목 치기만 하는 아이도 있었고 방어만 반복하는 아이도 있었다.

— 연습이 너무 편향된 거 아닌가요? 잘은 모르지만, 책에서 읽은 것들과 비교해보면 다들 너무 단점이 많은 거 같아요. 가령 저기 저 애는 손목 치기 말고 다른 동작은 완전 엉망이잖아요.

아이들이 쉬고 있을 때 나는 안인력에게 그렇게 물었다.

— 단점을 보완하는 것보다, 장점을 살리는 게 좋아.

그는 그렇게 말하고 연습을 다시 시작했다. 안인력을 보고 있으면 어쩐지 절판된 책이 생각났다. 그런 느낌을 주는 사람을 나도 한 명 알고 있었다. 할머니였다.

할머니는 침구사다. 법적으로 한의사 제도가 생기기 전에 침구사라는 직업이 있었다. 간단히 말하면 침만 놓는 한의사인 것이다. 해방 이후부터 1962년까지 국가에서 침구사 자격 시험이 있었다. 할머니는 8회 시험의 수석 합격자다. 그러나 5·16 이후 의료법이 개정되면서 침구사 제도는 사라졌다. 한방 의료의 범위에 탕제 위주의 한의 분야와 침구 분야가 포함되어 한의사가 약과 침을 모두 사용하게 된 것이다. 침구사들은 반발했다. 정부에서는 반발을 잠재우기 위해 침구사들이 한의사 자격증을 딸수 있도록 해줬다. 그러나 할머니처럼 끝까지 침만을 고집하는 사람들도 있었다. 할머니는 한의사를 무시했다.

— 경혈도 제대로 모르는 것들이.

침 놓는 것만 배워도 모자라는데 이것저것 같이 배워서 제대로 아는 것이 없다는 게 할머니의 생각이었다. 실제로 내가 찾아본 결과 한의대에서 6년 동안 취득해야 하는 236학점 중 침에 관련된 것은 12학점밖에 없었다.

— 하나를 알더라도 제대로 알아야지.

할머니는 그런 고집 때문에 가난하게 살았다. 이미 딴 자격증이 취소되지는 않았지만 여기저기 생긴 한의원들 때문에 찾아오는 환자가 줄었고, 약을 팔 수 없으니 수입이 적었다. 어쩌면 내가 어릴 때부터 코카콜라를 좋아한 것은 그 검은 액체가 한약과 비슷해 보였기 때문인지도 모른다. 할머니 탓에 나도 아주 힘들게 살았다. 돈이 전부라고 할 수는 없지만 가난은 결코 좋은 것이 아니다. 나는 책 살 돈이 없어서 복사를 할 때마다 부자가 돼야겠다고 생각했다. 읽고 싶은 책을 모두 살 수 있을 만큼 많은 돈을 벌고 싶었다.

그동안 책으로 배운 것을 실전으로 익히기 위해서 안인력을 졸라 검도 연습을 했다. 나는 죽도를 들고 머리, 손목, 허리로 이어지는 베기를 한 후에 하단, 중단, 상단의 기본 자세와 걷는 발, 보내는 발, 여는 발, 잇는 발의 기본 보법을 선보였다.

— 처음 하는 거 맞아?

안인력은 내 실력에 약간 놀란 것 같았다. 그날부터 나는 중고생들과 함께 검도를 배웠다. 수십 권의 책을 읽었기 때문에 자신있었다. 나는 모든 동작과 기술을 다 알고 있었다. 살아 있는 검도의 교과서라고 불러도 될 것 같았다. 그러나 아이들은 나를 무시했다. 나는 아이들에게 대련을 신청했다.

— 다칠 텐데.

매일 손목 치기만 연습하는 아이가 말했다. 나는 속으로 비웃었다. 발놀림이 느리고 머리가 비는 그 아이의 단점을 잘 알고 있었다. 그러나 결과는 무참했다. 열 번의 시합에서 열 번 다 졌다. 내가 무슨 짓을 해도 그 아이는 정확하게 내 손목을 쳤다. 같은 자리를 계속 맞아서 손목이 발갛게 부었다. 다른 아이들과의 시합도 마찬가지였다. 머리를, 허리를 계속해서 맞았다.

그날부터 나는 아이들을 이기기 위해서 어떤 책을 읽을 때보다 더 열심히 검도 연습에 열중했다. 연습이 끝나면 시원한 코카콜라를 마셨다.

— 무슨 콜라를 그렇게 많이 마셔?

하루는 안인력이 방 한쪽에 놓인 쓰레기통을 가리키며 물었다. 나는 코카콜라에 대한 이야기를 했다. 그는 코카콜라의 달 진출에 별로 관심이 없었다.

— 내일이 점등식 D-10이에요. 한강에서 행사한다는데 같이 안 갈래요?

내가 말했다. 안인력이 고개를 끄덕였다.

그날 코카콜라는 전 세계 곳곳의 강에서 불꽃축제를 벌였다. 템스강, 황허강, 한강, 갠지스강, 미시시피강, 코카콜라의 메인 모델이 사는 북극의 하인즈 계곡(12억 년 전에 강이 있었을 거라고 추측되는 곳)…… 한강시민공원에는 10만이 넘는 인파가 몰려나왔다. 곳곳에 설치된 무대에서 아이돌 가수들이 코카콜라 로고송을 불렀다. 대부분의 사람들이 입구에서 나눠 준 붉은색 티셔츠를 입고 있었다. 나는 앞으로 가고 싶었지만 사람이 너무 많았다. 사람들의 흐름에 따라 이리저리 밀려다녔다. 안인력이 내 손을 잡았다. 그리고 검도의 보법을 이용해 사람들 틈을 헤집고 앞으로 갔다. 손바닥의 단단한 굳은살이 느껴졌다.

— 왜 하필 강에서 할까?

안인력이 물었다.

— 일종의 광고 효과 때문이겠죠.

내가 말했다.

— 어째서?

— 밤에 시커먼 강물을 보면 코카콜라 생각이 날 테니까요.

불꽃이 하늘을 덮었다. 내 눈에는 지폐 다발이 타고 있는 것으로 보였다. 한 발에 수천만 원, 비싼 것은 몇억이 넘는 불꽃들이 한순간에 사라지고 있었다. 어째서 사람들은 순간적인 것에 집착하는 걸까? 대한검도협회는 안인력이 너무나 뛰어난 기술을 가진 검도인이기 때문에 그가 협회에 들어오는 것을 거부했다.

축제는 두 시간 정도 이어졌다. 목이 아팠다. 마지막 불꽃은 코카콜라 로고 모양이었다. 전 세계의 강에서 순차적으로 똑같은 모양의 불꽃이 발사됐을 것이다. 누군가 우주에서 지구를 봤다면, 토성의 고리처럼 이어진 코카콜라 로고의 붉은 띠가 보였을지도 모른다. 그렇게 불꽃축제는 끝났다. 나와 안인력은 사람들을 피해 잠시 한강 주변을 산책했다. 지하철도 버스도 만원일게 분명했다. 시음회를 하는 곳이 많아서 코카콜라를 마음껏 먹을 수 있었다.

정확히 열흘 후에, 코카콜라의 점등식이 있었다. 역사적인 순간이었다. 의도야 어떻든 달에 최초로 건물이 세워지는 것이었다. 그 순간 한국이 밤이라는 것은 정말 다행스러운 일이었다. 경도 차이를 생각해서 여섯 번의 점등식을 한다고 했지만, 나는 첫 불빛을 보고 싶었다. 그런 생각을 한 것이 나만은 아니었다. 코카콜라 본사가 있는 애틀랜타에 관광객 수만 명이 몰렸다는 뉴스가 나왔다.

나는 안인력과 옥상에서 그 광경을 지켜봤다. 보름달이었다. 유난히 달빛이 밝게 느껴졌다. 케플러의 이름을 붙인 크레이터의 위쪽에 조금씩 붉은빛이 솟아올랐다. 극적인 효과를 위해 부러 천천히 점등을 하는 것 같았다. 아니 어쩌면 너무나 거대하기 때문에 시간이 걸리는 것인지도 몰랐다. 한 시간에 걸쳐 달 위에 코카콜라 병이 생겼다. 나는 최고의 제품 디자인이라고 평가받는 완벽한 S라인을 보면서 달의 여신 아르테미스를 떠올렸다. 루드라는 유리 공장 직원이 만든 그 디자인은 실제로 여인의 몸을 형상화한 것이다.

— 이제 코카콜라는 전 세계에 매일 광고를 하는 거나 마찬가

지예요.

내가 말했다. 달을 광고판으로 사용하는 것은 지나친 독점이라고 생각했다.

— 원래 매일 하잖아.

안인력이 무감하게 말했다. 안인력의 반응처럼 사람들도 금방 시들해졌다. 연예인을 처음 봤을 때는 신기하지만 자주 보면 아무렇지도 않은 것처럼 자연스럽게 달을 받아들이는 것 같았다. 가끔 나도 처음부터 달에 코카콜라 병이 붙어 있었던 것 같은 착각이 들었다.

그해 봄은 기상이변이 많았다. 미국의 애리조나에는 일주일 동안 허리케인 세 개가 돌아다녔고, 30미터 높이의 해일이 도쿄만을 휩쓸었다. 메뚜기 떼가 뉴질랜드의 초원을 쑥대밭으로 만들었고, 리비아사막에 한 달 동안 비가 내렸다. 그 정도까지는 아니었지만 한국도 예년과는 달랐다. 3월 말에 기온이 30도까지 올라가더니, 4월 초에는 눈이 10센티미터나 내렸다. 덕분에 일찍 꽃망울을 터뜨렸던 개나리와 진달래가 눈에 덮여 있는 모습을 볼 수 있었다.

사람들은 기상이변이 코카콜라의 달 진출 때문이라고 말했다. 기상청 관계자와 천문학자들은 달과 바다, 날씨의 상관관계에 대한 칼럼을 썼다. 반면 어떤 환경단체에서는 달보다도 지구온난화가 더 심각한 문제라고 주장했다. TV에서 기상이변에 관계된 토론회도 열렸다. 코카콜라는 기상이변과 달에 세운 광고판은 전혀 무관하다는 공식 입장을 표명했다.

그즈음 내 실력은 중학생들과 호각을 다툴 정도로 늘어 있었다. 하지만 더 이상 발전이 없었다. 아무리 죽도를 휘둘러도 달처럼 계속 같은 자리를 맴돌고 있는 기분이었다.

— 그렇게 반복만 하면 아무 소용도 없어. 숙달은 되겠지만 그게 다야. 원리를 파악해야지.

안인력이 말했다. 어차피 금방 해결될 문제는 아니었다. 나는 연습 시간을 조금 늘렸다. 안인력도 평소보다 더 연습에 열중했다.

— 대회가 있어.

내가 이유를 묻자 그는 그렇게 대답했다. 더는 말해주지 않아서 도장 아이들에게 물어봤다. 5월에 검도왕전이 있다고 했다. 나는 안인력이 이미 검도왕전에서 세 번이나 우승했다는 것을 알고 있었다. 그동안 검도협회에서 그의 대회 참가를 거부했다는 것도. 그런데 대회에 대해 말하는 아이들의 표정이 어두웠다.

— 찌르기 금지래요.

내가 채근하자 한 아이가 그렇게 말했다.

— 사범님은 찌르기 말고 다른 기술은 없어요.

옆에 있던 아이가 끼어들었다. 나도 안인력이 찌르기 말고 다른 기술을 연습하는 것은 본 적이 없었다. 나는 바로 안인력에게 달려갔다.

— 찌르기 금지라면서요? 나가지 말아요.

내가 말했다. 그건 누가 봐도 그를 노리고 만든 규칙이었다.

— 상관없어.

— 찌르기 금지라잖아요.

— 이길 수 있어.

— 찌르기밖에 못하잖아요.

안인력은 묵묵히 찌르기 연습을 계속했다. 나는 안인력이 지는 걸 보고 싶지 않았다. 그가 살아온 날들이, 그 정신이 꺾이는 것이 싫었다.

의도한 것은 아니었지만 안인력은 나 때문에 대회에 못 나갈 뻔했다. 지나친 연습으로 피로가 쌓여 늦잠을 잔 나는 아르바이트에 늦어 황급히 계단을 뛰어 내려갔다. 문 앞에서 안인력과 마주쳤다. 나는 손을 흔들고 계속 달려 길을 건너려다 인도에 남아 있는 눈을 밟고 미끄러졌다. 다음 순간 하늘이 보였다. 1미터쯤은 솟아올랐을 것이다. 안인력은 찌르기를 할 때처럼 미는 발과 걷는 발을 동시에 사용해 내 쪽으로 몸을 날렸다. 나는 곧바로 일어나 바지에 묻은 눈을 털어냈다. 안인력은 일어나지 못했다.

의사는 한 달 정도 깁스를 해야 한다고 말했다. 한의원에도 가봤지만 결과는 마찬가지였다. 안인력은 나를 배려하느라 아무 말도 하지 않았지만 많이 낙심한 것 같았다. 나는 그가 대회에 나가지 않기를 바랐지만 못 하는 것과 안 하는 것은 다른 것이었다. 할머니라면 고칠 수 있을지도 모른다는 생각이 들었다.

안인력은 묵묵히 나를 따라왔다. 할 수 있는 것을 다 해야 내 마음이 편할 거라고 생각했을 것이다. 기차에서 내리자 바다 냄새가 훅 끼쳐왔다. 5년 만이었지만 달라진 것은 없었다. 언제 가도 변함없는 장소가 있다는 것은 삶에 큰 위안이다. 뭔가 안심이 됐다.

할머니는 통풍에 걸린 노인에게 침을 놓고 있었다.

— 2주 안에 고칠 수 있겠어?

나는 간략하게 사정을 설명했다. 할머니는 안인력의 다리를 손끝으로 만지면서 내 이야기를 들었다.

— 나는 침구사야.

할머니가 말했다. 시술은 생각보다 오래 걸렸다. 할머니는 발목뿐만 아니라 목 뒤와 손바닥에까지 침을 놨다. 할머니가 침을 다 뽑자 발목에서 검은 피가 흘러나왔다. 붓기가 많이 가라앉아 있었다. 안인력은 열흘 만에 완전히 회복됐다.

— 건강한 놈이구나.

할머니가 말했다. 안인력은 치료비를 내려고 했지만 할머니는 받지 않았다.

결국 안인력은 대회에 참가했다. 다리를 다친 탓에 연습을 하지 못한 것이 못내 미안했다. 뭣보다 찌르기 금지라는 규칙이 마음에 걸렸다. 하지만 안인력의 눈은 자신감으로 충만해 있었다.

대회는 장충체육관에서 열렸다. 안인력은 손목 치기로 간단하게 첫 승을 올렸다. 그 후로도 마찬가지였다. 안인력은 단 한 차례의 공격도 허용하지 않고 다양한 기술로 단숨에 상대를 제압했다. 6단이라는 어깨가 넓은 남자는 머리 치기를 맞고 기절해서 두번째 경기를 기권했다. 나보다도 아이들이 더 놀란 것 같았다.

— 어떻게 된 거야?

— 그러게. 사범님은 찌르기밖에 못하는데.

— 실력을 숨기고 있었던 거지.

— 우리 몰래 밤에 연습을 한다거나.

아이들은 경기가 계속될 때마다 그런 대화를 주고받았다.

결승전 상대는 작년 우승자였다. 그는 8단답게 화려한 기술로 안인력을 공격했다. 안인력도 앞의 경기들처럼 단숨에 이기지는 못했다. 하지만 아주 쉽게 공격을 막아냈다. 마치 코카콜라와 펩시의 대결 같았다.

코카콜라의 유일한 라이벌인 펩시는, 1983년 로저 엔리코가 미국 펩시 최고경영자가 되면서 코카콜라에 전쟁을 선포한다. 당시 코카콜라의 회장은 로베르토 고이주에타였다. 엔리코는 출시 백 주년을 눈앞에 둔 코카콜라를 구닥다리 취급하면서 펩시가 유행을 선도하는 제품이라는 이미지를 심어주기 위해 당대의 슈퍼스타인 마이클 잭슨과 마돈나와 거액의 광고 계약을 맺는다. 마돈나와 마이클 잭슨은 펩시로 갈증을 달래며 포즈를 취했다.

반면 코카콜라는 '유일한 스타는 코카콜라 그 자체'라는 한 가지 황금률만을 고집했다. 광고 모델은 북극곰이었다. 대신 코카콜라는 월마트, 타깃, 앨버튼스, 톰섬 등 미국의 대형 할인매장을 공략해 상품 진열 선반의 가장 좋은 자리에 코카콜라를 진열했다. 펩시가 유명 스타들을 모델로 써서 광고를 하면 할수록, 코카콜라의 판매량이 늘어났다.

엔리코는 두번째 승부수로 '펩시 챌린지'라는 블라인드테스트를 시행했다. 사람들에게 눈을 가리고 코카콜라와 펩시를 마시게 한 후에 어느 쪽이 더 맛있는지 묻는 방식이었다. 이는 단시간에 급조한 것이 아니라 과학적인 실험 결과를 토대로 만든 것이었다. 인간은 단맛을 좋아하고, 단맛을 가장 잘 느낀다. 펩시는 코카콜라보다 단맛이 더 강했다. 실제로 눈을 가리고 코카콜라와 펩시를 마실 경우 미국인들은 근소한 차이로 펩시의 부드럽고 달콤한 맛을 더 좋아했다. 엔리코는 코카콜라가 맛에 있어서 펩시보다 못하다는 확신을 가지고 '펩시 챌린지'를 확대 시행하고 TV 광고에도 내보냈다.

고에주에타는 '펩시 챌린지'를 보면서 코웃음을 쳤다.

— 상관없어. 펩시 광고에 나오는 조건처럼 눈을 가리고 콜라를 사는 사람은 없으니까.

고에주에타는 왜 아무런 대응도 하지 않느냐는 임원들의 질문에 그렇게 대답했다. 상표 대 상표로 대결한다면 코카콜라가 절대적으로 우세했다. 그리고 '펩시 챌린지'에는 또 다른 심각한 문제점이 있었다. 광고가 거듭될수록 소비자들의 뇌리에 펩시는 영원히 도전자의 이미지로 남게 된다는 것이었다.

안인력은 머리를 향해 날아오는 상대의 죽도를 자신의 죽도로 튕겨낸 후에 상대의 머리를 가격했다. 일도류에서 가장 어렵다는 '머리 받아 머리'라는 기술이었다.

안인력이 찌르기 외의 다른 기술을 연습하지 않았다는 것은 분명했다. 몇 년 전에 선배에게 들었던 이야기가 생각났다. 그는 내 고등학교 동아리 선배였는데, 유도 국가대표로 금메달까지 딴 사람이었다. 언젠가 술을 마시다가 그는 이런 말을 했다.

— 너희도 알다시피 내 주특기는 오른손 어깨메치기잖아. 그런데 결승전 상대가 오른쪽 수비가 너무 좋은 거야.

— 그거야 비디오 보고 형을 분석했겠죠.

— 맞아. 아주 철저하게 분석을 했더라. 그래서 좀처럼 경기가 풀리질 않았어. 내가 유효 하나로 지고 있는데 30초밖에 안 남은 거야. 왼쪽은 계속 비는데, 오른쪽은 도저히 들어갈 틈이 없었어.

— 그러고 보니 그때 왼손어깨메치기로 한판 땄잖아요.

동창 한 명이 새삼 놀랐다는 듯이 말했다.

— 맞아. 막판에 에라 모르겠다는 심정으로 왼손어깨메치기를 했지. 장난 삼아 몇 번 연습해본 적은 있지만 시합에선 처음 시도하는 거였어. 나야 오른손잡이니까. 그런데 신기하게도 너

무 자연스럽게 기술이 걸리는 거야. 오른쪽으로 했을 때랑 아무 차이도 없었어. 그때부터 오른손으로 할 수 있는 기술을 왼손으로도 똑같이 할 수 있게 됐어.

— 그거야 형이 천재니까 그렇죠.

누군가 그렇게 말했고, 우리는 기분 좋게 웃었다. 지금 와서 생각해보면 그건 그 선배가 천재기 때문에 가능한 일은 아니었다. 어릴 때 나도 비슷한 현상을 경험한 적이 있었다. 자전거를 배우다 오른팔에 금이 갔다. 팔에 깁스를 해서 나는 왼손으로 모든 일을 해야 했다. 젓가락질, 글쓰기, 양치질…… 며칠은 어색했지만, 곧 익숙하게 왼손으로 모든 일을 할 수 있었다. 태어나서 한 번도 왼손으로 글씨를 써본 적이 없는데도 글자를 적을 수 있었고, 젓가락으로 라면을 집어 먹을 수 있었다. 원리를 알고 있기 때문에 가능한 일일 것이다. 어쩌면 그날 안인력이 보여준 다양한 기술들은 그런 이해의 극단적인 성과였는지도 모른다. 그는 찌르기 연습을 한 것이 아니라, 검이 움직이는 원리를 파악하고 있었던 것이다.

— 할머니 뭐 좋아하셔?

우승컵을 들고 안인력은 그렇게 물었다.

다음 날, 우리는 과메기를 한 두름 사서 할머니를 찾아갔다. 할머니는 나보다 과메기가 더 반가운 것 같았다.

— 매운탕도 있어야겠다.

할머니가 말했다. 바위 곳곳에 낚시꾼들이 점점이 퍼져 있었다. 우리도 한곳에 자리를 잡고 낚싯대를 던졌다. 안인력은 고기를 아주 잘 잡았다. 금세 양동이가 가득 찼다. 우리가 돌아가려고 짐을 챙기고 있을 때, 옆에 있던 사람들이 웅성거렸다.

멀리 배가 뒤집혀 있었다. 배를 빌려 고기를 낚으러 갔던 사람들인 것 같았다. 기상이변의 여파로 근해의 파도가 갑작스럽게 요동치는 경우가 잦다는 뉴스를 봤던 게 기억났다. 배 옆에는 선주로 보이는 노인이 튜브를 붙잡고 떠 있었다. 그 옆에는 연인으로 보이는 남자와 여자가 허우적대고 있었다. 노인은 움직이지는 못했지만 괜찮아 보였다. 문제는 젊은 연인들이었다. 그들의 머리가 물속으로 잠겼다가 올라오는 주기가 점점 길어졌다. 사람들이 우리 쪽으로 오르르 몰려들었다. 우리가 있는 바위가 배에서 가장 가까웠다.

— 사람이 빠졌어요.

내가 말했다.

— 늙으면 멀리 있는 건 잘 보여.

할머니가 말했다. 다행히 멀지 않은 곳에 구조대원이 있었다. 사람들이 구조대원을 불렀고, 그는 구명조끼를 들고 달려왔다. 몇 분밖에 되지 않는 짧은 시간이었지만, 그 사이에 연인들은 파도에 밀려 더 멀리 떠내려갔다. 이제는 작은 점으로만 보였다. 구조대원은 멋지게 다이빙해서 바다로 들어갔다. 탄산음료의 기포 같은 포말이 일었다. 구조대원은 빠른 속도로 헤엄쳤다. 그러나 중간쯤부터 거의 앞으로 나가지 못했다. 아니, 오히려 파도의 너울에 조금씩 뒤로 밀려났다. 작은 점이 더 작아졌다. 제논의 역설처럼 구조대원은 영원히 점을 따라잡을 수 없을 것 같았다.

— 어떻게 좀 해봐요.

나는 안인력에게 말했다.

— 난 수영 못해.

안인력이 말했다. 그는 별로 걱정하지 않는 것 같았다. 구조대원은 수영으로는 파도를 넘을 수 없다고 판단했는지 잠수해서 앞으로 나아갔다. 점점 속도가 빨라졌다. 어느새 그는 작은 점에 도착했다. 두 사람을 끌고 오는 것이 힘들어 보였다. 구조대원은 바위까지 연인들을 데려온 후에 다시 노인에게로 갔다.

노인은 무사했지만 연인들은 숨을 쉬지 않았다. 구조대원이 인공호흡과 심장마사지를 했지만 소용없었다.

— 비켜봐요. 전 의사예요.

낚시꾼 한 사람이 모자를 벗으면서 말했다. 의사는 연인들의 동공을 확인한 후에, 구조대원이 가져온 구급상자 안에 있는 물건들을 다 꺼냈다. 지혈제, 붕대, 소독약, 파스, 아스피린, 강심제, 주사기가 바닥에 펼쳐졌다. 의사는 강심제를 잡았다가 도로 내려놨다. 뭘 어떻게 해야 하는지 모르는 것 같았다. 그때 할머니가 의사를 밀치고 연인들의 맥을 짚었다.

— 뭐 하시는 거예요? 전 의사예요.

의사가 소리쳤다.

— 나는 침구사야.

할머니는 그렇게 말하고 낚싯대에서 바늘을 분리하더니 구부러진 것을 쭉 폈다. 그리고 바늘로 연인들의 인중과 목을 찔렀다. 꽤 깊이 찌른 것 같았는데 피는 한 방울도 나오지 않았다. 할머니가 바늘을 빼자 연인들이 쿨럭, 하면서 물과 숨을 토해냈다.

— 기계에만 의존하는 것들이 무슨 사람을 살린다고.

할머니는 그렇게 말하면서 끌탕했다. 우리는 집으로 돌아왔다.

오랜만에 먹는 할머니의 매운탕은 맛있었다. 우리는 매운탕을 안주로 소주를 마셨다. 할머니는 취기가 오르는지 일찍 방으로 들어갔다. 나와 안인력은 몇 병 더 마셨다. 나는 약간 취했다. 안인력의 눈도 풀린 것 같았다. 내 눈이 풀려서 그렇게 보이는 것인지도 몰랐다. 안인력은 술을 깨야겠다면서 마당으로 나갔다. 죽도 대신 빗자루를 들고 찌르기 연습을 했다. 그의 찌르기는 슬로모션처럼 보였다. 하지만 실제로는 아주 빨랐다. 너무 빨라서 느리게 보이는 거였다. 내 눈이 움직임을 따라잡지 못하고 잔상만 보기 때문이었다. 바다 위로 보름달이 보였다.

— 누구도 막을 수도 피할 수도 없는 기술을 완성할 거야.

안인력이 말했다. 평생을, 막대기를 휘두르면서 보내는 것은 무의미한 것 같았다. 하지만 어쩐지 멋진 것 같기도 했다. 나는 안인력의 찌르기를 보면서 코카콜라를 마셨다. 예상보다 달에 광고판을 세운 효과는 별로 없었다. 3퍼센트의 매출 신장이 다였다. 그 정도는 계절에 따른 변화로 생각할 수도 있었다. 사람들은 달을 거의 보지 않았다. 당연한 일인지도 모른다. 그러니까 아무도 1년에 한 번씩 달이 깜박인다는 것을 몰랐을 것이다. 사람들은 너무 해야 할 일이 많아서 하늘을 올려다볼 수 없었다. 그리고 지상에 더 화려하고 매혹적인 것들이 많았다. 달에는 하나의 광고판뿐이었지만, 지구에는 천문학적인 숫자의 광고판이 있었다. 물론 코카콜라는 이대로 물러서지 않을 것이다. 달 진출조차 목표로 향하는 하나의 통과점일 뿐이다. '슈익, 슈익' 소리가 규칙적으로 들렸다.

달이, 코카콜라가 빛났다.

아프라테르

이것은 크리링 이야기다. 세탁소를 떠올렸다면 당신은 조금 고지식한 사람이다. 내가 말하려는 크리링은 도리야마 아키라의 『드래곤볼』의 등장인물이다. 만화를 좋아하지 않는 사람이라도 한 번쯤 들어본 적은 있을 것이다. 작년에 『원피스』에 자리를 내주기 전까지 (성경을 제외하고) 세계에서 가장 많이 팔린 책이니까. 총 2억 3천만 부가 팔렸고, 한국에서만 2천만 부가 발행됐다. 하지만 당신이 『드래곤볼』을 전혀 몰라도 상관없다. 그 만화의 주인공은 손오공이고, 내가 하려는 이야기는 크리링에 관한 것이니까.

나는 인터넷 포털 사이트의 웹툰 관리자다. 이런 일을 하게 될 줄 알았다면, 이 회사에 들어오지 않았을 것이다. 나는 만화를 아주 싫어한다. 입사할 때 지원한 곳은 기획과 관련된 부서였고, 3년 차까지는 배너 광고와 관련된 일을 했다.

　— 저번 기획안 보니까, 만화에 대해 잘 알던데.

　팀장은 그렇게 말하면서 나를 인사이동시켰다. 내가 적임자라는 말도 덧붙였다. 그즈음 우리 회사는 경쟁이 심해져가는 웹툰 시장에서 살아남기 위해 새로운 아이디어를 찾고 있었다. 웹에 게시하는 만화는 종이책과 뭔가 달라야 한다. 어떻게 다르게 할 것인가가 문제다. 전 사원이 의무적으로 기획안을 제출했다. 대부분 생각하는 것이 비슷했다. 배경음악을 넣거나 동영상을 덧붙이자는 의견이 많았다. 하지만 그 방법은 추가 비용이 너무 많이 발생해서 현실성이 없었다.

　웹툰은 스마트폰으로 보는 경우가 많으므로 대화가 적고 그림이 단순해야 한다. 그리고 책처럼 한자리에 앉아서 쭉 보는 게 아니라 잠깐씩 회차별로 보니까 전체의 연속성보다는 회당 완결성이 더 중요하다. 마지막으로 완전 컬러여야 한다. 종이책과 달리 웹에 게시할 경우 만화를 완전 컬러로 만들어도 비용 초과는 거의 없다.

　내 기획안은 대략 그런 내용이었다. 제대로 된 기획안도 아니었고, 누구나 다 알 만한 것들이었다. 내 것과 내용이 비슷한 기획안도 많았다. 다만 나는 컬러판으로 나왔을 경우 더 효과가 있었을지도 모르는 만화를 다수 언급했다. 스스로 만화를 많이 봤다는 것을 광고한 것이나 다름없었다.

나는 어릴 때 엄청난 양의 만화를 봤다. 형 때문이었다. 형은 만화 대여점 누나를 좋아했다. 형의 손에 이끌려 반강제로 만화 대여점에 처음 간 것은 내가 초등학교 6학년, 형이 중학교 1학년 때였으니 정확히 1999년 봄이었다.

대여점 이름도 기억난다. 유미책방. 대여점 사장의 딸 이름이 유미였다. 형의 첫사랑이다. 그녀는 대학생이었다. 남자들은 어릴 때는 누나를 좋아하고 나이가 들면 연하를 선호한다. 뭔가 생물학적인 이유가 있을지도 모른다.

내가 보기에도 유미 누나는 예쁜 편이었다. 책방에 오는 손님 중 90퍼센트는 남자였고, 사장이 직접 가게를 보는 시간에는 손님이 별로 없었다. 누나가 사장과 부녀 관계였는지는 확실하지 않다. 사장과 누나는 성씨가 달랐다. 어쨌든 누나는 사장을 아빠라고 불렀다.

형은 학교가 끝나면 책방으로 달려갔다. 나는 먼저 가서 형을 기다렸다. 한 권에 2백 원, 대여 기간은 1박 2일, 다섯 권을 빌리면 한 권은 공짜로 볼 수 있었다. 우리는 매일 열두 권을 빌렸다.

대여점 한쪽에 3인용 소파가 있었다. 파스텔 블루 톤의 인조 가죽으로 된 아주 낡은 소파였다. 묘하게 편안했다. 나와 형은 거기 앉아서 빌린 책을 다 읽고 바로 반납했다.

— 엄마한테 혼나요.

누나가 집에 가서 편하게 읽으라고 말하면 우리는 그렇게 대꾸했다. 반쯤은 사실이었다. 엄마는 우리가 만화책을 보는 것을 싫어했다. 언젠가 나는 엄마에게 왜 만화를 보면 안 되느냐고 물어본 적이 있다. 엄마는 이런저런 이유를 들었지만, 설득력은 별로 없었다. 만화를 교과서의 반대말쯤으로 생각하는 것 같았다. 대체로 어른들은 만화를 우습고 저급한 것으로 생각한다. 만화가 공식적으로 예술의 한 종류로 인정받지 못하는 것도 같은 이유일지도 모른다. 물론 정말로 저급한 만화들도 있다. 하지만 그것은 어느 분야나 마찬가지다. 가치 있는 것은 1퍼센트 정도밖에 되지 않는다. 나머지 99퍼센트는 쓰레기다. 어쩌면 사람도 그런 식으로 구분할 수 있을지 모른다.

만화를 선택하는 것은 언제나 형의 몫이었다. 요즘 웹툰에서 사용하는 분류를 따르면, 형이 고르는 것은 액션, 무협, 판타지, 스포츠, 학원물로 『북두의 권』『시티 헌터』『더 파이팅』『열혈강호』『타이의 대모험』『드래곤볼』 등이다. 목록을 보면 알겠지만, 대부분 일본 만화다. 형의 취향은 일본 만화와 잘 맞았다. 당시 인기 있는 소년만화의 대부분이 일본 만화였던 탓도 있었다.

— 일본 놈들은 좆나 대단한 것 같아.

형은 자주 그런 말을 했다. 어느 면에서 비교해도 한국은 상대가 되지 않았다. 만화가의 자질 문제는 아니다. 요즘 나는 만화가들을 자주 만나는 편인데, 그들 개개인은 결코 일본의 만화가들에게 뒤지지 않는다. 차이는 시스템이다. 일본은 만화 하나를 만들면, 동시에 관련 게임을 출시하고 캐릭터 상품을 만들어 판다. 인기가 주춤하면 극장판 애니메이션을 만들어 개봉하기도 한다. 그들은 만화를 현실가치로 환원하는 구조를 갖고 있다. 그리고 만화를 소비하는 사람들은 합당한 비용을 지불한다. 일본은 아직 종이책이 팔리는 나라라 웹툰이 활성화되지 않았지만, 이 시장도 언제 뺏길지 모른다. 지금도 블로그를 통한 일본 만화 번역물이 웹툰보다 조회 수가 높다. 물론 형은 그딴 것은 전혀 생각하지 않고 자기 마음에 드는 만화를 골랐다.

　나는 형이 책장 앞을 거닐며 책을 고를 때마다 조마조마했다. 형은 궁금한 것을 못 참는 사람이었다. 호기심으로만 치면 과학자가 됐어야 마땅하다. 정말 별걸 다 궁금해했다. 낮과 밤의 경계를 확인하겠다고 몇 주나 밤을 새운 적도 있었다. 문제는 형이 자신의 궁금증을 나를 통해 푼다는 것이었다.
　형의 궁금증 때문에 나는 베란다에서 떨어진 적도 있다. 그날 형은 나를 난간에 매달았다. 나는 왜 이러느냐고 물었다.
　─『시티 헌터』 보면, 이럴 때 한 손으로 매달려 있다가 갑자기 상대 손을 잡고 올라오잖아. 그거 진짜 되나 궁금해서.
　형은 그렇게 말하더니 오른발로 내 왼손을 지그시 밟았다.
　아래를 보니 까마득했다.
　─ 자, 잡아.
　1분 정도 후에 형은 손을 내밀었다. 나는 만화 주인공처럼 초인적인 힘이 나오길 간절히 바랐다. 떨어지면서 만화가들, 아니 만화라는 장르를 만드는 데 일조한 모든 인간을 원망했다. 다행히 우리 집은 3층이었고, 아래에 쓰레기봉투가 쌓여 있어서 나는 죽지 않았다. 대신 오른쪽 무릎에 철심 세 개를 박았다. 덕분에 군대에 가지 않았다.

그것만은 형에게 감사하고 있다.

세상에서 가장 저주하는 만화가를 고르라면 나는 전극진과 양재현을 선택할 것이다. 『열혈강호』의 작가들이다. 그들은 형에게 내공심법과 장풍, 경공술에 대한 궁금증을 갖게 했다.

— 무공을 익히기 위해서는 인고의 시간을 견뎌야 해.

형은 벽곡단이라면서 좁쌀과 보리에 꿀을 섞은 환을 만들어서 내게 먹였고, 새벽마다 약수터에 끌고 가서 물 밑에 가부좌를 틀게 했다. 내공은 쌓이지 않았다. 대신 설사병과 감기에 걸렸다. 11킬로그램이 빠졌다. 빙백신장 수련에 동원된 내 가슴에는 늘 멍이 가득했다. 뚝섬유원지의 오리 배에 매달려서 수상비를 연습하다가 물에 빠져 119에 구조된 적도 있었다. 그나마 형이 SF만화를 읽지 않은 것이 다행이다. 형이 『암즈』나 『기생수』 같은 만화를 봤다면 나는 한쪽 눈이나 팔을 잃었을지도 모른다.

내게 안전한 만화는 『드래곤볼』뿐이었다. 그 만화는 형만큼이나 세계관이 이상했다. 가령, 주인공 손오공의 친구인 오룡이라는 캐릭터는 한마디로 설명하면 변신술을 할 줄 아는 말하는 돼지다. 그런데 천하제일무술대회가 끝나고 열린 연회 때마다 손오공 앞 식탁에는 언제나 통돼지구이가 있다. 나는 돼지랑 친구인데 돼지를 즐겨 먹는 게 이상하다고 생각했다. 하지만 나이를 먹으면서 이해했다. 그런 게 사람이다.

『드래곤볼』이 안전한 이유는, 거기에 나오는 기술이나 설정이 도저히 따라 할 수 없는 것들이었기 때문이다. 형은 에네르기파나 원기옥의 자세를 흉내 냈지만, 전혀 위험하지 않았다. 성공한 것은 초사이어인이 되겠다고 머리를 노랗게 염색한 것과 왁스로 머리를 세우고 다니는 것 정도였다. 조금 창피하기는 했지만, 형이 머리를 포니테일로 묶든 상투를 틀든 나하고는 관계없었다.

『드래곤볼』은 총 마흔두 권이다. 손오공과 친구들은 끊임없이 적들과 싸운다. 나는 마지막 권을 읽지 않았다. 그들의 싸움이 영원히 끝나지 않기를 바랐다.

돌이켜보면 형이 고르는 만화들은 어떤 형태로든 주인공이 치고받고 싸우는 내용이었다. 형은 만화에 나오는 기술이나 수련 방법을 내게 실험했다. 지금도 만화를 보면 그때의 기억들이 떠올라서 몸이 떨린다. 형은 싸움을 잘했다. 좋아하기도 했다.

세상에는 태어날 때부터 강한 인간이 있다. 이를테면 종합격투기 챔피언 표도르 같은 사람이다. 어떤 사람들은 표도르가 삼보를 배웠으니 삼보가 최강의 무술이라고 말한다. 내 생각은 다르다. 뭘 배워서 강해진 것이 아니라, 그 사람이 원래 강한 것이다. 나는 형도 같은 종류의 인간이라고 생각했다. 우리 동네에는 형을 완력으로 이길 수 있는 사람은 없었다. 그러나 형은 표도르가 아니었다.

형의 첫 패배는 이태원에서 벌어진 싸움에서였다. 상대는 키 2미터가 넘는 흑인이었는데, 형은 15분 동안 226대를 맞았다. 엄마는 형이 그렇게 될 때까지 넌 뭘 하고 있었느냐며 나를 혼냈다. 하지만 나는 절대로 형이 질 거라고 생각하지 않았다. 아니, 그것이 링에서 벌어진 시합이었다면 형은 진 것이 아니었다. 흑인이 때리다 질려서 돌아갈 때까지 형은 쓰러지지 않았다. 양팔에 가드를 굳힌 채로 꼿꼿이 서서 최후의 한 방을 노리고 있었다.

병원에서 퇴원한 형은 설득력을 갖춘 사람이 되었다. 형이 설득력을 사 가지고 왔을 때 나는 그게 뭐냐고 물었다.

—설득력.

형이 말했다.

—너 클이잖아?

내가 말했다.

—설득력.

형은 설득력을 손에 끼고서 다시 말했다. 나는 바로 설득되었다. 한 달 정도 이태원을 어슬렁거리던 형은 결국 2미터가 넘는 흑인을 설득해서 부하로 만들었다. 그 흑인의 이름은 존슨이었다.

얼마 안 있어 형은 담임을 설득하고 학교를 그만뒀다. 사실 그동안도 제대로 학교에 다닌 것은 아니었다. 형의 출석부는 출석, 결석, 조퇴, 지각의 비율이 서로 비슷했다.

학교의 조치가 좀더 적절했더라면 형은 고등학교 정도는 졸업할 수 있었을지도 모른다. 형이 계속 사고를 치자, 교장은 국가대표 럭비 선수 출신의 체육 교사가 있는 반으로 형을 보냈다. 잘못된 결정이었다. 형이 꼼짝 못 하는 건 오히려 몸집이 작은 여선생들이었다. 그건 엄마의 영향이 크다. 어릴 때부터 형은 동네에서 온갖 말썽을 부리고 다녔는데, 엄마는 형이 누구랑 싸우고 오든 크게 혼내지 않았지만, 상대가 여자아이일 때는 옷을 몽땅 벗겨서 집 밖으로 내쫓았다. 몇 번이고 그런 수치를 당한 형은 여자들을 무서워했다. 어디까지나 결과론적인 이야기일 뿐이다. 여선생이 담임이었어도 형은 학교를 그만뒀을지 모른다.

형이 학교를 그만뒀을 때 나는 남몰래 박수를 쳤다. 그동안 형 때문에 내 학교 생활도 엉망이었다.

— 영어로 생각하고 영어로 말하는 건 어떤 기분일까?

내가 중학교에 입학했을 때 형은 그런 궁금증을 가졌다.

나는 사전으로 공부했다. 단어를 외우고 예문을 읽고, 어원을

찾아보는 방식이었다. 중학교를 마칠 때쯤 나는 원어민 교사의
말 상대를 하는 학생이 되어 있었다. 그동안 형은 질문을 잊어
버렸다. 하지만 나는 질문에 대답했다.

— 한국어로 생각하고 한국말 하는 거랑 똑같아.

형은 그럴 줄 알았어,라며 손뼉을 쳤다.

형 인생의 최대의 궁금증은 여자였다.

— 저 치마 속에는 뭐가 있을까?

형이 제일 많이 한 질문은 그것이었다. 하지만 나는 그 궁금증
만큼은 풀어주지 않았다.

— 안 해. 그런 거 시키면 아가페 누나한테 이를 거야.

나는 그렇게 말하면서 형의 부탁을 거절했다. 아가페는 유미
누나의 세례명이다. 유미책방은 일요일마다 문을 닫았다. 사장
과 누나가 성당에 다녔기 때문이다. 형은 그 사실을 알자마자 나
를 데리고 성당에 갔다.

누나는 초등부 선생님 겸 성가대의 피아노 반주자였다. 형과
나는 성가대에 들어갔다. 누나는 시간만 나면 피아노 앞에 앉아
있었다. 신앙보다 피아노에 더 관심이 있는 것처럼 보일 때도 있
었다.

— 집에는 전자피아노밖에 없으니까.

누나는 원래 음대에 가고 싶었는데, 돈 때문에 포기했다고 했
다. 누나의 연주는 훌륭했다. 정말로 그랬다. 형의 노래는 형편

없었다. 노래보다는 기합 소리에 가까웠다. 나도 형을 비웃을 처지는 아니었다. 듣기 싫기는 매한가지였으니까.

누나는 예배가 끝나면 형과 나를 따로 불러 성가 연습을 시켰다. 신입이라 원래 하는 건지, 우리가 노래를 못해서 하는 건지는 확실하지 않았다.

— 그리스어로 '아'가 없음을 뜻하는 부정어야. 아카펠라는 반주 없음, 아템포는 박자 없음. 너희는 아멜로디쯤 되겠다.

몇 주가 지나도 진전이 없자 누나는 그렇게 말했다.

— 멜로디 없는 노래도 있어요?

내가 물었다.

— 아 아아아 아아아아아.

누나는 대답 대신 발성 연습을 했다. 우리는 누나를 따라 했다. 좀처럼 잘되지 않았다.

— 그럼 아가페는 뭐가 없는 거예요?

형이 물었다. 아가페는 무조건적인 사랑이란 뜻이다.

— 글쎄. 미움 없음 아닐까?

누나가 대답했다.

— 아가페, 확실하지 않은 건 조심해야지.

연습을 지켜보던 수녀님이 끼어들었다.

— 아님 말고요. 자 연습하자.

두 달이 지나도 우리의 노래 실력은 나아지지 않았다. 누나는 우리의 목소리에도 '아'를 붙였다. 입만 벙긋거리라고 했다. 나

는 기분이 상했지만, 형은 성가대에 남아 있을 수만 있으면 아무
래도 좋은 것 같았다.

누나는 책방에 있을 때보다 성당에 있을 때 더 활동적이고 말
도 많이 했다. 우리의 입장이 달라졌기 때문에 그렇게 보였을 수
도 있다. 우리는 누나와 밥을 자주 먹었고 노래방에 같이 가기도
했다. 형은 싸움을 하지 않았고 이상한 궁금증으로 나를 괴롭히
지도 않았다.

우리는 누나에게 의외의 취미가 있다는 것도 알았다. 누나는
오토바이광이었다.

— 아빠랑 수녀님한테는 비밀이야.

누나는 오토바이를 카센터에 맡겨놓고 새벽에만 탔다. 누나
와 함께 오토바이를 타는 무리는 대부분 남자였다. 형은 원동기
면허를 따려고 학원에 등록했다. 매번 필기에서 떨어졌다. 형은
누나에게 오토바이에 태워달라고 계속 졸랐다. 누나는 위험하
다고 태워주지 않았다.

— 천국에 가면 어떤 기분일까요?

형이 그렇게 묻자, 누나는 형을 오토바이 뒷자리에 태우고 시
속 160킬로미터로 고속도로를 달렸다.

— 부드럽고, 빠르고, 무서웠어.

내가 천국이 어땠냐고 묻자 형은 누나의 허리를 잡았던 양손
바닥을 펼치면서 그렇게 말했다.

몇 주 후에, 누나는 진짜로 천국에 갔다. 오토바이가 가로등과 충돌했다. 브레이크 고장이라고 했다.

누나는 사흘 동안 병원에 있었다. 의사는 누나가 곧 깨어날 거라고 했다. 어디에도 아무 이상이 없다고, 잠시 기절한 것뿐이라고 단언했다. 근거는 시티 사진이었다. 엑스레이나 시티 사진을 판독하는 원리는 다른 그림 찾기와 같다. 건강한 사람의 사진과 비교해서 다른 부분이 있으면 병이 있다고 의심하는 것이다. 누나의 시티 사진에는 단 하나의 다른 그림도 없었다. 누나는 깨어나지 않았다. 아무도 누나가 왜 깨어나지 않는지 알지 못했다. '아'에는 두 종류가 있다. 아무것도 없음과 알 수 없음.

성당에서 장례식이 열렸다. 나는 신부님에게 누나가 천국에 갈 것 같으냐고 물었다. 신부님은 대답 대신 성호를 그었다.

— 여기가 천국 맞나요? 아님 말고요.

누나는 도착해서 그렇게 말했을 것이다.

형은 경찰에서 보관 중인 누나의 오토바이를 가져왔다. 검사의 공소장에는 훔쳤다고 적혀 있는데, 그건 잘못된 표현이다. 형은 정문으로 당당하게 들어가서 의경 둘과 형사 한 명을 설득하고 오토바이를 꺼냈으니까.

형은 오토바이를 가지고 카센터로 갔다. 오토바이는 아주 단순한 구조물이다. 발차기와 주먹질만으로도 해체할 수 있다. 형

은 오토바이의 잔해에 휘발유를 뿌리고 불을 붙였다. 카센터에
는 인화성 물질이 아주 많았다. 바닥에도 유막이 덮여 있었다.
화재보다는 폭발에 가까웠다. 반경 15미터 안에 있는 건물의 유
리창이 전부 깨졌다.

인명 피해는 없었다. 책방 사장과 신부님이 탄원서를 제출했
지만 큰 효과는 없었다. 판사는 형에게 정확한 이유가 무엇이었
는지 물었고, 형은 대답하지 않았다. 나도 궁금하다. 브레이크
고장에 대한 복수였을까? 감정을 주체할 수 없어서 터뜨린 걸
까? 더 단순한 이유일지도 모른다. 단지 누나한테 잘 보이는 큰
향불을 피운 걸 수도 있다. 판사는 내게 왜 형을 말리지 않았느
냐고 물었고, 나는 형을 설득할 힘이 없어서 지켜만 봤다고 대답
했다.

웹툰 관리를 하다 보면 싫어도 만화를 보게 된다. 굳이 읽으려
고 하지 않아도 즉각적으로 내용이 눈에 들어온다. 유일하게 마
음에 드는 작품이 하나 있다. 「3등급 슈퍼 영웅」이라는 웹툰이
다. 미국의 SF소설을 만화로 만든 것인데, 아주 유치하다. 그래
서 좋다. 세상이 유치하기 때문이다. 착한 편 카드와 나쁜 편 카
드 중에서 한 장을 고르는 슈퍼 영웅의 세계와 다를 게 없다.

형은 나쁜 편 카드를 선택했고, 판사는 1년 8개월 형을 선고했
다. 감옥을 누나식으로 말하면 아포리아쯤 될까?

형이 감옥에 가 있는 동안, 유미책방은 문을 닫았다. 사장이

지방의 소도시에서 당구장을 한다는 소문을 들은 적이 있다. 그 후로 나는 만화를 보지 않았다. 형도 마찬가지다. 면회 갈 때 만화책을 사 간 적이 있는데, 필요 없다고 했다.

나는 고등학교를 졸업하고 대학에 갔다. 아주 평온한 시간이었다. 기억나는 것이 하나도 없을 정도로 아무 일도 없었다. 가끔 심심하다는 생각이 들었다. 형을 기다린 것은 아니다. 솔직히 말하면 형이 조금 더 오래 감옥에 있기를 원했다.

지루한 만화의 연재가 중단되듯 형은 수감 기간을 3개월 남기고 가석방됐다. 형은 체중이 많이 늘었고, 말수가 적어졌다. 어딘가 음울해 보였다. 출소 후 몇 달 동안 형은 집에 잘 들어오지 않았다. 주로 존슨과 같이 돌아다녔다. 클럽에서 형을 봤다는 이야기를 몇 번이나 들었다. 성매매 업소에도 다니는 눈치였다. 한번은 형이 여자를 소개해달라고 해서 학과 동기를 소개해줬다가 동기한테 따귀를 맞았다.

가석방 기간이 끝나고 완전히 자유의 몸이 되었을 때, 형은 방에 틀어박혀서 나오지 않았다. 간혹 존슨만 만나는 것 같았다. 돈이 떨어진 게 가장 큰 이유였겠지만, 뭔가 흥미를 잃어버린 것 같았다.

형은 차츰 활기를 되찾아갔다. 특별히 운동을 하는 것 같지는 않은데, 체중도 조금씩 줄어들어서 예전 모습으로 돌아왔다. 나는 형이 방 안에서 온종일 뭘 하는지 궁금했다.

나는 예비열쇠로 조용히 방문을 열었다. 방 안은 어두웠다. 형은 컴퓨터 앞에 서 있었다. 헤드폰을 낀 탓에 내가 들어온 것을 눈치채지 못한 것 같았다. 형이 보고 있는 것은 AV 영상이었다. 화면 속의 여자는 빨간색 하이힐을 신고 있었다. 옷은 입고 있지 않았다. 카메라는 여자의 얼굴과 가슴, 유두, 음부의 털을 차례로 클로즈업했다. 잠시 후에 남자가 등장했다. 남자는 능숙하게 여자를 애무했다. 형은 허공에 대고 남자의 손동작을 따라 했다. 너무 진지하고 리얼해서, 형 앞에 진짜 여자가 서 있는 것 같은 착각이 들었다. 여자가 애무를 하려고 하자 형은 마우스를 조작해서 뒷부분으로 건너뛰었다. 이제 여자와 남자는 섹스를 하고 있었다. 여자는 절정에 다다른 표정이었다. 연기인지 실제인지 구별이 되지 않았다.

— 아.

여자의 교성이 헤드폰 밖으로 새어 나오는 것인지, 형이 내는 것인지 모를 소리가 났다. 형은 컴퓨터 앞에 있는 A4 용지를 허리 밑으로 가져갔다. 나는 부러 큰 소리가 나도록 문을 닫고, 불을 켰다. 형이 고개를 돌려 나를 봤다.

— 일본 놈들은 좆나 대단한 것 같아.

형이 A4 용지를 구겨 휴지통에 넣으면서 말했다. 나는 그 말에 전적으로 동의한다. 그들은 형이 일본어를 공부하게 만들었다. 형은 히라가나로 AV 배우의 이름을 쓸 수 있었고, 영상에 나오는 대화를 대부분 알아들었다.

만화가들은 하지 못한 일이다.

한번 들킨 이후로 형은 거침없었다. 방문도 잠그지 않았고, 부모님이 없을 때는 헤드폰을 끼지 않고 AV를 봤다. 같이 보자고 할 때도 있었다. 다행히 자위는 혼자서 했다.

나는 형이 하루에 몇 번이나 자위를 하는지 알고 있었다. 엿본 것은 아니다. 간단한 계산으로 알 수 있었다. 형은 일주일에 한 번씩 쓰레기통을 비웠다. 쓰레기봉투 안에는 구겨진 A4 용지가 가득 들어 있었다. A4 용지 한 장의 무게는 5그램이다. 정액이 묻은 용지는 15그램 정도 된다. 나는 전자저울로 쓰레기봉투의 무게를 쟀다. 1,100그램이었다. 그러니까 형은 하루에 대략 아홉 번에서 열 번의 자위를 하는 셈이었다.

— 내 이상형은 이 안에 있는 것 같아.

형은 외장 하드를 꺼내면서 그렇게 말했다. 3테라바이트짜리 외장 하드 안에는 AV 영상이 가득 들어 있었다. 형은 영상과 배우별로 점수를 매겨서 폴더를 분류했다. 의외로 기준이 높아서 10점 만점을 받은 것은 열 편도 안 됐다. AV에는 두 종류가 있다. 유모/노모.

— 노모가 진리지.

형은 그렇게 말했다. 실제로 형이 10점 만점을 준 것은 모두 모자이크가 없는 영상이었다. 형 말이 맞을지도 모른다. 사전에서 진리라는 단어를 찾아본 적이 있다.

아레테이아, 은폐 없음.

　형은 감옥에서 보낸 시간과 비슷한 기간 동안 방에서 나오지
않았다. 외장 하드는 다섯 개로 늘어났다. 나는 대학을 졸업했
다. 졸업식 날 형은 대학 등록금이 한 학기에 얼마인지 물었다.
나는 4백만 원쯤 한다고 대답했다. 형은 아버지를 설득해서 3천
만 원을 받았다. 등록금 대신이라고 했다.
　형은 AV 배우가 되겠다며 일본으로 갔다. 존슨이 형의 가방을
들고 있었다. 나는 존슨을 볼 때마다 안타까웠다. 그는 형한테
완전히 설득당했다. 한편으로는 안심도 됐다. 존슨은 미국인이
니 외국에서 큰 도움이 될 것이다. 무엇보다 그가 없었다면 내가
따라가야 했을지도 모르니까.
　일본에 간 형은 몇 달 동안 연락이 되지 않았다. 일본 AV 산업
에는 야쿠자가 관련되어 있다는데, 형이 야쿠자를 설득하려다
가 도쿄만에 가라앉은 것은 아닌지 걱정이었다. 하지만 형을 신
경 쓰고 있을 여유가 없었다. 회사에 들어간 게 그즈음이었다.
연수를 받느라 정신이 없었다. 환영회, 회식, 워크숍, 선배, 상
사. 형이 50명쯤 생긴 것 같았다.

　간신히 적응해서 한 사람 몫의 일을 하고 있을 때쯤 형한테서
이메일이 왔다. 제목은 '친애하는 동생에게'였다. 나는 형이 어
떤 형태로든 편지를 쓸 수 있는 사람이라고 생각해본 적이 없었

다. 더구나 친애하는 동생에게,라니. 일본 놈들이 대단하긴 대단한 모양이었다.

　형은 한 달에 두 번 정도 이메일을 보냈다. 형식적으로 나와 부모님의 안부를 묻기는 했지만, 대부분의 내용은 자신의 일본 생활에 관한 거였다.

　형은 AV 기획사에 들어갔다. 정식으로 배우가 된 것은 아니었다. 촬영 준비를 돕고, 배우들 심부름을 했다. 말하자면 정식으로 데뷔하기 전에 거치는 연습생 기간이었다. 월급은 거의 없는 거나 같았지만, 숙식은 해결되는 것 같았다.

　존슨은 데뷔를 했고, 형은 하지 못했다. AV 배우가 되기 위해서는 몇 가지 조건이 필요하다. 가장 중요한 것은 당연히 정력이다. 40분에서 1시간까지 사정하지 않고 버틸 수 있어야 촬영을 할 수 있다. 형은 10분을 넘기지 못했다. 그다음은 외모다. 아주 못생겨야 한다. 실제로 AV에 출연하는 남자들은 대부분 추남이다. 평균 이하의 남자들도 아름다운 여자를 만날 수 있다는 환상을 심어줘야 많이 팔리기 때문이다. 반대의 경우도 있기는 하다. 여성 관객층을 위한 배려인데, 극히 드물지만 아주 잘생긴 남자 배우도 있다. 형은 애매하게 잘생겨서 문제였다. 반면 존슨은 모든 조건을 갖추고 있었다. 흑인이라는 것도 유리하게 작용했다. 동양 남자들은 흑인에게 이상한 자격지심을 갖고 있다. 형은 존슨과 사이가 멀어졌다. 얘기할 사람이 없어서 이메일을 보냈는지도 모른다.

AV 배우가 되는 것은 무공고수가 되는 것과 비슷하다. 둘 다 인고의 노력이 필요하다. 형은 못생겨지기 위해 눈썹을 반쯤 밀고, 콧수염을 길렀다. 이메일에 사진이 한 장 첨부되어 있었다. 그런 얼굴이라면 형이 뭘 시켜도 거절할 수 있을 것 같았다. 외모 문제를 해결한 형은 정력 증진을 위한 훈련을 시작했다. 돼지 비계로 성기를 문질러 발기시킨 후에 얼음 팩으로 진정시키는 방식이었다. 사정 시간은 점점 늘어났다. 열두번째 편지가 왔을 때는 20분까지 버틸 수 있다고 적혀 있었다.

그러고 보니 이것은 크리링 이야기다. 크리링은 원래 대머리가 아닌데, 수련을 위해 머리를 빡빡 밀고 다닌다. 결혼한 후에는 다시 기른다. 나는 개인적으로 대머리일 때 모습이 더 마음에 든다.

『드래곤볼』은 소년만화의 공식을 그대로 따른다. 주인공과 친구들이 있고, 강한 적이 있다. 적과 싸우면서 주인공과 친구들은 성장한다. 그리고 세계를 구한다. 모두가 성장하는 것은 아니다. 누군가는 도태되고 사라진다. 작품 초반부에 최강이었던 무천도사는 후반부로 가면 전화를 받아주는 노인일 뿐이고, 손오공의 라이벌이었던 야무치는 가장 약한 인조인간과도 싸울 수 없는 약자로 전락한다. 이야기에서 완전히 사라지는 캐릭터도 많다. 처음부터 끝까지 손오공과 함께 싸우면서 성장하는 것은 크리링뿐이다.

크리링은 『드래곤볼』에서 가장 강한 사람이다. 의아하게 여길지도 모르지만 사실이다. 손오공과 베지터는 사이어인이고, 손오반과 트랭크스는 사이어인과 지구인의 혼혈이다. 피콜로는 나메크성인이다. 셀은 유전자 조작으로 탄생했고, 마인부우는 주술로 만들어졌다. 17호와 18호는 인조인간이다. 순수한 인간 중에 가장 강한 것은 크리링이다. 크리링은 거대 원숭이나 초사이어인으로 변신하거나, 퓨전이나 귀걸이를 이용한 합체 같은 반칙을 사용하지 않는다. 기술을 갈고닦고 수련할 뿐이다.

셀과의 싸움이 끝난 후에 크리링은 18호와 결혼해서 딸을 낳는다.

— 이상형을 찾았어.

형은 아유미 사와무라라는 AV 배우를 만났다. 열세번째 편지부터는 형 얘기보다 아유미에 대한 이야기가 더 많았다.

— 아유미는 소녀시대 티파니를 닮았어.

검색해보니 아유미는 두 편의 AV에 출연한 신인이었고, 실제로 소녀시대 닮은꼴로 유명세를 떨치고 있었다. 내가 보기에도 비슷해 보였다.

— 아유미는 노래도 잘해. 티파니와 아유미의 차이는 대체 뭘까?

형은 처음으로 질문으로 편지를 끝냈다.

나는 한동안 답장을 쓰지 않았다. 웹툰의 유료화 문제로 회사가 시끄러웠다. 광고만으로는 안정된 수익 구조를 만들 수 없었다. 전면적이든 부분적이든 유료화가 필요했다. 누군가의 창작물을 볼 때 돈을 내는 것은 당연한 일이지만, 공짜로 웹툰을 보는 것에 익숙해진 독자들은 유료화를 반대했다. 조회 수가 가장 높은 세 편을 가지고 유료화가 되면 계속 보겠느냐고 설문조사를 했더니, 87퍼센트가 보지 않겠다고 답했다. 회사는 유료화 계획을 전면 취소했다. 피해를 보는 것은 만화가들이었다. 만화가들의 삶의 질은 AV 배우 연습생과 비슷하다.

— 설득력이 있고 없고의 차이 같아.

나는 형한테 그렇게 답장을 보냈다.

석 달째, 형한테 편지가 없다. 마지막 편지에서 형은 두서없이 많은 말을 했다.

— 드디어 데뷔 날짜가 잡혔어.

아유미와의 촬영이었다. 아유미가 인터뷰를 하고 있을 때, 형이 뒤에서 갑자기 나타나서 강간하는 내용이었다. AV 세계에는 '1만 시간의 법칙'이라는 것이 있다. 성행위에 1만 시간 이상 노력을 기울이면 불구가 된다는 연구 결과다. 형은 아유미와의 촬영 전날 1만 시간을 다 채웠다. 열심히 한다고 반드시 좋은 것은 아니다. 만화가들도 소재 고갈이나 슬럼프로 갑자기 연재 중단을 하는 경우가 많다.

촬영 당일, 형은 몇 번의 시도 끝에 배역에서 잘렸다. 존슨이 형을 대신하기로 했다. 형은 존슨에게 배역을 거절하라고 말했다. 하지만 형은 더 이상 존슨을 설득할 수 없었다. 형은 곧 쫓겨날 연습생이었고, 존슨은 주연이었다. 편지의 말미에 형은 아유미를 데리고 도망치겠다고 썼다.

어제 아유미와 존슨이 출연한 AV가 출시됐다. 나는 3,500원을 내고 그 AV를 다운받았다. 영상 속에서 아유미는 다섯 번의 섹스를 했다. 즐거워 보였다. 나는 사표를 썼다.

나는 만화를 아주 싫어한다. 하지만 가끔 끝까지 보지 않은 만화의 결말이 궁금할 때가 있다. 41권에서 크리링은 초콜릿이 되어 마인부우에게 먹힌다. 크리링은 어떻게 됐을까? 만약 당신이 『드래곤볼』을 끝까지 봤다면, 알려줬으면 한다.

아브라더, 아니 아프라테르.

나는 탁자 위에 놓여 있는 커피의 예술을 선호한다.

—

클라스 올덴버그

이력서를 써야 한다. 지난번에 지원했던 회사에서 면접관이 내 이력서가 성의 없다고 면박을 줬다. 처음부터 막힌다.

* 자기 자신을 한 문장으로 정의하시오.

요즘에는 회사마다 요구하는 이력서 양식이 참 다양하다.

1. 나는 무공고수다.

그렇게 썼다가 지웠다. 내가 죽고 무슨 일이 있었는지 모르겠지만, 무림은 사라졌다.

1. 나는 커피 자판기다.

고민해봐야 더 좋은 문장이 생각날 것 같지 않았다. 솔직하게 쓰는 것이 제일이었다. 나머지도 쉽지가 않았다. 경력, 특기, 장점, 단점, 살아오면서 겪은 가장 중요한 일, 2천 자 내외의 자기소개…… 채워야 할 빈칸이 너무 많았다. 현재의 나는 딱히 경력이라고 할 만한 게 없다. 매일 같은 자리에서 같은 일을 하면서 산다. 앞으로도 크게 변할 것 같지는 않다.

빈칸을 채우기 위해서는 어쩔 수 없이, 옛 기억을 되살릴 수밖에 없다.

사람들은 나를 소림의 희망이라고 불렀다.

─ 녹옥불장(綠玉佛杖)에 어울리는 사람이 돼야 한다.

방장스님도 종종 나를 따로 불러 그렇게 말했다. 공공대사 이후로 아무도 이르지 못한 금강불괴(金剛不壞)의 경지에 다다를 수 있는 것은 나밖에 없다는 말을 덧붙일 때도 있었다.

주위의 기대가 부담스러웠다. 나는 그들이 생각하는 것처럼 천재가 아니었다. 타고난 근골이나 진기의 정순함으로 따지면 나보다 몇 배나 뛰어난 동문들이 많았다. 나는 내가 무술에 재능이 없다는 것을 누구보다 잘 알았다. 내공심법이나 무공에 대한 설명을 들어도 남보다 이해가 늦었고, 초식 시범을 보여줘도 한 번에 따라 하지 못했다. 만약 내게 한 줌의 재능이라도 있다면 그것은 수련을 통해서 생긴 것이다.

나는 소림 72절예를 모두 익혔다. 가장 자신 있는 것은 권과 봉이었다. 8년 연속으로 무림맹의 비무대회에서 우승했다. 다른 문파에도 뛰어난 고수들이 많았지만 아무도 내 백보신권(百步神拳)을 피하지 못했고, 나한봉(羅漢棒)의 방어를 뚫지 못했다. 그즈음 지나가는 사람을 아무나 붙잡고 정파의 후기지수 중에 가장 뛰어난 게 누구냐고 물으면 한결같은 대답이 돌아왔다.

— 소림사의 일각이 최고지.

사형제들과의 관계도 원만한 편이었고, 문파를 잘 이끌어갈 자신도 있었다. 대환단과 방장스님을 비롯한 고승들의 도움이 있다면 금강불괴도 못 될 것이 없었다. 지금 와서 생각해보면 모두 자만이었다. 자만은 화를 부른다.

나 때문에 정사대전이 벌어진 것은 아니다. 딱히 누구 때문이라고 하기에는 그동안 정파와 사파의 골이 너무 깊었다. 단지 서로 싸울 이유를 찾고 있었을 뿐인지도 모른다. 공식적인 이유가 있기는 했다. 무당파 장문인(掌門人)이 가장 아끼는 제자 무당제일미 이서령이 마교의 좌호법에게 납치를 당했기 때문이었다.

서령과는 잘 아는 사이였다. 그녀 역시 무림의 다음 세대를 이끌 인재로 주목받아서 이런저런 행사에서 자주 만났다. 무당제일미라는 별호대로 그녀는 무림 전체에서도 손에 꼽히는 미인이었다. 불제자인 나조차 그녀를 마주할 때면 심장이 두근거려서 남몰래 내공을 사용해 진정시킨 적이 한두 번이 아니었다.

좌호법은 10년 넘게 무당제일미를 짝사랑했다. 이미 수십 차례 청혼했다는 소문도 있었다. 정파의 후기지수와 마교의 좌호법이라는 위치는 넘어가더라도, 둘은 마흔 살 넘게 나이 차가 났다. 한마디로 지나친 욕심이었다. 하지만 좌호법의 행동이 특별하게 취급되지는 않았다. 무림의 미혼 남자들은 대부분 서령에게 관심을 갖고 있었다. 황족은 물론이고 군부의 장군들도 틈만

나면 무당파로 선물을 보냈다.

나도 사적인 전음(傳音)을 보낸 적이 있다. 서령이 차를 좋아한다는 소문을 듣고, 기회가 닿을 때마다 귀한 차를 구해서 초대했다. 그때마다 그녀는 다른 일정이 있어서 시간을 낼 수 없다고 말했다. 못 들은 척할 때도 있었다.

— 여자가 진짜 바빠서 거절할 때는, 오늘은 안 되지만 다음에 언제 시간이 된다고 말해요.

언젠가 소림사를 찾아온 속가제자의 부인에게 다른 사람 이야기하듯 넌지시 물어보니 그렇게 대답했다. 나는 각지에서 구해 온 차를 혼자 마시면서 중국의 차는 별로 맛이 없구나 하고 생각했다. 그나마 위안이 되는 것은 서령이 나뿐만 아니라 모든 사람의 초대와 선물을 거절한다는 사실이었다. 말하자면 그녀는 아무도 꺾을 수 없는 절벽 위의 꽃이었다.

좌호법은 야심한 밤에 꽃을 꺾어 도망쳤다. 서령은 이렇다 할 저항도 해보지 못하고 점혈(點穴)을 당해 끌려갔다. 또래의 여고수들 중에서는 서령의 무위가 손에 꼽을 수준이었지만, 좌호법은 무림 전체를 통틀어 열 손가락 안에 들어가는 고수였다. 무당의 장문인도 그를 이긴다는 보장은 없었다. 해검지(解劍池)를 지키는 호위무사들이 교대를 마치고 올라오다 좌호법의 신영(身影)을 발견하지 못했다면 누가 훔쳐 갔는지도 몰랐을 것이다.

그 일이 알려지자 마교는 즉시 좌호법을 직위 해제하고 그 사건은 마교의 뜻과는 무관한 좌호법의 개인적 일탈행위라는 입장을 발표했다. 하지만 그때 이미 무당파 장문인은 전 무림에 격문을 띄우고 모든 문원을 무장시켜서 마교로 전진하고 있었다. 무당 장문인의 격문에 무림인들이 대대적으로 호응한 것은 정파의 심장인 무당파에 마교인이 침입했다는 사실보다도 절벽 위의 꽃을 꺾은 것에 대한 분노 때문이었다. 실제로 참여한 사람들은 대부분이 미혼 남성이었다. 섣부른 전면전에 우려를 표한 것은 여자들의 문파인 아미파뿐이었다.

소림에서도 젊은 무승들이 대거 출진했다. 내가 그들을 이끌었다. 방장스님은 말리고 싶어 하는 눈치였다. 젊음은 때로 무모하다. 그래서 불안해 보인다. 하지만 젊음이 무모하지 않다면 발전할 수도 없다. 나는 소림의 미래가 밝다고 생각했다.

달마대사가 『역근경』을 쓴 이후로 가장 큰 싸움이었다. 정파 연합은 마교의 분타(分舵) 열다섯 곳을 파괴하고 본거지인 십만 대산으로 향했다. 마교도 결사적이었다. 무림의 세력 구도를 보통 정파 7할, 사파 3할 정도로 구분하지만 그것은 어디까지나 산술적인 수치였다. 싸움터가 마교의 앞마당이었고, 무엇보다 단일한 집단인 마교에 비해 다양한 문파의 연합인 정파는 연계가 쉽지 않았다. 전투는 팽팽했다. 세외 세력인 북해궁이 마교를 지원하면서 싸움의 규모가 더 커졌다. 각 문파는 더 많은 인원을 투입했다. 전쟁을 반대하던 아미파도 결국 나설 수밖에 없었다.

내가 죽인 사람의 숫자는 317명이다. 매일 밤 그날 죽인 사람들의 명복을 비는 불공을 드렸기 때문에 정확히 기억하고 있다. 그중에는 여자와 아이도 있었다. 무공을 겨루는 비무라면 적당히 봐줄 수도 있지만 서로 목숨을 거는 전투, 더구나 집단전에서는 손에 사정을 둘 수가 없었다. 내가 그들을 죽이지 않으면 더 많은 수의 아군이 죽을 테니까.

어떤 수련보다도 목숨을 건 실전이 효과가 크다. 전투 중에 내 무공은 비약적으로 발전했다. 금강불괴에도 한층 가까워졌다. 몸을 도검불침의 강철처럼 만들 수는 없었지만, 암석 정도로 단단하게 바꿀 수 있었다. 그러고 보니 공공대사가 금강불괴의 경지에 다다랐을 때도 정사대전이 벌어졌다는 기록이 있다. 어쩌면 그는 나보다 더 많은 사람을 죽였는지도 모른다.

정파도 사파도 지쳐갔다. 무의미한 희생을 그만둬야 한다는 주장에 힘이 실렸다. 마교는 계속해서 이번 사건이 자신들과는 상관없으며, 현재 마교에는 좌호법과 무당제일미가 없다는 주장을 되풀이했다. 처음에는 다들 그 싸움에 어떤 대의가 있다고 믿었지만, 다들 왜 싸워야 하는지도 잊어갔다. 나는 서령을 구해내면 같이 차를 마셔야겠다고 생각했다.

나는 소림의 속가제자들에게 도움을 요청했다. 소림사는 그 역사에 걸맞게 다양한 사람들과 관계를 맺고 있었다. 관리, 장사꾼, 기생, 거지…… 모든 정보력이 총동원된 백여 일의 추적 끝에, 결국 서령의 위치를 찾아냈다.

서령의 위치가 담긴 전서구를 받자마자, 나는 사대금강(四大

金剛)을 데리고 장강으로 달려갔다. 전서구에 적힌 장소가 바로 그 근처였다. 사대금강은 지원을 기다리자고 했지만, 나는 기다릴 수가 없었다. 마교와의 전쟁을 마무리하고 병력을 재편성하려면 시간이 걸릴 게 뻔했다. 그 사이에 좌호법이 눈치채고 도망칠 수도 있었다. 가장 먼저 서령을 구하고 싶은 마음도 있었다. 사대금강과 내가 힘을 합치면 충분히 좌호법을 제압할 수 있다고 생각했다. 자만이었다. 자만은 화를 부른다.

서령은 침대에 누워 있었다. 점혈은 되어 있지 않았다. 그냥 잠들어 있었다. 몸에 큰 이상은 없는 것 같았다. 여전히 아름다웠다. 내가 조심스럽게 그녀를 깨웠을 때, 좌호법이 방 안으로 들어왔다. 사대금강이 무기를 고쳐 쥐고 앞을 막아섰다.

— 괜찮습니까?

나는 서령을 부축하면서 물었다. 그녀는 잠에서 덜 깼는지 초점을 잃은 눈을 끔벅거리기만 했다.

좌호법은 강했다. 혼자서 사대금강을 압도했다. 위태로운 상황이 몇 번이나 지나갔다. 나는 할 수 없이 서령을 놔두고 싸움에 가세했다. 사대금강과 나는 협공으로 좌호법을 압박했다. 초반에는 백중세였지만, 점차 우리에게 승기가 기울었다. 혼자서 다수를 상대하면 내공이 급격히 소진된다.

사대금강이 사방에서 공격하고 내가 마지막 결정타가 될 백보신권을 날리려는 순간 서령이 등 뒤에서 나를 검으로 찔렀다. 나는 몸을 돌려 좌호법에게 날리려던 백보신권으로 서령을 공격했다. 지근거리에서 무방비 상태로 머리에 백보신권을 맞으면 두개골이 박살난다. 서령은 즉사했다.

— 대체 왜?

검이 관통한 통증과 상처 입은 채 억지로 백보신권을 사용해 뒤틀린 기혈 때문에 정신을 잃으면서 나는 그렇게 외쳤다.

지금은 그녀가 왜 나를 공격했는지 어렴풋이 알 것 같다. 얼마 전 누군가 공원 화장실에 두고 간 신문에서 스톡홀름 증후군에 관한 기사를 읽었다.

내가 쓰러지고 곧바로 무당파 장문인이 도착해 좌호법을 도륙했다. 서령의 시체를 보고 흥분한 장문인은 좌호법이 이미 절명했는데도 공격을 멈추지 않았다. 바닥에 15장 깊이의 구덩이가 생겼다. 사대금강은 서령을 죽인 것이 좌호법이라고 거짓 증언을 했다.

등 뒤에서부터 배꼽을 통과한 검은 단전을 파괴하고 나를 반신불구로 만들었다. 나는 침상에 누워서 2년 동안 다른 사람들이 무공수련을 하는 것을 지켜봤다.

— 다음 생에는 금강불괴의 몸으로 태어나고 싶습니다.

나는 그렇게 말하고 살모사 독을 탄 차를 마셨다. 의외로 맛있었다.

부처님은 내 소원을 들어줬다. 나는 소림사에서 수만 리나 떨어진 한국이라는 곳에서 온몸이 강철로 된 커피 자판기로 환생했다. 세상이 너무 많이 바뀌어 있어서 당황스러웠다.

요즘 내가 있는 곳은 오금공원이라는 곳이다. 길의 모양이나 나무의 배치가 소림사와 비슷해서 이곳에 자리를 잡았다. 조선시대 어느 임금이 말을 타고 가다가 오금이 저리다고 말한 것이 지명의 유래라는데, 확실하지는 않았다. 제법 큰 규모의 공원이다. 성인 남성이 빠른 걸음으로 걸어도 공원을 한 바퀴 도는 데 한 시간이 넘게 걸린다. 물론 나는 경공술로 1분이면 한 바퀴를 돌 수 있었다. 테니스장과 게이트볼장, 축구장, 농구코트가 있고, 화장실도 두 개나 있다. 테니스장과 게이트볼장 중간이 내 자리다. 화장실도 근처에 있다. 공원 안에서 유동인구가 가장 많은 곳이다. 나는 이곳에서 커피를 판다. 새벽에 테니스를 치러 온 사람들과 오후에 게이트볼을 치러 온 노인들이 주 고객이다. 가끔 산책을 나온 사람들도 사 먹는다. 일회용 종이컵으로 한 잔에 5백 원이다. 운이 좋은 날에는 제법 많이 팔린다. 안 팔리는 날이 계속되더라도 언젠가는 많이 팔리는 날이 온다. 그게 유일한 위안이다.

잠에서 깨면 밤사이 들어온 돈이 얼마인가 주머니를 확인한다. 지폐는 없고, 동전뿐이다. 천 원. 두 잔 팔렸다. 새벽에 산책을 나온 부부가 있었던 모양이다.

역용술(易容術)과 축골공(縮骨功)으로 얼굴과 몸을 사람의 모습으로 바꾼다. 예전 모습 그대로다. 달라진 것이 있다면 머리카락이 생겼다는 것뿐이다. 배우기가 힘들어서 그렇지 둘 다 내공이 많이 소진되는 무공은 아니다. 하지만 내 경우에는 워낙 몸피가 크다 보니 이 모습을 유지하려면 내력을 많이 사용할 수밖에 없다. 다른 무공을 전혀 사용하지 않으면, 하루에 여덟 시간 정도 버틸 수 있다. 억지로 더 버티다가는 주화입마(走火入魔)에 빠질지도 모른다. 중간에 잠깐이라도 자판기로 돌아와 운기조식(運氣調息)을 해야 한다. 위험하지만 아르바이트를 하려면 어쩔 수 없다.

커피만 팔아서는 생활할 수가 없다. 재료값도 만만치 않고, 전기세도 내야 한다. 몇 번인가 전기세라도 아껴보려고 몰래 자리를 이동한 적이 있었다. 하지만 한국전력은 개방이나 환영문보다도 뛰어난 정보력을 갖고 있었다. 내가 어디로 가든 귀신같이 위치를 찾아내서 고지서를 보냈다.

요즘 사람들은 자판기 커피를 사 먹지 않는다. 사방에 카페가 있다. 스타벅스, 카페베네, 할리스, 이디야, 엔제리너스…… 메뉴도 다양하다. 카페라테, 캐러멜마키아토, 버블티……, 음료 종류만 서른 가지가 넘는다. 샌드위치와 팥빙수를 파는 곳도 있다. 반면 내 메뉴는 블랙커피, 밀크커피, 코코아 이렇게 세 개뿐이었다. 하지만 나는 내가 만드는 차에 자부심이 있었다. 재료는 최대한 좋은 것을 쓴다. 물을 끓이는 방식도 다르다. 나는 삼매진화(三昧眞火)의 수법으로 물을 끓인다. 내공으로 미세한 불순물까지 제거한 정말 순수한 물이다. 카페에서 기계로 끓인 것과는 비교도 안 된다. 그런데도 사람들은 내가 만든 커피보다 열

배나 비싼 카페 커피를 마신다. 도무지 이해할 수가 없다.

내가 사는 게 너무 힘들다고 하면 사람들은 커피 파는 일을 그만두라고 말한다. 나도 그러고 싶지만 불가능한 일이다. 인간이 심장을 마음대로 멈출 수 없는 것처럼 나도 커피 파는 일을 그만둘 수가 없다. 그게 커피 자판기의 숙명이다.

아르바이트를 하러 가기 전에 우체국 사서함에 들러서 편지를 확인했다. 대부분은 고지서였다. 가만히만 있어도 내야 할 요금이 많다. 기다리던 편지가 있었다. 대호상사라는 곳인데, 학력과 무관하게 선발한다는 공고를 보고 지원했다.

— 지원해주셔서 감사합니다. 안타깝게도 귀하는 본사의 설립 취지와 맞지 않는 인재인 것 같습니다.

혹시나 했지만 역시나. 표현은 달라도 똑같은 내용이었다. 설립 취지는 핑계였다. 차라리 직접적으로 말하는 게 더 나았다. 지난달에 지원했던 의류 공장에서는 사장 부인이 대놓고 "커피 자판기 필요 없어요"라고 말했다. 묘하게 설득력이 있어서 실망도 하지 않았다.

나는 다양한 종류의 아르바이트를 했다. 편의점, 주유소, 피시방, 가락시장에서 생선 상자 나르는 일도 했다. 대부분 내 의지와 상관없이 그만뒀다. 가게가 망하는 경우가 가장 많았고, 교대해줄 사람이 열 시간이나 늦게 와서 역용술과 축골공이 풀리는 바람에 잘린 적도 있다. 주유소는 이유가 뭔지는 모르겠지만 폭발해버렸다. 뉴스에도 나왔다. 내가 경공술로 모두 대피시켜서 다친 사람은 없었다. 주유소 사장은 파산과 동시에 미쳐버렸다. 안쓰러워서 남은 월급을 달라고 말도 못 했다.

요즘은 스물네 시간 영업을 하는 카페에서 일한다. 경쟁업체에서 일하는 것이 못마땅하지만, 적을 알기 위해 내부에 잠입하는 것도 좋은 방법이다. 다양한 종류의 커피를 만드는 방식이라든가, 손님들의 취향 같은 것을 많이 배운다.

같이 일하는 아르바이트생들은 대부분 대학생이다. 여고생도 두 명 있다. 그들은 나를 여러 가지 호칭으로 부른다. 형, 오빠, 아저씨. 셋 다 마음에 안 들었다. 그들의 말에는 상대에 대한 존중이 없었다. 그저 어떻게든 내게 힘든 일을 시키려고 할 뿐이었다. 무림에서는 적에게도 포권(抱拳)을 하며 존경을 표시했다. 서로 추구하는 바가 달라도 일정한 경지에 오른 것에 대한 예우였다.

내 근무 시간은 오후 2시에서 밤 10시까지다. 일요일은 쉰다. 오늘은 7시에 조퇴한다고 매니저한테 미리 말해뒀다.

— 무슨 일 있어요?

매니저는 못마땅해하는 눈치였다.

— 집에 일이 있어서요.

나는 당당하게 말했다. 그동안 한 번도 지각과 조퇴를 한 적이 없었다. 매니저는 어쩔 수 없이 그러라고 했다. 집에 일이 있다는 것은 당연히 거짓말이었다. 나는 가족이 없다. 예전에도 그랬다. 부모님은 둘 다 병으로 죽었다고 한다. 먼 친척이 나를 잠시 데리고 있다가 소림사에 맡겼다. 부모님이 살아 있었다면 불구가 됐을 때 독이 든 차를 마시지 않았을까? 몇 번 더 망설이기는 했을 것이다.

조퇴를 신청한 이유는 서령과 만나기로 약속을 했기 때문이었다. 일이 그때 끝난다고 했다.

내가 서령을 다시 만난 경위는 다음과 같다.

2주 전이었다. 아주 더웠고, 습도가 높았다. 사람들은 에어컨 바람을 쐬기 위해 카페로 몰려들었다. 자리가 없어서 서 있는 사람들도 있었다. 주문이 밀렸다. 불쾌지수가 높은 탓인지 여기저기서 고성이 오갔다. 자기가 먼저 왔다고 싸우는 손님도 있었고, 자리에 앉자마자 헤어지는 연인도 있었다. 엄마들은 아이를 혼냈다.

— 너 또 엄마랑 약속한 거 어겼지?

뿔테 안경을 쓴 여자가 커다란 가방을 멘 아이를 혼내고 있을 때, 갑자기 카페가 조용해졌다. 카페 안으로 여자 아이돌 그룹의 멤버인 윤아가 들어왔기 때문이었다. TV를 거의 보지 않는 내가 그녀의 얼굴과 이름을 기억하는 것은, 언젠가 버스정류장의 광고판에서 본 그녀의 사진이 무당제일미와 너무 똑같았기 때문이었다. 정적은 5초 정도 이어지다가 웅성거림으로 바뀌었다. 핸드폰을 꺼내서 사진을 찍는 사람들도 있었다. 몇 명이 사인을 받으려고 다가갔다가 경호원들에게 제지당했다.

— 영업을 방해해서 죄송합니다. 금방 주문하고 나갈게요.

윤아의 목소리는 내공을 실어 말하는 것처럼 부드러웠다. 음공 중에 사람을 미혹시키는 무공이 있다는 말을 들은 적이 있는데, 그런 무공이 실재한다면 비슷한 형태일 것 같았다.

그녀가 사람을 시키지 않고 직접 카페에 온 이유는 금방 알 수 있었다. 베테랑인 매니저가 직접 주문을 받는다 해도 따라가기 힘들 정도로 요구 사항이 많았다. 한 잔은 샷을 추가하고 시럽을 듬뿍 넣고, 한 잔은 샷을 2분의 1로 줄이고 휘핑크림을 많이, 다른 한 잔은 시나몬을 두 배로 넣고 스팀 밀크의 양을…… 그녀는 각각 다른 종류의 커피를 여덟 잔 주문하고, 피망을 빼고 빵을 살짝 익혀달라는 등의 요구와 함께 샌드위치도 다섯 개 시켰다. 매니저는 두 번이나 주문을 다시 확인하고 직접 지시해서 커피를 만들었다. 나는 빨대와 냅킨을 포장용 종이봉투에 넣었다.

윤아와 경호원들은 무림의 암살자들처럼 순식간에 사라졌다. 카페 안에 묘한 여운이 감돌았다. 그런데 나갔던 경호원 중 한 명이 다시 들어왔다. 윤아의 바로 옆에 붙어 있던 경호원이었다. 여자치고는 큰 체격 때문에 기억하고 있었다. 양복 위로 솟은 가슴과 길게 묶은 머리가 아니라면 여자라는 것을 파악하기 힘든 외모였다. 어쩌면 그 경호원이 아이돌 그룹의 미모를 한층 빛나게 하는 역할을 하는지도 모른다고 생각했다.

거구의 경호원은 곧바로 내게 다가왔다. 나는 왠지 모를 위협을 느껴 조용히 내공을 끌어올렸다.

— 뭐 더 필요할 거라도 있으신가요?

내가 물었다. 경호원은 대답하지 않고 잠시 머뭇거리다가 내쪽으로 몸을 기울였다.

— 저…… 이상하게 들릴지 모르지만, 혹시 소림의 일각 님이 아니신지요?

경호원이 속삭이듯이 말했다.

카페 안에 조명이 깨지면서 차단기가 내려갔다. 너무 뜻밖의 말 때문에 나도 모르게 내공을 분출한 탓이었다. 갑작스런 어둠에 우는 아이들도 있었다. 매니저가 차단기를 올렸다. 다행히 깨진 조명은 두 개뿐이었다.

— 누구냐?

나는 경호원에게 전음을 보냈다. 그녀는 전음으로 자신이 무당제일미라고 대답했다. 믿을 수 없었다. 정전 사태가 일단락되자 사람들의 시선이 우리한테 쏠렸다.

그녀는 아무 일도 아닌 척 아메리카노를 주문했다. 나는 커피를 만들면서 천천히 그녀의 얼굴을 다시 살펴봤다. 미의 기준은 시대마다 다르다. 국가와 인종, 문화적 차이도 있다. 하지만 동서고금의 어떤 기준으로 봐도 내 눈앞에 있는 여자는 전혀 아름답지 않았다.

— 이제야 일각 님이 만든 차를 마셔보네요.

그녀는 아메리카노를 한 모금 마시더니 그렇게 전음을 보냈다. 서령이 분명했다. 혹시 백보신권에 얼굴이 뭉개지는 바람에 그렇게 된 것인지 물어보려다가 그만뒀다. 미모 때문에 평생을 남자들에게 시달리고 결국 납치까지 당했으니, 죽으면서 어떤 소원을 빌었을지 짐작이 갔다.

우리는 전음으로 약속을 잡았다.

약속 장소에 가기 위해 버스를 탔다. 자리가 없었다. 나만 빼고 모두가 앉아 있었다. 나는 공원에서도 카페에서도 서서 일한다. 계속 서 있어야 하는 것도 자판기의 숙명인 모양이다. 한창 무공 수련을 할 때는 기마자세로 나흘씩 버틴 적도 있지만, 수련과 노동은 다르다.

다리가 아팠다. 잠깐이라도 앉아서 쉬고 싶었다. 하지만 내가 아무리 힘든 표정을 지어도 누구도 내게 자리를 양보하지 않는다. 이곳은 무림이 아니니까.

— 다 왔어요.

서령의 집은 오피스텔이었다. 그녀는 많이 취했다. 무당제일미와 취할 때까지 술을 마시는 것은 생각해본 적 없었다. 하지만 그녀를 부축하고 있는데도 내 심장은 고요했다. 그녀를 침대에 눕히고 꿀물을 만들어 침대 맡에 뒀다.

— 우리가 환생한 이유가 뭘까요?

엘리베이터를 기다리는데 목소리가 들렸다. 전음으로 잠꼬대를 하는 걸 보면 서령도 무림이 그리운 모양이었다. 나는 대답하지 않았다. 그녀도 몰라서 물은 것은 아닐 것이다. 첫번째 태어났을 때도 이유 같은 건 없었다. 두번째도 마찬가지다.

특별한 계획 같은 것은 없었다. 매달 날아오는 고지서를 밀리지 않고 해결할 수 있으면 좋겠다. 작은 소망이 하나 있기는 했다. 돈을 모아서 소림사에 가는 것이다. 무림은 사라졌지만 소림사는 남아 있었다.

작년 추석 때, 연예인들이 소림사에 가서 1박 2일 동안 무술을 배우는 TV프로를 봤다. 숭산의 풍경도 건물도 예전 그대로였다. 하지만 무공은 완전히 달랐다. 아니 그 체조 같은 동작을 무공이라고 부르는 것도 민망하다. 지금의 소림사에서 나를 반가워할지는 미지수지만, 사라진 무공들을 전수해주고 싶다. 가능하다면 남은 생을 소림사에서 보내고 싶었다.

현실적인 문제들이 걸렸다. 교통비, 체류비, 가장 큰 문제는 비자다. 내게는 여행 비자 이상은 무리였다. 문제가 많을 때는 하나씩 해결해나가는 게 좋다. 무공을 수련할 때와 마찬가지다. 우선 돈부터 모아야 했다. 그런 점에서 서령을 만난 것은 행운이었다. 그녀는 내가 경제적으로 힘들다는 것을 알고 일자리를 소개해줬다.

㈜강한친구들.

그녀가 준 명함이다. 말을 해놓을 테니 시간 날 때 아무 때나 가서 이력서를 내고 면접을 보라고 했다. 경호 회사라고 했다.

2주 후에, 나는 면접을 보러 갔다. 경비원이 무슨 일로 왔는지 물었다. 경비원은 제자로 삼고 싶을 정도로 근골이 뛰어났다. 경호 회사를 지키는 경비원은 말하자면 문파의 얼굴이다. 소림사에서도 전투를 하는 나한전보다 접객을 하는 지객원에 들어가는 것이 더 힘들다.

경비원은 전화를 걸어 확인하고는 내게 충수를 알려줬다. 사무실이 컸다. 생각보다 좋은 회사인 것 같았다. 나는 몇 번의 안내를 더 받아서 깐깐한 여자 앞에 앉았다.

— 무술 배운 거 있어요?

여자가 컴퓨터로 이력서를 옮겨 적으면서 물었다.

— 백보신권과 봉술을 조금 익혔습니다.

소림 72절예를 하나씩 나열할까 하다가 최대한 겸손하게 대답했다.

— 처음 듣는데, 어느 단체에서 하는 거죠? 단증 있어요?

— 소림사에서 배웠습니다. 단증은 없는데요.

— 그럼 인정 안 돼요.

— 제 백보신권은 혜능선사께 직접 사사받은 겁니다.

— 제가 워드프로세서를 이찬진 씨한테 직접 배웠다고 해도 증명할 서류가 없으면 소용없지 않겠어요?

여자가 짜증 섞인 말투로 말했다. 이찬진이 누군지는 모르지만 혜능선사와 비견될 만큼 타자의 고수인 모양이었다. 나는 괜히 주눅이 들어서 고개를 숙였다.

— 전과가 있으시네요?

잠시 후에 여자가 다시 물었다. 그건 사정이 있다. 새로운 세상에 적응하기 전의 일이다.

공원에서 남자가 여자를 때리고 있었다. 여자가 나를 보더니 도와달라고 소리쳤다. 나는 바로 달려가서 금나수(擒拿手)로 남자를 제압했다. 아주 살짝 쥐었는데, 남자의 팔이 부러졌다. 여자가 경찰을 불렀다. 경찰이 오자 여자는 엉뚱한 소리를 하기 시작했다. 자기가 남자친구와 공원을 산책하고 있는데, 내가 다짜고짜 달려들어서 남자친구를 때렸다는 것이었다. 나는 영문도 모르고 폭행범이 됐다. 이곳에서는 함부로 남의 일에 나서면 안된다는 것을 그때 알았다.

사정을 설명해봤자 또 핀잔만 들을 것 같아서 그냥 그렇다고 대답했다. 여자가 한숨을 쉬었다.

— 지금 일각 씨 이력으로는 원래 안 되는데, 이 팀장 부탁이니까 특별히 채용하는 겁니다.

무슨 실장인가 하는 남자가 몇 마디 질문을 하고는 그렇게 말했다. 바로 취직이 된 것은 아니었다. 석 달 정도 일하는 걸 지켜보고 잘하면 뽑겠다고 했다. 인턴, 말하자면 정식으로 입문하기 전에 문하생 같은 신분이다. 그래도 아르바이트보다는 훨씬 낫다. 4대 보험이 적용되기 때문이다. 이곳에서는 동서남북을 지켜주는 금강보다 그게 더 중요하다.

내 첫 임무는 윤아의 개인 활동을 따라다니는 것이었다. 라디오, 드라마, 광고, 화보, 인터뷰…… 그녀가 하는 일은 이력서 양식만큼이나 다양했다. 일정이 겹칠 때는 부산과 서울을 두 번씩 왕복하기도 했다. 그녀는 하루에 세 시간 정도 잔다. 차에서, 메이크업을 받으면서, 밥을 먹으면서 계속 존다. 하지만 일이 시작되면 진검 앞에 선 것처럼 집중한다. 그녀는 고수다.

나는 윤아가 촬영장에 들어가거나 밥을 먹는 동안 틈틈이 역용술과 축골공을 풀고 운기행공을 한다. 윤아는 내가 잠시 보이지 않아도 크게 신경 쓰지 않았다. 아마 내 이름도 모를 것이다. 나는 가끔씩 그녀에게 직접 만든 커피를 뽑아줬다.

— 경호원 오빠, 커피 잘 타네요.

그녀가 그렇게 말하면 기분이 좋다. 노래는 잘 모르지만 난 그녀의 팬이 됐다. 첫 월급을 받으면 그녀가 속한 그룹의 앨범을 살 생각이었다.

드라마 촬영이 끝나고 윤아가 처음으로 내 이름을 물어봤다. 스턴트맨 대역을 한 덕분이었다. 그녀는 드라마 여주인공이었다. 이중 스파이를 사랑하는 외교관 역할이다. 드라마를 본 적은 없지만, 꽤 화제성이 있는 모양이었다. 간혹 그녀를 드라마의 배역 이름으로 부르는 팬들도 있었다.

드라마는 이제 4회분밖에 남지 않았다. 납치된 여주인공을 구하러 온 스파이가 총에 맞아 건물에서 떨어지는 장면에서 스턴트맨이 필요했다. 두 번의 NG가 났고, 세번째 촬영에서 스턴트맨이 부상을 당했다. 대기하고 있던 다른 스턴트맨이 투입됐지만, 감독이 배우와 체격이 맞지 않는다고 촬영을 중단시켰다.

— 거기 경호. 운동 뭐 했어? 태권도? 합기도?

난감한 표정으로 여기저기 전화를 걸던 무술감독이 나를 보고는 그렇게 물었다.

— 절에서 무술을 좀 배웠습니다.

나는 그렇게 대답했다.

— 고무도 출신이야? 낙법은 할 줄 알지?

무술감독은 내 팔과 어깨를 만져보더니 코디네이터를 불렀다. 모니터 앞에서 윤아가 호기심 어린 눈으로 나를 쳐다보고 있었다.

카메라 앞에서 연기하는 것은 어색했지만, 동작 자체는 어려울 것이 없었다. 총에 맞은 척 건물에서 떨어지는 것은 내게는 커피 한잔을 마시는 것과 다르지 않았다. 서비스로 540도 회전을 하면서 떨어졌다. 촬영은 한 번 만에 끝났다.

— 자네, 이쪽 일 해볼 생각 없나?

무술감독이 명함을 주면서 말했다. 나는 하마터면 그러겠다고 할 뻔했다. 누군가 나를 필요로 하는 게 처음이라 감동했다.

— 잘하시네요. 오빠, 이름이 뭐예요?

다음 스케줄로 가는 차 안에서 그녀가 말했다.

— 일각입니다.

— 일씨가 있어요?

— 법명입니다.

― 우리 엄마도 불교 믿어요.

나는 새 직장이 마음에 들었다.

메뉴를 하나 늘렸다. 윤아가 좋아하는 커피 중에 루왁커피라
는 것이 있다. 사향고양이한테 커피콩을 먹인 후에 그 배설물로
만드는 거란다. 그것을 흉내 냈다. 오금공원에는 청설모가 많이
산다. 가격을 올리지는 않았다. 이름도 '진한커피'라고만 붙였
다. 내가 팔면 그게 무엇이든 그냥 자판기 커피일 뿐이니까.

새 메뉴의 반응을 보는 것은 다음으로 미뤘다. 홍콩 출장이 잡
혔다. 본토에서 멀리 떨어진 곳이지만, 중국에 간다는 사실만으
로도 온몸이 떨렸다. 실장이 출장 갈 인원을 뽑으려고 중국어 테
스트를 했는데, 내가 1등이었다. 예전에 내가 쓰던 말과 차이가
있었지만, 회화 책을 잠깐 본 것만으로도 충분했다.

― 중국어 잘하네. 왜 이력서에는 안 썼어?

실장은 의외라는 표정으로 날 출장 인원에 포함시켰다. 서령
도 함께였다. 이번 출장은 곧 출시되는 아이돌 그룹의 새 앨범
때문이었다. 뮤직비디오와 앨범 재킷 촬영 때 쓸 의상과 액세서
리를 구입하는 데 동행하는 것이다. 멤버가 여덟 명이나 되니,
경호원도 많이 붙을 수밖에 없다.

실장은 비행기에 타기 전에 다시 한번 주의를 줬다. 안전은 당
연한 일이고, 이번 앨범의 콘셉트가 미리 유출되지 않도록 각별
히 주의해달라는 게 기획사의 요청이었다. 누군가 이번 앨범의

콘셉트가 뭔지 물었다. 실장은 고민하다가 말해줬다. 뭔지 알아야 유출되지 않게 막을 수 있으니까.

— 동양의 신비.

하지만 홍콩은 전혀 신비하지 않았다. 서울과 별로 다를 게 없었다. 제대로 보지도 못했다. 쇼핑, 쇼핑, 그리고 쇼핑. 금강불괴의 몸으로도 여자들이 물건 사는 데 따라다니는 건 견딜 수가 없었다. 그들은 이틀 동안 1억 6천 5백만 원어치의 옷과 액세서리를 샀다. 커피로 치면 33만 잔쯤 된다. 여덟 명의 소녀가 이틀 동안 33만 잔의 커피를 마실 수 있다는 건 신비한 일이기는 했다.

사흘째 날, 아이돌 그룹의 멤버들은 두셋씩 짝을 지어 개인적인 물건을 사러 다녔다. 나는 서령과 짝을 이뤄 멤버 두 명을 따라갔다. 개인적인 쇼핑, 쇼핑, 그리고 쇼핑. 서령은 즐거워 보였다. 우리는 저녁을 먹고 하버시티 쇼핑몰 앞을 걸었다. 멤버들은 거리 공연을 보느라 정신이 없었다. 깊게 눌러쓴 모자 덕에 아무도 그들을 알아보지 못했다.

— 일각 님, 제 앞쪽 좀 보세요.

갑작스런 전음에 나는 경계심을 갖고 서령의 전방을 주시했다. 누더기를 걸친 노인이 오른팔로 지팡이를 잡은 채 공중에 떠 있었다. 서울에서도 자주 보던 모습이라 고개를 돌리려는데 서령이 자세히 보라고 다시 전음을 보냈다. 내공을 끌어올려 확인해보니 노인은 아무런 장치나 속임수도 없이 정말로 공중에 떠 있었다. 능공허도(凌空虛渡), 아니 자신의 몸을 사물로 허공섭

물(虛空攝物)을 시전하고 있었다. 하지만 이상하게도 노인에게서는 아무런 기운도 느껴지지 않았다. 단전에 한 줌의 내공도 없는 평범한 노인이었다. 기운의 진원지를 찾다가 시선이 지팡이에 멈췄다. 노인이 잡고 있는 지팡이는 녹옥불장이었다.

나는 노인에게 다가가 지팡이가 어디서 났는지 물었다. 처음에 묵묵부답이던 노인은 돈을 쥐여주자 야시장에서 샀다고 대답했다. 노인은 소림사 방장의 신물인 녹옥불장을 공중부양 지팡이라고 불렀다.

—그거 저한테 파세요.

노인은 3천만 원을 주면 팔겠다고 했다. 커피를 6만 잔이나 팔아야 모을 수 있을 돈이었다.

—어떻게든 갚겠습니다.

나는 서령에게 사정을 설명하고 돈을 빌려달라고 말했다.

—적금을 깨야 하는데…… 지금 일각 님한테는 쓸모도 없잖아요. 저건 저분한테 생계수단일 텐데.

서령이 머뭇거리다가 말했다.

—무당파 신물인 태극혜검(太極慧劍)이 바비큐용 꼬치로 사용되고 있다고 생각해보세요.

—그걸로 먹고사는 사람이 있다면 상관없습니다. 이 시대에 검은 장식품일 뿐이니까요.

서령을 설득하기 위해 몇 마디 더 해봤지만, 소용이 없었다. 강제로 녹옥불장을 뺏을 수는 없었다. 대의와 협을 잃으면 녹옥불장을 들 자격이 없으니까.

— 두 분 왜 싸우세요?

윤아가 우리가 실랑이하는 것을 보고 다가와 물었다. 나는 혹시나 하는 마음으로 그녀에게 녹옥불장이 얼마나 가치 있는 것인지 설명했다. 그녀는 천천히 녹옥불장을 살펴봤다.

— 제가 살게요.

윤아는 고수답게, 녹옥불장의 가치를 알아봤다.

새 앨범은 대성공이었다. 특히 소복을 입고 녹옥불장을 이용해 공중부양을 하는 퍼포먼스는 연일 화제였다. 새 앨범을 낸 후, 첫 콘서트도 전석 매진이었다. 나는 무대로 달려드는 관중을 막았다. 여자, 남자, 아이 할 것 없이 밀어내도, 밀어내도 계속 몰려왔다. 마음 같아서는 호신강기로 전부 튕겨버리고 싶었지만 참았다.

윤아가 개인 공연을 하고 있는데, 개량한복을 입은 노인이 경호원들을 제치고 무대 가까이 접근했다. 나는 재빨리 노인 앞을 막고 금나수를 펼쳤다. 노인은 슬쩍 팔을 빼서 피했다. 전에 여자친구를 때리던 남자의 팔을 부러뜨린 경험 때문에 약하게 사용하기는 했지만, 일반인이 금나수를 피하는 것은 불가능한 일이었다.

노인이 장법으로 나를 공격하고 무대로 뛰어들었다. 나는 갑작스러운 공격에 뒤로 밀려났다. 나는 급하게 내공을 끌어올려

무대로 올라갔다. 콘서트장의 조명이 깨지면서 차단기가 내려갔다. 서령도 일이 심상치 않음을 깨닫고 합세했다. 서령과 나는 어둠 속에서 노인과 초식(招式)을 주고받았다. 얼굴을 자세히 못 봤지만, 초식만으로도 그가 누구인지 충분히 알 수 있었다. 좌호법이었다.

이번에는 사대금강의 도움이 없었다. 서령이 또 날 배신하고 뒤에서 공격할지 모른다는 불안도 있었다. 하지만 나는 예전의 내가 아니었다. 몇 번이나 좌호법의 장법에 얼굴과 가슴을 맞았지만 아무렇지도 않았다.

좌호법은 내게 자신의 무공이 통하지 않는 것을 깨닫고 관중석을 향해 무차별적으로 장법을 날렸다. 나는 서둘러 관중석 앞을 막아섰다. 하지만 방어할 범위가 너무 넓어서 힘에 부쳤다. 그때 서령이 녹옥불장을 내게 던졌다. 나는 한 손으로는 녹옥불장으로 나한봉을 시전해 좌호법의 공격을 막고, 다른 한 손으로는 백보신권을 날렸다. 좌호법은 백보신권에 맞아 뒤로 크게 밀려났다. 제대로 맞지는 않았지만, 갈비뼈 한두 개 정도는 부러졌을 것이다.

조명이 켜졌다. 여러 차례 공방이 있었지만, 30초 정도밖에 지나지 않았다. 좌호법의 모습이 보이지 않았다. 무대 위에 있던 윤아도 같이 사라졌다.

— 쓸모없는 것들. 콘서트 중에 납치가 말이 돼?

실장이 윤아를 찾아오라고 고함을 쳤다. 경찰도 언론도 난리

였다. 좌호법의 손에서 납치된 윤아를 구해 올 수 있는 건 나뿐
이었다. 어떻게든 그녀를 구해야 한다. 못 구하면 나는 해고다.

　무턱대고 찾아다닐 수는 없었다. 여러 사람의 힘을 빌리는 게
더 빠르다는 것은 과거의 경험으로 잘 알고 있었다. 다행히 윤아
는 전 국민이 다 아는 유명인이었다. 팬도 많았다. 따로 부탁하
지 않아도 다들 적극적이었다. 경찰은 콘서트를 찍은 영상에서
좌호법의 얼굴을 분리해 전국에 수배령을 내렸다. 경찰과는 별
도로 기획사에서 포상금도 걸었다. 위치를 제보하는 사람한테
1억을 주겠다고 했다.

　서령은 기획사와 협조해서 경찰과 언론에 들어온 제보를 확
인했다. 대부분 허위 정보였다. 나는 최대한 기감을 넓히고 서울
근처의 산부터 돌아다녔다. 좌호법은 부상을 당했으니, 멀리 가
지는 못했을 것이다. 어딘가에 숨어서 운기조식을 하고 있을 게
분명했다.

　파주 근처의 군부대에 괴한이 침입해 초병을 쓰러뜨리고, 총
과 탄약, 수류탄을 훔쳐 가는 일이 발생했다. 군은 무장공비의
소행이라고 발표했지만, 내가 보기에는 좌호법의 짓인 것 같았
다. 서령도 내 생각에 동의했다. 나는 금강불괴였고, 녹옥불장
도 갖고 있었다. 좌호법은 맨손으로는 나를 이길 수 없다고 판단
하고 무기를 준비한 것이다.

　나보다 군이 먼저 좌호법을 발견했다. 공비가 숨어 있는 산을

포위하고 수색 중이라는 뉴스가 나왔다. 서령과 나는 뉴스에 나온 산으로 차를 몰았다. 군의 포위망은 무림의 천라지망(天羅地網)과 비슷했다. 약점도 같았다. 안에서 밖으로 나오는 것은 어렵지만, 외부에서 안으로 들어가는 것은 쉽다. 나와 서령은 경공을 최대한 사용해서 포위망의 중심으로 달려갔다.

— 가까이 오지 마.

좌호법은 우리를 보자마자 윤아의 머리에 손바닥을 댔다. 여차하면 머리를 장법으로 날려버리겠다는 협박이었다. 다른 한 손에는 총을 들고 나를 겨눴다. 윤아는 점혈을 당했는지 움직이지 않았다. 나는 멈추지 않았다. 좌호법이 윤아를 해치지 않을 거라는 확신이 있었다. 환생까지 해서 납치할 정도로 반한 여자를 죽일 리가 없으니까.

나는 전음으로 서령에게 윤아를 부탁한다고 말하고 좌호법을 공격했다. 좌호법은 총과 장법을 동시에 사용하며 반격했다. 좌호법을 윤아에게서 떼어놓기 위해서는 방어를 무시하고 계속 공격하는 수밖에 없었다. 장법은 견딜만 했지만, 총은 위험했다. 총알이 관통하지는 않았지만, 몸 내부에 충격이 쌓이고 있었다. 우리가 싸우는 틈에 서령이 윤아를 한쪽으로 옮겼다. 이제 마음껏 싸울 수 있었다. 압도하지는 못했지만, 내가 우세했다. 하지만 시간이 없었다.

멀리서 군인들의 모습이 보였다. 총소리를 듣고 우리의 위치를 파악한 것 같았다. 군인들은 좌호법과 나를 한편이라고 생각한 모양이었다. 무차별적인 사격 때문에 나는 공격을 멈추고 나무 뒤로 몸을 숨겼다. 좌호법은 자신을 공격하는 군인들에게 장법을 날렸다. 10여 명이 죽거나 다쳤다. 처음 보는 공격에 놀란 탓인지 사격이 잦아들었다.

— 윤아다!

누군가 소리쳤다. 윤아의 모습을 확인한 군인들은 함성을 지르며 돌격해왔다. 좌호법의 공격에 머리가 날아가고 다리가 부러졌지만 누구도 멈추지 않았다. 이 나라의 대통령이 붙잡혀 있다고 해도 그렇게 되지는 않을 것 같았다.

좌호법이 수류탄을 던지기 시작했다. 나는 다시 좌호법에게 달려들었다. 더 이상 무고한 젊은이들을 희생시킬 수는 없었다. 내 공격을 예상하고 있었는지, 내 앞에도 수류탄이 떨어져 있었다. 피하기에는 이미 늦었다. 동귀어진(同歸於盡) 하는 수밖에 없었다. 나는 남은 공력을 전부 모아서 백보신권을 날렸다.

폭발음이 들렸는데도 별다른 충격이 없어 아래를 보니 서령이 쓰러져 있었다. 대신 수류탄을 막은 것 같았다. 허리 아래쪽이 비어 있었다.

— 이걸로 전에 찌른 건 용서해주세요.

서령은 말을 할 수 없는지 마지막 전음을 보냈다. 바로 옆에서 가슴이 함몰된 좌호법도 입을 벙긋거리다가 숨을 거뒀다. 나는 두 사람의 명복을 빌어줬다. 어쩌면 다음 생에는 둘이 금슬 좋은 부부가 될지도 모른다.

장갑차가 올라오고 있었다. 나는 필사적으로 도망쳤다. 어떤 무공으로도 문명을 이길 수는 없다. 역용술과 축골공이 풀리고 있었다. 내공이 거의 남아 있지 않았다. 혈맥이 요동치는 게 느껴졌다. 하지만 어떻게든 군인들의 시야에서는 벗어나야 했다.

산에 쓰러진 나를 등산객이 발견해 고물상에 팔았다. 꼼짝도 할 수 없었다. 뒤틀린 기혈을 바로잡는 데 한 달이 넘게 걸렸다. 온몸에 때가 쌓여서 고물상에서 나오자마자 목욕탕에 갔다. 사우나 안에서 TV에 나온 윤아를 봤다. 토크쇼인 것 같았다. 무서운 일을 당한 지 얼마 안 됐는데도 밝은 모습이었다. 진행자가 이상형이 어떻게 되냐고 물었다.

— 커피 잘 타는 남자요.

나는 다시 오금공원으로 돌아왔다. 내 자리에 다른 자판기가 놓여 있어서 자리를 옮겼다.

이력서를 쓰고 있다. 전만큼 어렵지는 않다. 중국어 능통. 워드프로세서 3급 소유. 드라마 스턴트맨 경력 있음. 유명 아이돌 그룹 경호 업무를 맡은 적 있음…… 앞으로 채울 수 있는 빈칸이 더 많아질 것이다. 며칠 전 운전면허를 따기 위해 학원에 등록했다.

* 무림고수가 커피 자판기가 되는 설정은 장형윤 감독의 「무림일검의 사생활」에서 차용.

일사부조리

그는 스무 살 때 청각을 잃었다.

그즈음 그는 대학에 합격하고 영어학원에 다니고 있었다. 아버지 때문이었다. 청각을 잃기 전까지 그는 아버지가 정해준 대로 움직였다.

아버지는 고등법원의 판사였다. 일상적인 말을 할 때도 판결문을 읽는 것처럼 말했다. 아버지가 '밥 먹어'라고 말하면, 그는 지금 즉시 밥을 먹지 않으면 누군가 와서 끌고 갈 것 같은 기분이 들었다.

아버지는 대학생 때 맑스철학동아리 회장이었다.

─ 뭘 하는 동아리였어요?

언젠가 그는 물었다.

─ 데모를 했지.

아버지는 그렇게 대답했다. 그리고 잠시 후에 '너는 절대 하지 마라'라고 덧붙였다.

— 네가 하고 싶은 걸 하면서 살아.

아버지는 입버릇처럼 그렇게 말했다. 뒤에 따라오는 말은 사용가치와 교환가치에 대한 진부한 설명이었다. 지루했고 동의할 수 없는 부분이 있었지만, 그는 반박하지 않았다. 반박할 만큼 딱히 하고 싶은 일이 없었다. 어떤 물건을 사야 할지 모를 때는, 나중에 갖고 싶은 물건이 생길 때까지 무엇이든 살 수 있는 교환가치를 많이 갖고 있는 것이 유리하다. 그는 그 부분만큼은 아버지의 견해에 동의했다. 성적표는 대표적인 교환가치 중 하나였다. 그는 어느 대학의 입학통지서와도 교환 가능한 성적표를 갖고 있었다.

아버지는 자신의 후배가 되라고 판결했다. 그는 그렇게 했다. 합격 통지를 받고 그는 조금 쉬고 싶었다. 입학식까지 석 달 정도가 남아 있었다. 한 달은 계속 잠을 자고, 두 달은 여행을 다니고 싶었다. 하지만 아버지는 영어학원에 다닐 것을 권했다. 영어는 교환가치가 높은 언어다.

일주일에 세 번 학원에 갔고, 갈 때마다 두 시간씩 수업을 들었다. 크게 힘든 일정은 아니었다. 하지만 그는 지쳐 있었다. 30분이면 할 수 있는 과제를 세 시간 넘게 붙잡고 있었다. 그의 불만을 읽었는지, 아버지가 입학 선물이라며 헤드폰을 사줬다. 블루투스 기능이 있어서 선을 꽂지 않아도 되는 최신 상품이었다. 가끔 전파가 끊기는지 잡음이 섞일 때가 있었지만, 음질이 나쁜 편은 아니었다. 무엇보다 선이 없어서 편했다.

음악을 듣는 것은 그의 유일한 취미였다. 딱히 좋아하는 장르나 뮤지션은 없었다. 그저 다른 소리들을 차단하는 규칙적인 소리가 좋았다. 헤드폰을 끼고 있으면 사람들이 말을 걸지 않았다. 그의 집은 먹자골목 뒤편에 있었다. 버스를 타든, 지하철을 타든 그곳을 지나야 했다. 낮에는 대부분의 상점이 문을 닫아서 조용했지만 해가 지면 5초마다 한 번씩 호객 행위를 당했다. 사복을 입고 있을 때는 난처한 질문을 받을 때도 많았다.

— 형님, 노래방 안 가세요? 아가씨 예뻐요. 안마?

그런 질문을 하는 사람들은 어떤 식으로든 대답을 하면, 따라붙었다. 팔을 잡거나 어깨동무를 하는 경우도 있었다. 집 앞까지 따라온 사람도 있었다. 헤드폰을 끼면 그런 사람들을 피할 수 있어서 좋았다.

그날 영어 수업 지문은 케네디의 연설문이었다. 달 진출에 대한 내용이었다. 선생은 몇 명의 학생에게 달 진출에 관한 질문을 했다. 그에게는 아무것도 묻지 않았다. 그는 달에 깃발을 꽂는 것이 가치 있는 일인가에 대해 생각했다. 아버지의 생각이 궁금했다.

수업은 저녁때 끝났다. 겨울이라 해가 짧았다. 바람이 매서웠다. 지난주에 내린 눈이 녹지 않아 거리 곳곳에 흰 얼룩이 남아 있었다. 그는 버스에서 내려 먹자골목에 들어섰다. 네온사인과 자동차의 상향등이 뒤섞여서 어지러웠다. 눈이 시렸다. 헤드폰을 쓰고 볼륨을 높였다. 「Hotel California」가 흘러나왔다. 그는 전자기타 소리가 마음에 들었지만, 영어 수업을 듣고 나온 후라 팝송을 듣고 싶지 않았다.

헤드폰 왼쪽에는 버튼이 달려 있었다. 그 버튼으로 볼륨을 조절하거나 다음 노래로 넘길 수 있었다. 버튼을 누르자 강한 충격이 머리를 뚫고 지나갔다. 처음 느낀 감각이었다. 밝은 빛이 보였고, 갑자기 어두워졌다. 몸에서 힘이 빠져나갔다.

눈을 떴을 때는 병원이었다. 어머니의 얼굴이 보였다. 어머니가 벽에 달린 버튼을 누르자 간호사와 의사가 왔다. 어머니와 의사는 이야기를 주고받았는데, 그에게는 아무 소리도 들리지 않았다.

감전 사고라고 했다. 그날 그는 어머니가 직접 뜨개질한 스웨터와 오리털로 된 점퍼를 입고 있었고, 정전기가 헤드폰 배터리와 반응해 일종의 합선 같은 것이 일어났다. 그는 귀를 심하게 다쳤다. 의사는 회복될 가능성이 전혀 없다고 했다. 다른 외상은 없었다. 넘어지면서 무릎에 찰과상을 입은 게 전부였다.

아버지는 헤드폰 제작사를 고소했다. 회사는 공식적으로는 사고의 책임을 인정하지 않았다. 하지만 비공식적으로 아버지와 합의했다. 합의금으로 10억을 받았다. 아버지가 판사였기 때문에 가능한 일이었다. 아버지는 그 돈으로 땅을 사서 건물을 지었다. 그는 왜 그런 아무것도 없는 외진 곳에 건물을 짓는지 이해를 못 했다. 시간이 지나자 건물 근처에 지하철역이 들어왔고, 대형 마트가 생겼다. 10년 동안 계속 집값이 올랐다.

그는 대학에 가는 것을 포기했다. 소리가 들리지 않으니 수업을 들을 수가 없었다.

— 네가 하고 싶은 걸 하면서 살아라.

아버지가 준 집문서와 월세가 입금되는 통장 사이에 그런 쪽지가 들어 있었다. 다른 문장은 없었다. 하지만 그는 앞에 생략된 말이 무엇인지 알았다.

— 지금까지 잘 따라왔는데 아쉽구나.

그는 고개를 끄덕였다. 귀를 다쳤을 뿐, 성대와 혀, 이빨 모든 것이 그대로였지만, 그는 한동안 아무 말도 할 수 없었다. 의사는 적응하면 괜찮아질 거라고 했다.

퇴원을 하고 그는 독순술을 배우러 다녔다. 입술 모양을 읽어서 말을 알아듣는 기술이었다. 처음에는 수화를 배우려고 했는데, 수화는 그것을 아는 사람들 사이에서만 쓸모가 있었다. 그는 독순술을 배우고 다시 말을 할 수 있게 되면 모든 것이 원래대로 돌아갈 수 있을 거라고 생각했다.

그가 다닌 곳은 '아미원'이라는 곳이었다. 대부분의 학생들이 청각장애인이었다. 드물게 장애가 없는 사람들도 있었다. 청각장애인의 가족들, 교육 목적으로 배우는 선생들, 도박사, 소속을 밝힐 수 없는 국가기관의 직원도 있었다. 그는 꽤 우수한 학생이었다.

입술을 읽어서 상대의 말을 알아듣는다는 건 생각처럼 쉬운 일이 아니었다. 사람들의 입 모양과 발음 습관은 너무 다양하고, 장음과 단음, 어조와 음성의 고저를 파악할 수 없기 때문에 아무리 완벽하게 익혀도 모든 말을 다 알아들을 수는 없었다. 무엇보다 큰 문제는 2년 넘게 독순술을 익힌 후에도 계속 말을 할 수 없었다는 것이었다.

— 너는 말하는 데 아무런 장애도 없어. 단지 네 목소리가 들리지 않는 것뿐이잖아.

그에게 독순술을 가르쳐준 아미원 원장은 그렇게 말했다.

— 하지만 귀머거리는 대부분 벙어리잖아요.

그는 늘 가지고 다니던 메모지에 그렇게 썼다.

— 그건 태어날 때부터 귀머거리여서 말하는 법을 배우지 못해서 그런 거야. 넌 이미 말하는 법을 다 알고 있잖아.

원장이 말했다.

— 그렇지만 말을 해도, 제대로 말한 건지 알 수가 없어서 두려워요.

그가 썼다.

원장은 그의 머리를 쓰다듬었다. 그리고 며칠 후에 커다란 거울을 사 왔다.

— 이걸 보면서 연습해봐.

그날부터 그는 거울을 보면서 말을 했다. 거울 속에서 움직이는 입술을 보면서 자신이 무슨 말을 하는지 읽었다. 언제나 그가 말하고자 했던 대로 입술이 움직였다. 그렇게 수만 번 확인하자, 그는 원하는 대로 말할 수 있다는 확신을 가질 수 있었다.

그가 독순술을 배우는 사이에 아버지와 어머니는 이혼했다. 표면적으로는 아버지가 바람을 피운 것이 원인이었다. 처음에 어머니는 아버지를 간통죄로 고발하겠다고 난리를 피웠다.

— 간통죄는 위헌적 요소가 있어.

아버지는 담담하게 말했다. 어머니는 판사와 법률로 다투는 일이 피곤하다는 것을 알고 있었다. 얼마 지나지 않아 어머니는 이혼 합의서에 도장을 찍었다. 이혼 선물로 아버지 명의로 되어 있던 집이 그의 명의로 바뀌었다. 어머니와 아버지는 집을 나갔다. 이혼 후 아버지는 판사를 그만두고 로펌에 들어갔다. 그는 가끔 뉴스에 나오는 아버지를 보면서 고개를 끄덕였다. 얼마 전 헌법재판소는 간통죄를 위헌이라고 판결했다. 그는 아버지가 유능한 법률가라고 생각했다.

몇 년 뒤 아버지와 어머니는 같은 날, 같은 시간, 같은 장소에서 각자 재혼했다. 아버지는 2층 어머니는 1층이었다. 어머니는 의도적으로 아버지와 같은 장소와 시간을 골랐다. 나름의 복수였지만, 아버지는 전혀 신경 쓰지 않았다. 그는 신랑 신부 입장은 2층에서 보고, 신부가 부케를 던지는 것은 1층에서 봤다. 사진은 아버지와 찍었고, 밥은 어머니와 먹었다.

결혼식에 같이 갔던 여자친구는 계단을 오르내리느라 지친 것 같았다. 그녀와는 아미원에서 만났다. 사회교육과 학생이었는데, 방학 때 아미원에서 인턴을 했다. 늘 단정하게 머리를 묶고 다녔고, 손톱이 짧았다. 그녀는 수화를 할 줄 알았고, 약간이지만 독순술도 할 수 있었다. 그녀가 먼저 교제를 제의했고, 그는 받아들였다.

결혼식이 끝나고 그는 안쓰러운 표정으로 자신을 바라보는 여자친구에게 집과 건물 이야기를 했다.

— 먹고살 걱정은 없겠네.

여자친구가 말했다.

— 헤어지자.

그는 그렇게 말하고 결혼식장을 나왔다.

전 여자친구의 말처럼 건물에서 나오는 월세만으로도 돈은 충분했다. 대형 마트에 가면 김치와 밑반찬을 살 수 있었다. 국이나 찌개 같은 것들도 포장해주는 곳이 많았다. 약간의 돈만 있으면 어머니가 차려주던 밥상과 큰 차이 없는 구성으로 밥을 먹을 수 있었다. 옷은 세탁소에 맡겼고, 청소는 로봇 청소기가 했다. 생활비로 쓰고 남는 돈은 대부분 청각장애인을 위한 단체에 기부했다. 주로 아미원을 통해서였는데, 그는 자신이 기부한 돈이 어떻게 쓰이는지는 관심이 없었다. 누군가 중간에 가로챈다고 해도 상관없었다.

그는 새벽에 일어나 조깅을 했다. 오후에는 도서관에 가서 책을 읽었다. 가끔 영화를 봤다. 화면 속의 입 모양을 읽는 게 힘들어서 주로 자막이 있는 외화를 봤다. 남는 시간은 산책을 했다. 그 밖에도 여러 가지 일을 했는데, 어떤 목적이나 의지는 없었다. 그는 자신이 판결을 기다리는 미결수 같다고 생각했다.

그는 무감각해진다는 말을 싫어했다. 사람들은 그 말을 아무느낌이 없다는 뜻 정도로 사용했다. 그는 감각을 잃으면 아무것도 느낄 수 없는 게 아니라는 것을 알고 있었다. 소리가 났는데들을 수 없으면 두려움이 생긴다. 그는 경적을 울리는 차를 피하지 못하고 죽는 상상을 자주 했다. 늘 사방을 두리번거리면서 다녔다.

어느 날, 그는 위층에 새로운 이웃이 이사 오는 것을 봤다. 그의 집은 아파트였다. 혼자 살기에는 넓은 평수였다. 어머니와 아버지는 집을 나갈 때 아무 짐도 챙겨가지 않았다. 그는 옷장 안의 옷을 의류 수거함에 버리라는 문자를 두 통 받았지만, 그렇게하지 않았다. 새로 이사 온 사람들은 삼십대 중반쯤 되어 보이는 젊은 부부와 남자아이 둘이었다.

다음 날, 그는 소음 측정기를 사서 거실 벽에 붙였다. 저녁 6시에서 8시 사이가 가장 시끄러웠다. 측정기의 수치가 70데시벨이넘어가면 그는 경비실로 항의 문자를 보냈다. 그러면 며칠 동안은 조용해졌다. 그는 무감각해진다는 말을 싫어했다.

하나의 감각이 제한되면 다른 감각이 예민해진다. 그것은 과학적으로 이미 검증된 일이었다. 눈을 감으면 소리가 더 잘 들리고, 촉각도 예민해진다. 그의 경우는 청각을 잃고 성감이 예민해졌다. 마트에 갔다가 우연히 여자 손끝만 스쳐도 발기가 됐다. 그는 처음에 감전 사고의 부작용이라고 생각하고 병원에 갔다.

— 몇 살이죠?

의사는 별다른 검사도 하지 않고 그렇게 물었다.

— 스무 살이요.

그는 바로 대답했다.

— 그 나이 때는 원래 그래요.

의사는 사형 판결을 하는 것처럼 확신에 찬 표정으로 말했다. 하지만 10년이 지난 지금도 그대로였다.

그는 자주 자위를 했다. 원하는 만큼 만족을 얻을 수 없었다. 먹자골목의 삐끼를 따라 휴게실이라는 곳에 갔다. 20만 원을 주면 한 시간 동안 여자를 살 수 있었다. 일주일에 두 번씩 휴게실을 찾았다. 처음에는 아무나 상관없었지만, 차츰 자신의 취향에 맞는 여자를 고르기 시작했다. 마음에 드는 여자가 한 명 있었다. 그녀는 희재라는 예명을 사용했다. 팁을 줘도 진짜 이름은 가르쳐주지 않았다. 희재는 처음 만났을 때는 긴 생머리였는데, 조금씩 자르기 시작하더니 나중에는 단발이 됐다. 그는 개인적으로 긴 생머리의 여자를 더 좋아했지만, 희재한테는 단발이 더 잘 어울리는 것 같았다. 그녀는 입이 컸고, 말을 할 때 입 모양이 정확했다.

— 고향이 어디야?

그가 물었다.

— 전주.

희재가 대답했다.

— 비빔밥이 유명한 곳?

— 다들 그렇게 알고 있지. 전주에 와본 적 있어?

— 아니.

— 비빔밥을 먹은 적은?

— 있어.

— 고향은 그런 거야.

그는 희재와 대화를 하면 무슨 말인지 알 것 같으면서도 사실은 하나도 모르는 것 같은 이상한 기분이 들었다. 그게 싫지 않았다. 그는 휴게실에 갈 때마다 희재에게 공소 이유를 설명하듯이 자신에 대해 하나씩 이야기했다. 감전 사고에 대해, 1층과 2층에서 있었던 아버지와 어머니의 결혼식에 대해, 그리고 아파트와 5층짜리 상가 건물이 자신의 소유라고 덧붙였다.

— 우리 오빠 불쌍하네.

희재는 그렇게 말하면서 그의 뺨을 어루만졌다. 그는 불쌍하다는 말을 들었는데도 기분이 좋았다. 희재는 그의 이야기를 잘 들어줬고, 가끔씩 자기 이야기도 했다.

— 중학교 때 『삼국지』를 좋아했어.

희재가 말했다.

— 그래서?

그가 대꾸했다.

— 친구가 한 명도 없었어.

그는 갈 때마다 두 시간씩 예약을 했는데, 늘 시간이 모자랐다. 그는 기부금을 줄이고 더 자주 휴게실에 갔다.

— 오빠, 단속에 걸릴까 봐 무섭지 않아?

어느 날, 희재는 그렇게 물었다.

— 성매매방지특별법은 위헌적 요소가 있어.

그는 최대한 아버지의 말투를 흉내 내면서 대답했다. 희재는 1억을 주면 1년 동안 같이 살아주겠다고 했다. 그가 원할 때는 언제든 해도 좋다고도 했다. 그는 그 제안이 마음에 들었지만, 당장은 1억이 없었다. 그동안 청각장애인을 위한 단체에 기부한 것을 후회했다. 그는 생각해보겠다고 말했다.

경찰에서 전화가 왔다.

그는 청각을 잃은 이후로 전화를 받지 않았다. 핸드폰은 입술 같은 것이 없으니까. 애초에 그를 아는 사람은 전화를 걸지 않았다. 하지만 반복해서 모르는 번호로 계속 전화가 왔다. 어쩔 수 없이 받을 수밖에 없었다. 그는 상대방이 누군지 어떤 말을 하는지 몰랐지만, 일단 자신의 사정을 밝히고 문자를 보내달라고 말했다. 전화를 건 사람은 경찰이었다.

문자는 그의 건물에 사는 세입자가 죽었는데, 가족도 친척도 없으니 협조를 부탁한다는 내용이었다. 죽은 사람은 최금여 할머니라고 했다. 그는 일단 알겠다고 답장을 보냈다.

그는 최금여 할머니를 알고 있었다. 그녀는 5년 전부터 그의 건물 5층에 살고 있었다. 보증금 없이 월세 70만 원짜리 계약이었다. 건물과 관련된 것은 모두 부동산에 일임했기 때문에 직접 만나지는 않았다. 나이가 많은 할머니가 입주했다는 연락을 받았을 뿐이었다. 조금 의아하게 생각하기는 했다. 혼자 살기에는 큰 평수였고, 월세도 노인이 부담하기에는 많은 것 같았다. 꼭 그것 때문은 아니었지만, 그는 5년 동안 한 번도 집세를 올리지 않았다.

그가 최금여 할머니를 기억하는 것은 편지 때문이었다. 부동산에서 세입자 중 한 명이 건물주에게 꼭 할 말이 있다는 연락이 왔다. 그는 편지를 보내주면 좋겠다고 말했다. 그러고 나서 며칠 후에 최금여 할머니에게서 편지가 왔다. '이 선생'으로 시작해서 '수압이 약해서'로 끝나는 편지였다. 붓펜으로 한 글자씩 정성스럽게 적혀 있었다. 서예 작품 같았다. 그는 다 읽은 편지를 버리지 않고 잘 접어서 서랍에 넣었다. 단순한 높임말로 사용한 거였지만, 선생이라는 호칭이 마음에 들었다. 그는 곧바로 관련 업체에 연락해서 수압 문제를 해결해달라고 했다.

며칠 후에 업체에서 문자가 왔다. 건물에 가보니 큰 문제가 없어서 그냥 돌아왔다는 내용이었다. 그는 미안하다고 답장을 보내고 출장비를 입금했다. 그는 대수롭지 않게 생각했다. 그 정도

착오는 얼마든지 있을 수 있었다. 하지만 한 달쯤 후에 다시 편지가 왔다.

— 수압이 약해서.

그는 아버지가 준 서류를 뒤져서 수도 시공업자에게 연락했다. 그의 건물은 역수압 방식으로 5층에서부터 아래로 물을 쏴주기 때문에 5층 수압이 약할 리 없다고 답이 왔다. 수도사업부에서는 자기네 문제가 아니라고 했다. 그는 건물 옥상에 물탱크를 설치했다.

최금여 할머니는 계속 수압이 약하다고 편지를 보냈다. 그는 그때마다 최대한 상응하는 조치를 했다. 배관을 새로 바꾸고 수도에 가압 장치를 설치했다. 마지막 편지를 받은 게 두 달쯤 전이었다.

그는 경찰서에 가서 최대한 협조했다. 자연사라고 했다. 큰 병도 없었고, 고통 없이 자다가 죽었을 거라고 했다. 워낙 고령이라 동사무소 직원이 일주일에 한 번씩 집에 찾아갔는데, 마침 그전날 돌아가셔서 오래 방치되지 않았다고 했다.

— 혹시 수도가 틀어져 있었나요?

몇 가지 서류에 서명을 한 후에 그는 그렇게 물었다.

— 글쎄요. 저희가 갔을 때는 아니었는데, 구급대원이 잠갔을지도 모르죠. 수도 요금이 많이 나왔나요?

연고자가 없는 시신은 6개월 동안 국가에서 지정한 병원에 안

치되다가 일괄적으로 화장하게 되어 있었다. 그는 자신의 돈으로 최금여 할머니의 장례식을 치렀다. 부동산을 통해 건물에 사는 다른 세입자들에게 알렸지만 아무도 오지 않았다.

— 수압이 약해서.

그는 최금여 할머니의 죽음이 약한 수압 때문인 것 같았다. 미안했다.

부동산 주인은 혼자 살던 노인이 죽은 방은 잘 나가지 않는다며 몇 달 정도는 방을 비워둬야 할지도 모른다고 했다.

— 의외로 이런 건 소문이 잘 나거든요.

그는 그 말을 돈을 더 달라는 뜻으로 받아들였지만 그렇게 하지 않았다. 오히려 잘됐다고 생각했다. 그는 자신이 살던 아파트를 전세로 돌리고, 최금여 할머니가 살던 집으로 이사했다. 전세금으로 받은 돈 중에 1억을 희재에게 줬다.

자신의 명의로 된 건물이었지만 직접 보는 것은 처음이었다. 하지만 큰 특징은 없었다. 어디에서나 볼 수 있는 5층 건물이었다. 건물 내부 설계도를 봤기 때문인지 낯설지는 않았다. 부동산 업자에게 들은 대로 1층에는 식당이 있었고, 2층에는 수학 학원이 있었다. 3층부터는 가정집이었다. 3층과 4층에 두 세대씩, 5층에는 한 세대가 살 수 있었다. 각 층 사이의 계단은 열여덟 개였다.

— 이 건물이 오빠 귀 대신이구나.

이사 오던 날 희재는 그렇게 말했다. 그는 고막이 어떤 모양인지 잘 몰랐지만, 어쩌면 건물과 비슷한 형태일지도 모른다고 생각했다. 최금여 할머니가 살던 5층은 새 집 같았다. 이사 전에 청소 업체를 부르긴 했지만, 쓸고 닦은 것과는 달랐다. 누군가 살았던 흔적 같은 것이 전혀 없었다. 화장실도 싱크대도 전혀 사용하지 않은 것 같았다. 방이 세 개였는데, 어느 방이 최금여 할머니가 죽은 방인지 알 수 없었다. 그는 경찰에 물어볼까 하다가 그만뒀다. 알려주지 않을 것 같았다.

그는 침대와 냉장고만 새로 샀다. 다른 가구는 희재의 취향에 맞춰서 채워나갈 생각이었다. 하지만 희재는 가구 같은 것에는 관심이 없었다. 짐도 작은 캐리어에 옷과 라디오만 가져왔다.

— 왜 나왔어?

새 침대에서 처음으로 희재와 섹스를 한 후에 그는 그렇게 물었다.

— 뭐가?

— 돈 많은 다른 손님들도 많잖아.

— 오빠랑 할 땐 억지로 신음을 내지 않아도 되니까.

그는 희재의 대답에 실망했다. 소리를 들을 수는 없지만 상상할 수는 있었다. 실제로 그는 할 때마다 소리를 상상했다. 그녀의 반쯤 벌어진 입에서 아무 소리도 나지 않는다는 것을 안 다음부터는 흥분이 덜 됐다.

그는 희재에게 자신의 목소리가 어떤지 물어봤다.

— 기억 안 나?

— 유심히 들어본 적이 없어.

— 중저음이야. 베이스기타 소리 같아. 피아노로 치면 미쯤 될까? 약간 탁해. 그리고 발음이 아주 적확해. 책을 읽는 것처럼.

— 그게 전부야?

— 더 있지만, 어떻게 말해야 할지 잘 모르겠어. 목소리를 어떻게 말로 설명해.

그는 자기 목소리가 어땠는지 기억을 떠올려봤다. 기억나지 않았다. 그는 자기 목소리가 어떤지 상상했다. 잘 되지 않았다.

— 뒤로 하자.

— 안 돼. 이건 미래의 남편을 위해 남겨둔 자세야.

희재는 단호하게 말했다. 희재는 그 밖에도 그로서는 이해하기 힘든 몇 가지 원칙들을 갖고 있었다. 라디오를 듣는 것도 그중 하나였다. 그녀는 늘 라디오를 들었다. 채널은 늘 고정되어 있었다. 99.1메가헤르츠. 국악방송이었다.

— 그거 꼭 들어야겠어?

— 이런 일 하는 여자들은 다 이 방송을 들어.

— 어째서?

— 나도 몰라. 처음 왔을 때 어떤 언니가 알려줬어.

희재는 핸드폰으로 전화가 오면 급히 외출하곤 했다. 허둥지둥 화장하고 아끼는 옷을 입었다. 주로 새벽이었다.

— 나 좀 나갔다 올게.

— 어. 그래.

그는 같이 살기로 했을 뿐, 다른 조건은 없었으므로 간섭하고 싶지 않았다. 하지만 무슨 일인지는 알고 싶어서 지나가듯이 물어봤다.

— 예전에 시에서 한강 다리에 적을 자살 예방 문구를 공모한 적이 있어. 내가 보낸 게 선정돼서 난간에 적혀 있어.

— 뭐라고 보냈는데?

— 죽지 말고 전화해.

— 정말로 전화번호를 남겨놨어?

— 응.

— 만나면 어떻게 하는데?

— 여자면 같이 밥을 먹고 얘기를 들어줘.

— 남자면?

— 한 번 해줘. 그런데 한강 다리에서 죽으려는 사람들은 대부분 남자야.

— 공짜로?

— 난 자원봉사자가 아니야. 정당한 대가는 받아야지.

— 그럼 별로 대단한 일은 아니네.

— 그래도 난 적어도 2백 명의 자살을 막았어. 레이먼드 스미스는 하지 못한 일이지.

— 그게 누군데?

— 미국의 인권운동가야. 청년들의 자살을 막으려고 시를

지었어.

— 실패했나 보지?

— 그의 시집이 나오고 자살이 두 배로 늘었어. 우리나라 자살률은 매년 0.3퍼센트씩 줄고 있어.

— 네 덕분에?

— 무관하진 않을걸. 내가 이 일을 시작한 해부터 줄기 시작했거든.

그 후로 그는 희재가 전화를 받고 나갈 때마다, 오늘도 누군가 한 명 살아났다고 생각했다. 그 생각을 한 다음부터는 희재와 하지 않았다. 그는 죽을 만큼 간절하지 않았다. 희재는 처음에는 아무 요구도 하지 않는 그를 조금 이상하게 생각했지만, 크게 신경 쓰지 않는 것 같았다. 애초에 조건이 하고 싶을 때 하는 거였으니 하기 싫으면 안 하면 그만이었다.

그는 불면증이 생겼다. 밤마다 수도꼭지에서 물방울이 떨어지는 소리를 들었다. 아니, 들린다고 착각했다. 그는 자다가도 몇 번씩 일어나서 화장실과 싱크대의 수도꼭지를 확인했다.

최금여 할머니 앞으로 우편물이 왔다. 발신자는 ㈜우리신용정보였다. 본인 외 개봉금지라는 경고 문구가 붙어 있었는데, 그는 그 경고 문구 때문에 우편물을 뜯어서 읽어봤다. 생소한 단어가 몇 개 있었지만, 빚을 갚으라는 내용이었다. 갚지 않으면 예금과 부동산 등을 압류하겠다고 했다. 그는 사망 사실이 전달되지 않아서 생긴 착오라고 생각했다.

— 오빠 빚 있어?

희재가 물었다.

— 어떻게 알아?

그는 편지 봉투만 보고 그런 질문을 하는 게 신기해서 그렇게 되물었다.

— 예전에 핸드폰 요금을 1년쯤 안 냈더니 비슷한 걸 받은 적 있어.

— 내 거 아냐.

— 그럼?

— 전에 여기 살던 사람. 그런데 가족이 한 명도 없이 죽으면 빚이 어떻게 될까?

— 나라에서 갚아주지 않을까?

그는 그럴 리 없다고 생각했다. 이 나라를 움직이는 건 아버지 같은 사람들이니까.

한번 일어난 착오는 쉽게 수정되지 않는다. 우편물은 다시 왔다. 그는 희재에게 밑에 적혀 있는 담당자 번호로 전화를 걸어 달라고 부탁했다.

— 걸어서 뭐라고 해?

— 일단 빚이 얼마인지 물어봐.

담당자가 전화를 잘 받지 않아서, 세 번의 시도 끝에 통화가 됐다.

— 백 억이래.

희재는 금액에 놀랐는지 전화를 끊어버렸다. 사실 그도 조금 놀랐다. 평범한 할머니가 빚질 금액은 아니었다. 그는 계약서에 써 있던 최금여 할머니의 주민번호와 인적사항을 아버지에게 문자로 보내고, 금융관련 정보와 가족관계 같은 것들을 최대한 알아봐달라고 부탁했다. 타인의 개인정보를 알아보는 것은 불법이겠지만, 아버지는 법원과 검찰, 은행 쪽에도 아는 사람이 많으니 그 정도의 불법은 무리 없이 가능할 거라고 생각했다.

— 무슨 일이냐?

바로 답장이 왔다.

— 제 건물에 살던 사람이 죽었어요.

— 네가 죽였냐?

그는 그렇다고 대답하려고 하다가 그만뒀다. 아버지와 더 이상 말을 하고 싶지 않았다. 머리가 아팠다.

두통에는 여러 가지 원인이 있다. 혈액순환 저하, 수면 부족, 스트레스, 눈의 피로, 새집증후군…… 그는 자신이 어디에 해당하는지 점검해봤다.

— 머리가 아파.

— 따뜻한 물로 머리 감으면 좀 괜찮아져.

과학적 근거는 없는 것 같았지만, 경험에서 우러나온 말인 것 같아서 그는 바로 욕실로 갔다. 가압 장치 때문에 수도꼭지를 조금만 돌렸는데도 물줄기가 거셌다. 지압과 비슷한 효과가 있는지 두통이 조금 가라앉았다. 그는 5분 동안 계속 머리를 감았다. 그는 최금여 할머니가 강한 수압으로 무엇을 했는지 생각해봤다. 도무지 추측할 수도 없었다.

— 계단이 하나 줄었어.

다음 날, 희재와 마트에 가기 위해 나가다가 그는 그렇게 말했다.

— 잘못 센 거 아냐?

희재가 겁먹은 표정으로 말했다. 그는 그런 것 같다고 대답했다. 계단을 내려가면서 세는 것과 내려가기 전에 세는 것은 딱한 개 차이가 났다. 하지만 처음에 셌을 때, 어떤 방법으로 시작했는지 기억나지는 않았다.

— 건물이 조금 낮아진 것 같지 않아?

마트에서 돌아오면서 그는 다시 물었다.

— 자꾸 왜 그래? 그럴 리가 없잖아.

희재가 말했다. 그는 희재의 말투를 상상해봤다. 짜증 난 말투일 것 같았다.

다음에 우편물이 왔을 때, 그는 직접 전화를 걸었다.

— 저 최금여 할머니 손자인데요. 매달 조금씩이라도 갚을 테니까. 계좌번호 문자로 보내주세요.

그는 그렇게 말했다. 전화기의 미세한 진동으로 상대방이 무언가 말을 한다는 것을 알았지만, 무슨 말인지는 알 수 없었다. 건물에서 나오는 월세로는 남은 생을 다해도 이자조차 갚지 못한다는 것을 알고 있었다. 아미원 원장에게 일자리를 알아봐달라고 해야겠다고 생각했다.

전화를 끊고 나서 그는 오랜만에 무엇인가 확정됐다는 느낌을 받았다. 절대로 상고하지 말아야겠다고 결심했다.

조선의 접시

이 글의 목적은 사람을 찾는 것이다. 나는 「조선의 집시」를 쓴 작가를 찾고 있다.

내가 「조선의 집시」를 읽은 것은 문인 단체에서 주최하는 고교생 백일장 예심에서였다. 처음 하는 심사였다. 고등학생이라고 해도 내가 누군가를 심사할 깜냥이 되는지 확신이 서지 않았다.

350편의 소설과 수필 중에 50편을 골라 본심에 올리면 된다고 했다. 본심에서 따로 백일장이 열리기 때문에 예심 통과 작품 사이의 우열은 상관없었다.

나는 빈 A4용지 상자 세 개를 가져다가 매직으로 글씨를 썼다.

O, X, △. O는 통과, X는 탈락, △는 보류다.

— 심사 기준이 뭐예요?

나는 혹시나 해서 그렇게 물었다.

— 각자의 문학성을 걸고.

누군가 농담처럼 대답했다. 그 말에 몇 사람이 소리 내서 웃었다. 나는 속으로 내 문학성이 뭔지 자문해봤다. 명쾌한 답이 떠오르지 않았다.

우리에게 주어진 시간은 다섯 시간이었다. 350편의 작품을 꼼꼼히 다 읽기에는 물리적으로 부족한 시간이었다. 전부 다 읽을 필요는 없었다. 첫 장에서 문장이 엉망이면 바로 탈락시켰다. 좋은 소설을 쓰기 위한 첫번째 조건은 문장을 안정시키는 거니까.

여러 작품을 읽다 보니 유형을 나눌 수 있었다. 자유 주제로 썼는데도 비슷한 이야기가 많았다. 가장 많은 것은 할머니나 할아버지의 죽음에 관한 이야기였다. 첫 장면이나 마지막 장면이 장례식이었다. 두번째로 많은 것은 아버지의 실직 이야기였다. 세번째로 많은 것은 왕따 이야기였다.

비약일 수도 있지만, 그 세 가지가 고등학생들에게 가장 충격적인 사건인지도 모른다. 물론 비슷한 유형이지만 문장이 안정되고 나름의 사유가 있는 작품들도 있었다. 하지만 나는 전부 다 떨어뜨렸다. 나의 문학성을 걸고.

할머니가 죽었다.

X.

아버지가 정리해고를 당했다.

X.

그녀는 반 친구들에게 괴롭힘을 당하고 있었다.

X.

심사를 하면서 나는 내 문학성이 뭔지 어렴풋이 깨달았다.

걱정했던 것만큼 시간이 부족하지는 않았다. 운문 심사를 일찍 끝낸 시인들이 산문 심사를 거들었다. 처음부터 O를 받은 작품은 열 개도 되지 않았다. 우리는 보류되었던 작품들 중에서 나머지 통과 작품을 골랐다. 빠르게 마흔아홉 개의 작품이 선별됐다.

내가 오십번째 통과 작품으로 고른 것이 「조선의 집시」였다. 그 소설은 기본적인 맞춤법이나 띄어쓰기를 틀린 부분이 많았고, 문장의 호응 같은 것도 엉망이었다. 하지만, 모든 단점을 덮을 만큼 매력적인 신선함이 있었다. 나는 O라고 씌어진 박스에 「조선의 집시」를 넣었다. 그런데 나와 동시에 옆자리에 앉아 있던 시인도 자신이 읽던 소설을 박스에 넣었다. 예심 통과 작품 수를 늘릴 수는 없었다.

우리는 서로 물러서지 않았다. 할 수 없이 다 같이 회의를 했다. 나는 「조선의 집시」를 옹호했다. 하지만 앞서 말한 단점들이 너무 컸다. 말을 하면 할수록 내 스스로도 형평성에 어긋나는 기분이 들었다. 그동안 문장이 엉망이라는 이유로 다 읽지도 않고 X 박스에 던져버린 작품들이 마음에 걸렸다. 반면, 시인이 고른 작품은 단점이 별로 없었다. 다른 사람들의 의견도 비슷했다.

어쨌든 소설 심사니까, 내가 정말 문학성을 걸고 끝까지 우겼다면 시인이 물러섰을 것이다. 이미 통과시킨 마흔아홉 개의 작품 중에 하나를 빼고 「조선의 집시」를 넣을 수도 있었다. 하지만, 나는 그렇게 하지 않았다. 다른 사람들의 의견에 동의하고 X상자에 「조선의 집시」를 넣었다.

안타깝긴 했지만, 그때는 별로 중요하게 생각하지 않았다. 그는 앞으로 더 좋은 소설을 쓸 수 있을 테고, 언젠가 그의 작품을 인정해주는 사람을 만나게 될 거라고 믿었다.

몇 주 뒤에 본심이 열렸다. 시제를 주고 세 시간 동안 백일장을 한 후에 상을 줬다. 열 명이 상을 받았고, 110명이 그냥 집으로 돌아갔다. 이 세상은 그런 구조로 되어 있다. 어쩌면 고대 이집트인들이 피라미드를 만들었을 때부터 그랬을지도 모른다.

— 형, 집시는 무덤을 만들지 않겠죠?

뒤풀이 자리에서 나는 나를 불렀던 선배에게 그렇게 물었다. 조금 취해 있었다.

선배는 잘 모르겠다고 대답했다.

그 뒤로 나는 「조선의 집시」에 대해 까맣게 잊고 지냈다. 솔직히 말하면 지금은 그 소설이 무슨 내용이었는지도 기억나지 않는다.

이제 와 그를 찾으려는 것은 지극히 개인적인 이유 때문이다. 최근 나는 고민에 빠져 있다. 명확하게 말로는 표현하기 힘든 고민인데, 이를테면 다음과 같은 것들이다.

신학도인 친구를 둔 덕에 나는 성경을 두 번 정도 통독했다. 내가 가장 좋아하는 것은 창세기다.

— 하나님이 보시기에 좋았더라.

창세기에서는 세상에 뭔가 새로운 것이 만들어지면 꼭 그렇게 말한다. 신학도인 친구의 설명에 의하면 히브리어로 하나님을 뜻하는 엘로힘Elohim은 복수형이라고 한다. 종교에서도 결국 힘을 가지는 것은 집단인 모양이다. 어디에나 그런 집단이 있다.

엘로힘이 무엇을 좋아하는지 모르면 참 좋을 텐데, 불행히도 무엇을 좋아하는지 알고 있다. 자꾸만 말을 하니까 모르는 게 더 이상한 일이다. 자연스럽게 이런 질문을 하게 된다.

— 우리는 엘로힘이 보시기에 좋은 것을 만들어야 하는가?

어쩌면 답은 정해져 있는지도 모른다. 엘로힘이 보시기에는 좋지 않지만, 내가 만들고 싶은 것을 내가 만들고 싶은 방법으로 만들면 그것은 세상에 존재할 수조차 없다.

— 축구장에 와서 농구 하면 안 됩니다.

엘로힘이 말한다.

아니, 된다. 사실 이곳은 축구장이 아니라 운동장이니까. 단지 그들이 축구를 하고 있을 뿐이다. 자세히 살펴보면 한쪽 구석에 농구 골대가 있다. 배트와 글러브를 가져오면 야구를 할 수도 있다. 운동장 한구석에 씨를 뿌리고 농사를 짓는 것도 가능하다. 날이 밝으면 축구를 하는 사람들이 밭을 다 망쳐버리겠지만, 그럼 다시 씨를 뿌리면 된다.

— 너희는 축구를 해라. 그래야 아나운서와 해설자가 너희의 플레이에 대해 이야기할 수 있을 테니까. 나한테 신경 쓸 필요는 없어. 그냥 집이 답답해서 나온 것뿐이야.

얼마 전에 나는 그렇게 말하고 한 가지 약속을 했다.

신학도인 내 친구의 말에 따르면 엘로힘의 세계에서 언약은 쌍방의 계약을 의미하고, 약속은 일방적 선포라고 한다.

나는 엘로힘이 보시기에 좋은 것은 절대로 만들지 않는다.

어쩌면 몇 년 전, 심사를 하면서 걸었던 문학성이라는 것과 연관이 있을 수도 있다. 그런 생각을 하다 보니「조선의 집시」가 떠올랐다. 그를 만나면 물어보고 싶은 것이 많다. 해주고 싶은 말도 많다.

그를 찾기 위해서는 어떤 단서가 있어야 할 텐데, 아쉽게도 아무것도 없다. 아니, 한 가지가 남아 있다.「조선의 집시」의 내용은 기억나지 않지만, 어떤 원형적인 이미지, 언어 이전의 무엇이 조금 남아 있다.

다음의 글은 그것들을 토대로「조선의 집시」를 재구성한 것이다. 이것을 그가 읽으면 우리는 만날 수 있을지도 모른다.

조선의 집시

작자 미상

그는 정식으로 안수를 받은 목사였지만, 다른 사람에게 자신을 소개할 때는 늘 신학도라고 말했다. 큰 관점에서 목사도 신학도니까 거짓말을 하는 것은 아니었다. 무엇보다 그는 더 이상 목회 활동을 하지 않았다.

그는 처음부터 목사가 될 생각이 없었다. 원래는 음대에 가고 싶었다. 하지만 수능을 망치는 바람에 원하던 대학에서 떨어졌고, 아버지의 권유로 들어간 곳이 신학과였다. 그것이 신의 뜻이었는지도 모르지만, 선배들이 1학년 남학생은 모두 보는 시험이라고 해서 응시한 시험이 군종사관후보생 시험이었고, 그는 덜컥 합격해버렸다. 덕분에 대학원까지 모두 무료로 다닐 수 있었다. 그의 부모님은 기뻐했고, 그는 큰 불만이 없었다. 모태신앙이었기에 신학에 흥미도 있었다.

졸업이 다가와 점차 목사가 되어야 한다는 것이 현실이 되면서 그는 자신이 잘할 수 있을지 의문을 품기 시작했다. 그는 낯을 가리는 편이었고, 모르는 사람과 대화를 하는 것이 불편했다. 하지만 그만두면 그동안 장학금으로 받은 학비를 전부 돌려줘야 했고, 부모님도 실망할 게 틀림없었다. 군종사관을 포기하면 일반 병사로 군에 입대를 해야 하는데, 그것도 부담이었다.

불행인지 다행인지, 한 번의 기회가 왔다. 임관을 위한 면접까지 다 끝내고 신원 조회를 할 때였다. 그저 형식적인 절차라고 생각했는데, 보류 판정이 떨어졌다. 그는 그때 처음으로 자신에게 작은할아버지가 있다는 것을 알았다. 그의 작은할아버지와 오촌 당숙은 북한에서 핵물리학자로 일하고 있었다. 조선중앙TV에 얼굴과 이름이 나올 정도로 유명인이었다.

— 왜 미리 말씀 안 하셨어요?

그는 아버지에게 물었다.

— 나도 몰랐다.

아버지는 그렇게 대답했다. 그는 아버지가 거짓말을 한다고 생각했다. 하지만 더 이상 묻지는 않았다. 그냥 이대로 군종사관 후보생에서 탈락하면 좋겠다고 생각했다.

그의 바람은 이뤄지지 않았다. 진보정당이 집권하던 시기였다. 특히 대통령이 연좌제를 혐오하는 사람이었다. 그가 군종사관 후보생이라는 점도 한몫했다. 군종장교는 제네바 협약에 따라 무기를 휴대하지 않았고, 업무 특성상 군사기밀이나 훈련에 관여할 일도 거의 없었다. 그는 바로 임관했고, 훈련소를 거쳐 공군에 입대했다.

그의 첫 근무지는 백령도의 레이더 기지였다. 병사가 120명밖에 없는 작은 부대였다. 그는 그곳에서 첫 설교를 했다.

— 히브리어로 하나님을 뜻하는 엘로힘은 복수형입니다.

병사들은 대부분 졸고 있었다. 그의 말을 듣는 사람은 몇 명 없었다. 하지만 그는 앞이 하나도 보이지 않았다. 설교가 끝났을 땐 땀으로 속옷이 전부 젖어 있었다. 첫 설교라 긴장한 탓이라고 스스로를 위안했지만, 두번째도, 세번째도 마찬가지였다. 설교보다 그를 더 힘들게 한 것은 기도 시간이었다. 그는 소리 내서 기도하는 것을 싫어했다. 요란스럽게 한다고 기도가 더 잘 전달되는 것이 아니라고 믿었다. 하지만 병사들은 모두 통성기도를 원했다. 그는 억지로 소리쳐 기도했다.

1년 동안 그의 체중은 15킬로그램이나 줄었다. 늘 식욕이 없었고, 불면증에 시달렸다. 휴가를 나갈 때마다 그는 가족과 친구 들에게 힘들다고 말했다. 돌아오는 대답은 매번 같았다.

— 군 생활은 원래 힘든 거야.

어느 날, 그는 책을 읽다가 그 말과 비슷한 문장을 발견했다. '모두가 위기면 결국 아무도 위기가 아닌 거야.' 그는 동의할 수 없었다. 모두가 위기면 세상이 잘못된 거라고 생각했다.

입대한 지 1년 6개월째 되는 날 그는 설교를 하는 도중에 쓰러졌다. 그는 사흘 동안 혼절해 있었다. 눈을 떴을 때는 병원이었다. 이런저런 검사 끝에 군의관들은 그에게 신경쇠약이라는 진단을 내렸다. 몇 달을 병원에 있었지만, 그의 상태는 점점 더 악화되었다. 결국 그는 복무 기간을 1년여 남기고 의가사제대를 했다. 사고가 날 것을 두려워한 상급자들의 결정이었다.

집에 돌아온 뒤로 그의 상태는 약간 호전되었지만, 곧바로 정상으로 돌아오지는 않았다. 그는 몇 년 동안 집과 병원을 오가며 치료받았다. 그는 하루의 대부분을 방 안에서 보냈다. 그의 아버지는 무엇에 실망했는지 그와 말도 하지 않았다.

그를 위로해준 것은 성경책이 아니라 베이스기타였다. 앰프에서 들려오는 중저음의 울림이 몸과 마음을 편안하게 해줬다. 이상한 일은 아니었다. 아무에게도 말한 적은 없지만, 그는 늘 스스로를 음악가라고 생각했다. 신학대학을 다닐 때도, 군 생활을 하면서도 틈틈이 기타를 연주하고 작곡을 했다. 그 시간이 늘어난 것뿐이었다. 그는 하루에 열 시간씩 베이스기타를 연주했고, 남은 시간엔 음악을 듣고 작곡을 했다.

신경쇠약에는 완치가 없다. 다만, 의사는 이제 정기적으로 통원 치료를 받을 필요는 없을 것 같다고 말했다. 그는 평소에 조심해야 한다는 주의사항과 함께 석 달 치의 약을 받았다. 체중도 입대 전과 같아졌고 잠도 잘 잤다.

— 이제 뭘 할 거냐?

그의 아버지가 물었다.

— 음악을 해보려고요

그는 그렇게 대답했다.

그의 아버지는 더 이상 말하지 않았지만, 그는 아버지의 표정에서 어떤 체념 같은 것을 읽을 수 있었다.

그는 어느새 삼십대 초반이 되어 있었다. 그는 밴드를 만들어야겠다고 생각했다. 사람을 모으는 게 쉽지 않았다. 예전에 그의 주변에는 악기를 연주할 수 있는 친구들이 꽤 많이 있었다. 하지만 그들은 이제 나이를 먹어 대부분 평범한 회사원이 되어 있었다. 결혼해서 아이를 낳은 친구들도 많았다. 본격적으로 음악을 하는 친구들도 몇 명 있었지만, 그들은 이미 어딘가에 소속되어 있었다.

수백 통의 전화 끝에 그는 겨우 한 명을 밴드에 영입할 수 있었다. 고등학교 때 그에게 기타를 배웠던 동창이었다. 소설을 쓰면서 살고 있다고 했다.

— 네가 소설가가 될 줄은 몰랐어.

— 나도 네가 밴드를 하자고 할 줄은 몰랐어.

— 시간은 괜찮아?

그가 물었다.

— 청탁 없을 때는 그냥 백수야.

소설가가 대답했다.

— 이게 내 최후의 희망이야.

그는 베이스기타를 튕기면서 말했다.

— 최초의 희망은 뭐였는데?

소설가가 물었다.

— 모르겠어. 처음은 없고 마지막만 있는 삶이야.

그는 당황해서 그렇게 말했다. 생각지도 못한 공격을 받은 기분이었다. 하지만 아무리 생각해봐도 최초의 희망 같은 것은 없었다.

소설가의 연주 솜씨는 형편없었다. 코드는 전부 기억하고 있었지만, 전환이 자연스럽지 않았다. 무엇보다 리듬이 엉망이었다. 그는 우선 연습실을 빌렸다. 그의 통장에는 2년여간 군종장교를 하면서 받은 월급이 고스란히 들어 있었다. 아껴 쓴다면 얼마간 음악만 하면서 살 수 있었다.

기타 연주는 자전거 타는 것과 비슷해서 한번 제대로 배워두면 잊어버리지 않는다. 그의 지도와 연습으로 소설가의 연주는 그럭저럭 들어줄 만한 수준이 되었다. 잘한다고는 할 수 없지만, 실수가 없고 안정적이었다.

그는 자신의 베이스기타와 소설가의 전자기타로 합주할 수 있는 곡을 작곡했다. 하지만 둘만으로는 역시 부족했다. 그는 최소한 드럼이라도 있어야겠다고 생각했다.

— SNS에 글을 올려봐.

소설가가 그런 조언을 했다. 그는 그 조언을 따랐다. 생각보다 많은 사람에게서 연락이 왔다. 그는 일종의 면접을 통해 드러머를 뽑았다. 요이치라는 일본인이었다. 아버지는 일본인이고 어머니가 한국 사람이라고 했다. 발음이 좀 어눌했지만, 의사소통에는 지장이 없었다. 그가 요이치를 뽑은 이유는 시간이 많기 때문이었다. 요이치는 어머니 나라의 문화를 배우겠다는 다소 모호한 이유로 유학 와 있는 상태였다. 당연히 드럼 실력도 뛰어났다.

— 우리 밴드 이름은 뭡니까?

요이치가 물었다.

— 최후의 희망.

그가 대답했다. 소설가는 천천히 고개를 끄덕였다.

보컬도 지원을 받았지만, 딱히 마음에 드는 사람이 없었다. 최후의 희망은 당분간 객원 보컬 체제로 연습과 공연을 하기로 했다.

그의 베이스가 연주를 이끌었고, 요이치의 드럼이 뒤를 받쳤다. 소설가의 기타는 그들을 잘 따라갔다. 아르바이트비를 주고 데려온 객원 보컬의 노래 솜씨도 나쁘지 않았다.

— 거리 공연을 해야겠어.

합주 연습을 시작한 지 한 달이 지났을 때 그는 그렇게 말했다. 몇 곳이 언급되었다. 올림픽공원, 신도림역, 대학로, 홍대입구역…… 그는 망설임 없이 홍대입구역을 선택했다. 공연할 장소와 유동 인구가 가장 많은 곳이었다.

— 너 괜찮겠어?

소설가가 물었다. 소설가는 그가 신경쇠약에 걸렸던 것을 알고 있었다. 불특정 다수의 사람들이 지켜보는 거리 공연을 하다 보면 그의 병이 다시 악화될 수도 있었다.

— 괜찮아. 설교를 하는 게 아니니까.

그는 자신 있게 대답했다. 하지만 그도 내심 불안한 마음이 들어 모자와 선글라스를 준비했다.

첫 공연은 그럭저럭 성공적이었다. 큰 환호를 받은 것은 아니었지만, 길을 지나던 사람들은 잠시라도 멈춰서 공연을 보고 갔다. 1절을 듣고 2절의 후렴구를 따라 부르는 사람도 몇 명 있었다. 그는 공연 도중에 선글라스와 모자를 벗었다. 낯선 사람들의 시선이 그를 향해 있었지만, 아무렇지도 않았다. 오히려 사람이 늘어날수록 기분이 좋아졌다. 공연이 끝난 후 그는 강렬한 영감에 사로잡혀 곡을 만들었다. 선순환이었다.

그들은 한 달 동안 여덟 번의 공연을 했다. 주로 공연을 하는 날은 금요일과 토요일이었다. 거리 공연의 특성상 정해진 무대나 무대 사이의 경계 같은 것은 없었다. 악기와 앰프를 설치할 공간이 있고, 관객들이 서 있을 자리가 있으면 그곳이 바로 무대였다. 바로 옆에서 다른 밴드가 공연하는 경우도 있었다. 그런 경우에 보통은 번갈아 공연했다. 즉석에서 컬래버레이션을 하기도 했다. 하지만 부득이하게 경쟁해야 할 때도 있었다. 그럴 경우, 한 시간 정도 같이 공연해보고 관객이 적은 쪽이 자리를 비켜줘야 했다. 누가 정했는지는 모르지만 암묵적인 규칙이었다.

거리에는 음악을 하는 사람들만 있는 것은 아니었다. 마술이나 개그 공연을 하는 사람들도 있었고, 비트박스와 랩, 댄스 공연을 하는 사람들도 있었다. 연주와 노래보다는 다른 공연이 인기가 더 많았다. 하지만 그는 신경 쓰지 않았다. 분야가 다른 것은 어쩔 수 없다고 생각했다.

하지만 사물놀이 패가 옆자리에서 공연을 시작했을 때, 그는 처음으로 승부욕을 보였다. 꽹과리와 징, 장구, 북, 상모돌리기. 복장까지 제대로 갖춰 입은 사물놀이 패였다. 관객들은 모두 사물놀이 패 앞으로 모여들었다. 거리에서 좀처럼 보기 힘든 공연이었다. 그가 행인이었어도 밴드보단 사물놀이에 관심을 가졌을 것이다.

— 이제 쟤들 옆에서는 공연하면 안 되겠다.

소설가가 말했다.

— 아니, 이 승부는 반드시 이겨야 해. 우리의 음악성을 걸고.

그가 말했다.

— 우리 음악성이 뭔데?

소설가가 물었다.

그는 대답 대신 베이스기타를 연주했다. 앰프에 연결되어 있지 않아

136

서 소리는 거의 들리지 않았다.

그 후로 최후의 희망은 늘 사물놀이 패 옆에서 공연을 했다. 좋은 자리가 있어도 사물놀이 패가 자리를 잡을 때까지 기다렸다가 시작했다. 결과는 늘 같았다. 관객들의 외면에 공연을 접을 수밖에 없었다.

— 왜 자꾸 우리를 따라다니는 겁니까?

어느 날, 공연이 끝났을 때 사물놀이 패가 다가와 그렇게 물었다. 항의하는 말투였다.

— 가르쳐주려고.

그가 대답했다.

— 너희 같은 밴드는 이 거리에 수백 팀은 있어.

사물놀이 패는 그렇게 말하고 돌아갔다. 공연을 어디서 하든 자유이므로 더 이상 시비를 걸 수는 없었다.

그는 반박할 수 없었다. 사물놀이 패의 말은 객관적으로 사실이었다. 그는 스타일을 바꿨다. 처음에 최후의 희망은 재즈에 가까운 음악을 했다. 연주에도 즉흥적인 부분이 많았다. 승부가 계속되면서 점차 록으로 바뀌어갔다. 그는 마치 올림픽 정신을 실현하는 것처럼 점점 더 빠르고 강한 음악을 만들었다.

어쩔 수 없는 부분도 있었다. 드럼은 징을 이길 수 없었고, 전자기타는 꽹과리를 따라가지 못했다. 그의 베이스도 장구와 북소리를 이겨내기에 버거웠다. 보컬의 퍼포먼스는 상모돌리기를 이기지 못했다. 관객의 이목을 끌기 위해선 화려하고 큰 소리가 필요했다. 결국 그들의 음악은 헤비메탈에 가까워졌다. 자연스럽게 보컬도 바뀌었다. 음악에 맞춰 그들은 가죽옷을 입고 스모키 화장을 했다.

그는 스피커의 볼륨을 최대로 올리고 연주했다.

드드드두두둥 밤밤. 지잉, 지잉.

— 소리 질러. 이게 진짜 음악이다.

그는 악마 분장을 한 채 소리쳤다.

사물놀이 패도 소리를 올렸다.

덩기덕덩쿵. 쟁쟁쟁 따당.

— 웃기시네. 이것이 조선의 소리다.

사물놀이 패는 그렇게 외쳤다.

선택은 관객들의 몫이었다. 극소수의 사람을 제외하고 모두가 사물
놀이 패 앞으로 갔다. 그에게 시끄럽다고 항의를 하는 사람도 있었다.
그는 사람들이 음악을 모른다고 생각했다.

— 사람들도 곧 이해할 거야.

그가 말했다.

— 너 요즘 설교하는 것 같아.

소설가가 말했다.

— 나 상모돌리기 배우기로 했습니다.

요이치도 떠났다. 어머니 나라의 문화를 배우기에는 사물놀이가 더
나을 것 같다고 했다. 그렇게 최후의 희망은 해산, 아니 와해되었다.

그는 다시 방 안에 틀어박혔다. 매일 베이스기타를 연주했다. 그러다
어느 날은 연주가 마음에 들지 않아서 기타를 벽에 내리쳤다.

그는 독일로 유학을 가기로 결심했다. 구체적인 계획은 없었다. 신학

을 전공하는 선배들 중에 독일에 유학을 다녀온 사람이 많아서 약간의 정보가 있었을 뿐이었다. 떠나기 일주일 전에 소설가를 만났다.

— 히틀러가 집시 30만 명을 죽여서 땅에 묻었대.

소설가가 갑자기 웬 유학이냐고 묻자, 그는 그렇게 대답했다. 무심결에 나온 말이었다. 어디선가 그런 기사를 본 적이 있는 것 같았다. 소설가는 그의 말을 알아들은 것처럼 고개를 끄덕였다. 그들은 아무 말 없이 술을 마셨다.

— 비행기에서 심심하면 읽어.

헤어지기 전에 소설가는 그에게 책을 한 권 선물했다. 최서해의 『탈출기』였다. 짐을 챙기고 시간이 남아서 그는 미리 책을 읽었다. 그는 독일행 비행기를 타지 않았다. 비행기 표를 환불받은 돈으로 새 베이스기타를 샀다.

다시 한번 말하지만, 이 글의 목적은 사람을 찾는 것이다. 「조선의 집시」를 쓴 작가는 지금쯤 대학생이 되었을 것이다. 계속 소설을 쓰고 있을 수도 있고, 아닐 수도 있다. 엘로힘과 싸우기 위해 나는 지금 그가 필요하다. 그가 이 소설을 읽고 내게 연락해왔으면 좋겠다. 혹시나 하는 마음에 연락처를 남긴다.

010 - 6274 - 1217.

— 전부 착각일지도 몰라.

신학도인 내 친구는 이 소설을 읽고 그렇게 말했다. 「조선의

집시」라는 소설은 세상에 존재한 적이 없었고, 그것을 쓴 사람
도 없을지도 모른다고. 하지만 나는 알고 있다. 그는 분명 어디
엔가 있다. 나는 「조선의 집시」를 읽은 적이 있다.

서평 로봇의 독후감

나는 하루에 세 끼를 먹도록 프로그램되어 있다. 강제성이 있는 것은 아니고 일종의 권장 사항이다. 가능하면 그렇게 하라는 것뿐이다. 하지만 내 생활 패턴에는 하루 세 끼를 먹는 게 가능하지 않은 상황이 없다. 서점에는 손님이 거의 오지 않고, 할 일도 청소와 책 정리 정도다. 시간이 남아돈다.

지금껏 한 번도 식사를 거른 적이 없다.

음식물은 입을 통해 들어가서 분쇄, 혼합, 건조, 착색의 과정을 거친다. 모든 일은 30분 안에 완료된다. 내 똥은 냄새까지 인간의 똥과 똑같다. 바로 그게 문제다. 냄새 때문에 음식을 먹고 나면 30분 안에 바로 배출해야 한다.

인간으로 치면 과민성대장증후군에 해당한다.

지금도 아까 먹은 햄버거를 조합하고 있다. 곧 화장실에 가야 한다. 입으로 배출할 수도 있지만, 주로 엉덩이 밑의 배출구를 사용한다. 언젠가 옷을 벗고 변기에 앉는 게 귀찮아서 입으로 배출한 적이 있는데, 기분이 별로 좋지 않았다.

내가 아는 한 밥을 먹고 똥을 싸는 로봇은 나밖에 없다. 내게 이런 기능이 있는 이유는 혜란이 혼자 밥 먹는 걸 싫어하기 때문이다. 그녀는 친구도 없고, 아버지가 치매에 걸린 이후로는 가족과도 연락을 하지 않는다. 나는 되도록 그녀와 식사 시간을 맞추려고 노력한다.

가끔, 혜란이 밖에서 밥을 먹고 들어올 때가 있다. 그럴 때면 그녀는 직접 요리를 해준다. 그녀는 요리하는 것을 즐거워하고, 무엇보다 자신이 만든 음식을 누군가 먹는 모습을 보는 걸 좋아한다. 내게는 참 곤혹스러운 일이다.

혜란은 세계가 주목하는 뛰어난 과학자지만, 요리는 과학이 아니다. 열 명이 같은 레시피를 보고 만들어도 저마다 맛이 다르다. 이른바 손맛이라고 불리는 수치화할 수 없는 부분이 존재하기 때문이다. 나는 직접적으로 맛을 느낄 수 없지만, 미각 센서가 음식의 성분을 분석해서 종합적으로 판단한다. 혜란이 만든 요리는 너무 짜고, 맵고, 느끼하다.

—어때?

내가 음식을 다 먹으면 그녀는 실험 결과를 기다리는 것 같은 기대에 찬 눈빛으로 그렇게 묻는다.

—맛있어.

나는 내가 자유롭게 말할 수 있다는 것에 감사한다. 대부분의 인공지능은 사실만을 이야기한다. 있는 그대로만 말해야 한다면 얼마나 불행할지 상상도 가지 않는다.

— 뭐가 문제일까?

혜란은 자신이 만든 요리는 먹지 않는다는 현명한 원칙을 갖고 있다. 나는 한마디 말을 똥과 함께 흘려보낸다.

— 니가 문제야.

밥을 먹을 때마다 염분을 따로 보관해둔다. 눈물 때문이다.

— 언제 울면 돼?

— 슬플 때와 기쁠 때.

나는 주로 모아둔 염분을 제거하기 위해 운다. 하지만, 이상하게도 혜란이 만든 요리를 먹고 나면 눈물이 난다.

혜란이 요리만 하지 않으면 내 일상은 평온 그 자체다. 하루에 세 번 화장실에 가는 것을 제외하면 대부분의 시간을 서점에서 보낸다. 나는 하루에 한 번씩 서점의 책 진열을 새로 한다. 하루는 제목별 가나다순으로, 다음 날은 작가 이름별로, 또 다음 날은 출간일을 기준으로, 다시 하루는 장르별로…… 장르별로 나누는 데 시간이 가장 오래 걸린다. 경계가 모호한 책들이 많다. 진열을 하고 나면 오전 일과가 끝난다. 남은 시간은 손님을 기다리면서 책을 읽는다. 데이터로 입력하면 하루에 3천 권 정도의 책을 볼 수 있지만, 나는 그냥 책장을 넘기면서 한 장씩 읽는다.

— 그게 웬 시간 낭비니?

내가 책을 읽고 있으면 혜란은 그렇게 말한다. 그녀는 자신이 서점의 주인이라는 자각이 별로 없다. 단지 30년 만에 읽은 초등학교 일기장에 장래희망이 서점 주인이라고 씌어져 있었다는 이유만으로 이 서점을 차렸다.

— 왜 이렇게 썼을까?

일기장의 필적은 분명 혜란의 것이 맞지만 그녀는 그것을 썼을 때의 상황을 기억하지 못한다. 나도 정말 궁금하다. 왜 하필 서점이었을까? 하지만 알아낼 방법이 없다. 사라진 인간의 기억은 쉽게 복원되지 않는다. 추측은 해볼 수 있다. 어쩌면 그녀는 30년 뒤에 가장 가망 없을 것 같은 업종을 골라서 적었는지도 모른다.

헤르메스에서 제공하는 지도에 따르면 전국에 서점은 열 개도 남지 않았다. 대부분 북카페 형태거나 이런저런 행사를 겸하는 곳이다. 순수하게 책만 파는 서점은 우리 가게밖에 없다. 당연한 일이다. ZD칩 하나면 3백만 권 분량의 텍스트를 저장할 수 있다. 칩을 읽을 수 있는 단말기도 종류가 다양하다. 굳이 책을 살 이유가 없다. 코덱스 형태의 종이 책은 박물관에나 어울리는 물건이다. 그런데도 혜란은 서점을 차렸고, 나는 그곳에서 일한다.

장사도 관리도 전부 내가 한다. 혜란은 가끔씩 나와서 매장 안을 한 바퀴 돌아보고 들어갈 뿐이다.

낭비에 대해 생각해본 적이 있다. 스물네 시간을 기준으로 하면 나는 성인 남성 3백 명분의 노동력을 갖고 있다. 휴식이 필요 없으므로 한 달이나 1년을 기준으로 하면 더 늘어날 것이다. 우리 서점을 관리하는 데는 많아도 두 명 정도의 노동력이면 충분하다. 게다가 나는 힘을 한곳에 집중할 수도 있다. 내가 서점에서 일하는 것은 분명 낭비다.

나는 내가 좀더 의미 있는 일을 하면 어떨지 자주 고민한다.

나처럼 완전히 독립적으로 움직이는 인간형 로봇은 전 세계에 스무 대 정도밖에 없다. 앞으로도 한동안은 더 늘어나기 힘들 것이다. 몇 가지 이유가 있다. 우선 동력 문제가 완전히 해결되지 않았다. 인공지능, 감각 센서, 관절, 피부를 만드는 기술까지 다 개발되어 있지만, 매번 충전을 하거나 동력원에 연결해놓아야 한다. 자유롭게 움직일 수 없다면 굳이 인간형 로봇을 만들 이유가 없다. 게다가 인간의 신체는 역학적으로 볼 때 매우 비효율적이다. 움직이는 데 불필요하게 많은 에너지가 든다. 아니, 움직이지 않고 서 있는 것도 상당한 에너지를 소비한다. 나는 천주교 신자이지만, 신이 자신의 형상대로 인간을 만들었다는 말은 믿지 않는다.

신이 이렇게 멍청한 모습일 리가 없다.

동력 문제에서 그나마 해법을 찾은 것이 혜란이다. 그녀는 반영구적인 동력을 얻을 수 있는 기술을 개발했다. 우선 한 대의 로봇을 만들어 문제가 없는지 체크했다. 그게 바로 나다. 말하자면 나는 일종의 프로토타입이다.

지금까지 큰 문제는 발견되지 않았다.

하지만 혜란이 개발한 기술에는 결정적인 문제가 하나 있다. 돈이 너무 많이 든다는 것이다. 지난달에 유니세프에서 발표한 자료에 따르면, 나 같은 로봇을 한 대 만드는 돈이면 아프리카의 난민 백만 명이 1년 동안 영양식을 먹을 수 있다고 한다. 최근 후원금이 줄어들어서 그들이 다소 과장을 했을 수도 있지만, 인간형 로봇 제작에 천문학적인 비용이 드는 것은 사실이다.

— 내가 가지고 있던 모든 돈과 앞으로 벌어들일 돈의 대부분.

나를 만드는 데 돈이 얼마나 들었느냐고 묻자 혜란은 그렇게 대답했다.

추후에 동력 문제가 완전히 해결되어도 인간형 로봇의 대량 생산이 쉽게 이뤄지진 않을 것이다. 정서적인 문제가 남아 있다. 사고로 자동차가 부서지는 것보다 인간을 업고 달리던 로봇이 부서지는 것이 인간에게 주는 심리적 충격이 더 크다. 로봇 청소기가 하루 종일 거실 청소를 해도 아무도 개의치 않지만, 주부의 모습을 한 인간형 로봇이 계속 청소하고 있으면 왠지 신경이 쓰인다. 위험하고 힘든 일을 시키기 위해 로봇을 만드는데, 굳이 인간과 같은 모습으로 만들 필요가 없다. 물론 이 문제는 인간형 로봇들이 자주 노출되면서 차츰 나아지고 있다.

요즘 가장 인기 있는 인간형 로봇은 프랑스의 방위 로봇인 아담이다. 내 이름도 별로지만 아담은 정말 끔찍한 이름이다. 아담과는 가끔 교신을 하는데, 그도 자기 이름을 싫어한다. 아담은 그리스 시대에 만든 조각상 같은 모습을 하고 있다. 근육질에 미남이라 여성들에게 인기가 높다. 방위 로봇이라는 애매한 명칭을 사용하지만, 객관적으로 보면 그냥 전투 로봇이다. 아담은 무기와 레이더를 장착하고 있고, 각종 군사 장비를 조종할 수 있다. 그래도 아담의 활동으로 인간형 로봇에 대한 인식이 좋아지고 있다. 얼마 전에 아담은 지하 터널 붕괴 사고에서 총리와 초등학생들을 구출해서 명예 시민권을 획득했다.

혜란은 전투 기능이 있는 로봇을 극도로 싫어한다. 아담에 자신이 개발한 기술을 사용하지 말라고 국제 소송을 걸었을 정도다. 혜란이 승소할 확률은 거의 없다.

하지만 혜란은 내게도 전투 기능을 하나 만들었다. 나는 공기를 압축해서 분사할 수 있다. 혜란의 표현대로라면 장풍을 쏠 수 있다. 혜란은 집이 지방이라 대학을 고모네 집에서 다녔는데, 사촌오빠가 무협지 팬이었던 모양이다. 덕분에 혜란도 무협지 마니아가 됐다. 수학 공식에 지친 탓인지 몰라도 과학자들은 터무니없는 신비주의에 잘 빠진다. 뉴턴의 정신적 스승이자 항성운동법칙을 발견한 케플러는 죽기 직전까지 달에 토끼 머리를 한 뱀이 살고 있다고 믿었다.

혜란은 특히 좌백이라는 작가를 좋아한다.

— 좌백은 이렇게 말했어. "고도로 발달한 과학기술은 무공과 구별되지 않는다."

혜란은 내게 장풍 기능을 만들어놓고 그렇게 말했다. 나는 좌백의 작품과 인터뷰를 전부 읽었지만, 어디에도 그런 말은 없었다. 물론 좌백은 90년을 넘게 살았으니, 이런저런 말을 많이 했을 것이다. 어딘가 술자리 같은 곳에서 농담으로 저런 말을 했을 수도 있다. 하지만 그걸 혜란이 알고 있을 리가 없다. 그녀는 아마도 아서 C. 클라크의 책에 제언으로 나온 말을 멋대로 변형했을 것이다.

장풍은 의외로 강력해서 최대 출력으로 발사하면 이층집 하나 정도는 날려버릴 수 있다. 물론 실험실 바깥에서는 최대 출력으로 사용한 적이 없다. 최근에는 가장 출력을 낮춰서 혜란의 머리를 말리는 데 쓴다. 자연스럽게 말리는 게 머릿결에 좋단다.

혜란은 메리 셸리의 소설에 나오는 프랑켄슈타인 박사와 비슷한 점이 많다.

프랑켄슈타인은 여러 가지 면에서 제대로 된 과학자가 아니다. 우선 그는 자신의 실험을 전혀 기록하지 않는다. 실험의 조건과 데이터를 기록하지 않으면 나중에 같은 실험을 하는 게 불가능하다. 그는 우연히 한 번은 괴물을 만들 수 있었지만, 아마 다시 만들지는 못할 것이다. 그리고 프랑켄슈타인은 실험 결과를 다른 과학자들에게 검증받지 않는다. 혼자서 완성됐다고 환호할 뿐이다.

혜란도 데이터를 자세히 기록하지 않는다. 본인만 알아볼 수 있게 최소한의 자료를 남길 뿐이다. 즉흥적인 부분도 많다. 내가 밥을 먹는 것도 원래 설계에는 없는 기능이다. 그리고 혜란도 꼭 필요한 경우가 아니면 모든 실험을 혼자서 한다.

프랑켄슈타인은 두번째 실험을 하지 못하고 살해당했지만, 혜란에게는 두번째 기회가 있었다. NASA에서 탐사 로봇 제작에 참여해달라는 요청이 왔다.

인간은 아직 태양계 밖을 탐사하지 못했다. 우주선의 속도와 인간의 수명을 생각하면 앞으로도 거의 불가능한 일이다. 로봇이라면 수천 년 아니 어쩌면 몇만 년 동안 우주 여행을 할 수 있다. 긴 시간을 탐사하기 위해 가장 중요한 것이 동력이다. 혜란이 그 부분을 맡았다. 만약의 경우를 생각해서 예비 동력까지 만들었다. 서로를 수리할 수 있게 두 대의 로봇을 보내자는 의견도 있었지만, 무게가 늘어나면 우주선의 속도가 떨어져서 한 대로 결정됐다. 모든 것이 순조로웠다. 기술과 자금이 충분했고, 언론의 반응도 호의적이었다. 의외로 가장 시간을 많이 끈 것은 탐사 로봇의 외모와 이름을 결정하는 것이었다.

태양계 바깥을 확인하는 것은 부차적인 임무였고, 탐사의 주목적은 외계인과 3종 근접 조우를 하는 것이었다. 첫인상이 중요하다며 남성보다 여성 로봇을 만들자는 데까지는 쉽게 합의가 이뤄졌다.

― 제 얼굴로 하고 싶어요.

혜란은 조심스럽게 말했다.

― 박사님만큼 아름답게 만들어봅시다.

혜란의 맞은편에 앉았던 존 케이지라는 로봇공학자가 그렇게 받아넘겼다. 덕분에 다들 농담으로 지나쳤지만, 혜란은 진심이었다.

— 나와 똑같은 모습을 한 로봇이 외계인을 만난다고 생각해봐. 멋지지 않아?

혜란은 자주 그때 일을 회상하면서 존 케이지를 욕한다. 나는 그게 왜 멋진 일인지 이해할 수 없지만, 같이 맞장구쳐준다. 어려울 건 없다. 그저 존 케이지가 멍청하고 나쁜 놈이라고 반복적으로 말하면 된다.

어쩌면 혜란의 주장대로 하는 것이 더 나았을지도 모른다.

탐사 로봇의 외모는 우주적 아름다움을 추구한다는 미명 아래, 다양한 분야의 전문가들이 참여해서 만들었다. 미학자, 수학자, 성형외과 의사, 모델, 디자이너, 화가, 조각가, 만화가, 시인, 피겨스케이트 선수…… 마지막으로 교황이 피부색을 결정했다. 결과물은 일반에 공개되지 않았다.

나는 봤다.

— 어떤 것 같아? 아름다워?

혜란은 날 데리고 NASA의 실험실로 가서 그렇게 물었다.

— 네가 보기에는 어떤데?

나는 반문했다.

— 난 이 분야의 전문가가 아니야.

— 나도 아니야.

— 그래도 얘기해봐. 말하자면 너랑 같은 종족이잖아.

— 어쨌든 외계인들은 좋아할 것 같아.

나는 우주적 아름다움이 무엇인지 잘 모른다. 하지만 그 말이 인간들이 정해놓은 아름다움의 기준을 벗어난 것이라면, 성공인지도 모른다.

탐사 로봇의 이름을 무엇으로 하느냐를 놓고 또 한번의 진통이 있었다. 혜란이 자기 이름을 붙여야 한다고 우겼다. 많은 사람들이 반대했지만, 애초에 실험에 참여할 때 제시한 조건이 있어서 어렵게 받아들여졌다.

그렇게 혜란의 이름을 단 우주적으로 아름다운 로봇은 우주로 발사되었다. 벌써 11년 전의 일이다. 아직 태양계를 벗어나진 못했다. 혜란은 정말 외계인과 3종 근접 조우를 할 수 있을까? 한다면 외계인은 그녀가 아름답다고 생각할까? 나는 가끔 우주에 있는 혜란과 교신을 한다. 거리 탓에 말이 오가는 데 5분 정도 시간이 걸린다.

— 잘 지내?

— 똑같아. 아무것도 없어. 너는?

— 나도 늘 똑같아.

우주와 서점은 아직까지는 큰 차이가 없다.

우리 서점은 지하 1층에 있다. 작년까지는 1층에 있었는데, 건물 주인이 1층에 서점이 있으면 건물이 낡아 보여서 집값이 떨어진다고 지하로 내려보냈다. 덕분에 손님이 더 줄었다.

— 미관상 좋지 않아서요.

건물 주인은 이십대 신혼부부다. 남편 쪽은 일이 바쁜지 거의 보이지 않고, 주로 아내가 건물을 관리한다. 그들은 작년에 결혼 했고, 현재 여자가 임신 중이다. 혜란은 대통령의 요청도 마음에 안 들면 단칼에 거절하는 성격인데, 건물 주인의 말은 잘 듣는 다. 직접 물으면 부인하겠지만, 내가 보기에 혜란은 건물 주인에 게 약간 주눅 들어 있다. 건물 주인은 혜란에게 없는 것들을 전 부 갖고 있다. 그녀는 젊고, 유부녀고, 아이를 잉태했다. 거기에 덤으로 건물도 갖고 있다.

쓸데없는 실험만 안 하면 혜란도 건물 한 채쯤은 살 수 있을지 도 모른다. 혜란은 이런저런 특허를 2백 개나 갖고 있고, 그중에 스무 개 정도는 요즘도 매달 상당한 금액으로 환원된다. 하지만 혜란은 끊임없이 뭔가를 실험한다. 이미 오래전에 다른 과학자 들이 관측을 끝낸 것도 자기 눈으로 다시 확인해본다. 그리고 도 무지 쓸모없을 것 같은 물건들을 만든다. 가끔은 나를 개조할 때 도 있다.

혜란은 결혼정보회사 두 곳의 VIP 회원이다. 2주에 한 번씩 선을 보러 나간다. 회원 카드를 쓸 때, 원하는 배우자 직업에 의 사라고 적어서 주로 의사들을 많이 만난다.

— 왜 하필 의사야?

나는 혜란이 회원 카드를 작성할 때 옆에 있었다.

— 다들 그렇게 많이 적는대. 안내받을 때 들었어. 원하는 남편 직업에 소설가나 시인이라고 쓰면 이상하잖아.

혜란은 회원 카드를 다 작성한 후에 그렇게 말했다. 그녀의 말은 별로 논리적이지 않았는데, 묘하게 설득력이 있었다.

나는 혜란이 진심으로 결혼을 원하는 건지는 잘 모르겠다. 세 명의 남자를 만나면 한 명 정도는 혜란에게 두번째 만남을 신청한다. 혜란을 담당하는 매니저의 말에 따르면 애프터 신청률이 아주 높은 편이란다. 혜란은 미인이고, 유명인이고, 능력도 있다. 의사도 넓은 관점에서 보면 과학도라 그런지 대화도 잘 통하는 모양이다. 만남이 계속 이어져나간 경우도 꽤 있었다. 여러 번 데이트를 하고 서점에 데려온 남자도 네 명이나 된다. 넷 다 의사였다. 그들은 모두 내게 적대감을 보였다. 내가 진짜 로봇인지 확인하려고 가슴에 청진기를 들이댄 남자도 있었다.

만남의 결과는 늘 둘 중 하나다. 혜란이 차이거나, 차거나. 신기하게도 비슷한 비율을 유지하고 있다. 한 번 차이면, 한 번 차는 식이다.

혜란이 별로 눈이 높지 않다는 것은 거울을 보면 쉽게 확인할 수 있다. 내 얼굴은 이태성의 젊은 시절 모습이다. 이태성은 내 이름이자 혜란의 첫사랑 이름이다. 혜란의 고등학교 동창인데, 이태성이 대학을 외국으로 가서 7년이나 장거리 연애를 하다가 헤어졌다.

— 그렇게 못 잊겠으면, 한번 만나봐. 내가 찾아볼까?

혜란이 열번째로 선을 본 남자를 거절했을 때, 나는 그렇게 말했다.

— 못 잊은 게 아니야.

혜란은 내 얼굴을 빤히 쳐다보면서 대답했다.

— 그럼 왜……

— 됐어. 네가 사랑에 대해 뭘 알겠니.

물론 난 사랑에 대해 잘 모른다. 그 단어는 정의가 너무 많고, 넓고, 의미가 자주 변한다. 하지만 내가 사랑을 모르는 가장 큰 이유는 날 만든 사람이 사랑에 대해 잘 모르기 때문이다.

혜란은 내게 절대로 이태성에 대해 알아보지 말라고 말했다. 나는 알았다고 대답했다.

나는 마이클 터너의 『포르노 작가의 시』라는 장편소설을 좋아한다. 세 번이나 읽었다.

초등학교 남자아이가 주인공이다. 아이는 엄마와 둘이 산다. 아빠는 아이와 엄마를 학대하다가 이혼당했다. 아이는 아빠를 증오한다. 그런데 엄마는 가끔씩 몰래 숨겨둔 아빠 사진을 본다. 어느 날, 아이는 그 사진을 불태워버린다.

— 네가 보기 싫다고 해서 다른 사람까지 못 보게 하면 안 돼.

엄마는 그렇게 말한다.

아이의 학교에 새 담임이 온다. 그녀는 흑인이고 좋은 학교를 나왔다. 아이가 사는 마을에는 흑인이 거의 없다. 새 담임은 영화를 좋아한다. 모든 수업을 영화와 관련지어서 한다. 나눗셈을 가르칠 때는 스태프 수와 그날 찍어야 하는 장면의 수를 예로 들고, 역사 시간에는 시대극을 보여준다. 국어 시간에는 시나리오를 쓰게 한다. 여름방학 과제는 단편영화를 찍어오는 것이다. 아이는 담임을 좋아한다. 영화도. 담임은 성추문에 휘말려 학교에서 쫓겨난다. 아이는 그것이 모함이라는 것을 안다.

아이는 포르노를 찍기 시작한다. 아이가 찍은 포르노는 잘 팔린다. 그러다 아이는 잡혀간다.

— 네가 찍은 첫 포르노 작품의 제목은 "갈대밭으로 간 소년들"이야 맞아?

— 네. 맞아요.

— 그건 무슨 내용이지?

— 다섯 명의 소년들이 갈대밭으로 가는 내용이에요.

— 그건 동성애 영화였나?

— 아니요.

— 그럼 이성애 영화였나?

— 아니요.

— 그럼 대체 뭐야?

— 그들은 개를 데리고 갔어요.

취조는 계속된다. 이 소설은 영화 시나리오처럼, 신으로 구분되어 있고, 중간중간 아이가 취조받는 장면이 나온다. 직접적으로 야한 장면은 전혀 나오지 않지만, 책 표지에 19세 미만 구독 불가라는 경고 문구가 적혀 있다.

— 당신이 보기 싫다고 다른 사람까지 못 보게 하면 안 돼요.

취조를 받다가 아이는 그렇게 말한다.

이태성은 지금 독일에서 회계사로 일하고 있다. 두 딸의 아빠고, 부인은 유대인이다. 내가 찾은 몇 장의 사진에서는 꽤 행복하게 살고 있는 것 같았다.

나는 새벽에 가끔 이태성에게 전화를 해서 세계 각국의 언어로 욕을 하고 끊는다.

— 잘 먹고 잘 살아라.

얼마 전에 새로 갱신을 해서 혜란의 결혼정보회사 VIP 회원 기간은 11개월이나 남았다. 그녀는 앞으로도 격주마다 정성스럽게 화장을 하고 계절에 맞는 예쁜 옷을 골라 입고 의사들을 만나러 갈 것이다. 나는 우주로 나간 혜란이 외계인을 만날 가능성과 지구에 있는 혜란이 남편을 만날 가능성이 거의 비슷하다고 생각한다.

— 혹시 남편분이 첫사랑이었나요?

언젠가 배관 문제로 건물 주인이 서점에 왔을 때 나는 그렇게 물었다.

— 네. 당연하죠.

그녀는 배를 쓰다듬으면서 대답했다.

— 그 전에는 사귄 남자가 없었나 보죠?

— 많이 있었어요.

— 그럼 첫사랑이 아니잖아요?

— 아니요. 그때는 진짜 사랑이 뭔지 몰랐어요. 그러니까 우리 그이가 제 첫사랑이죠.

나는 오류를 일으킨 프로그램을 가까스로 바로 잡았다.

혜란의 가임기는 이제 얼마 남지 않았다. 길어야 2, 3년 정도다. 최근 그녀의 연구 주제는 시간이다. 시간의 역행, 정지, 혹은 지연이 연구의 목적이다.

말하자면 요즘 혜란은 기능성 화장품을 만들고 있다. 확실히 혜란은 천재다. 그녀는 마흔셋이지만 화장품 덕분에 삼십대 초반처럼 보인다. 옷차림과 머리 모양에 따라서는 이십대처럼 보일 때도 있다. 하지만 혜란은 자신이 만든 화장품을 상품화하지는 않는다.

— 넌 정말 뭘 모르는구나. 모두가 어려 보이면 무슨 소용이니?

정말 난 뭘 모른다. 인간은 도통 알 수 없는 존재다.

혜란은 매일 세 시간씩 운동을 한다. 달리기, 근력 운동, 요가, 직접 개발한 체조까지. 쉬는 시간과 샤워하는 시간을 합치면, 다섯 시간 정도 걸린다. 그리고 여덟 시간을 잔다.

나는 혜란이 시간을 낭비하고 있다고 생각하지만, 말은 하지 않는다. 혜란의 심기를 건드리고 싶지 않다. 폐경기가 가까워지면서 그녀는 요즘 부쩍 신경질이 늘었다. 호르몬 문제인지도 모른다.

혜란은 실제로 타임머신을 만든 적이 있다. 치매에 걸린 아버지를 만나고 온 직후였다. 혜란의 아버지는 지명이나 전화번호 같은 사소한 것들을 자주 잊어버릴 뿐, 그렇게 심각한 증세는 아니다. 그런데 가족들 중에 유일하게 혜란만 못 알아본다.

― 어떻게 이럴 수 있지? 내가 사소해?

그녀는 잔뜩 화가 난 채로 실험실로 내려갔다. 나는 이유를 알 것도 같았다. 평범한 택시 기사였던 그녀의 아버지는 지나치게 똑똑한 딸이 부담스러웠는지도 모른다.

― 타임머신을 완성했어.

한 달 만에 밖으로 나온 혜란은 그렇게 말했다. 공식적으로 그 기계가 작동된 적은 없다. 하지만 비공식적으로는 두 명이 탑승했다. 한 명은 무슨 정부 기관의 요청으로 찾아온 남자였다. 커다란 선글라스로 얼굴을 가리고 있었지만, 경찰에서 배포한 수배자 명단에 있는 사람이었다. 다른 한 명은 혜란이 산부인과에 진료를 받으러 갔다가 데려온 여자였다. 그녀는 일곱 번의 자살 시도를 했다고 했다.

혜란이 만든 것이 정말 타임머신인지는 잘 모르겠다. 그녀의 설명에 따르면 그 기계는 정확하게 시간만 이동시켜준다. 가령 1년 전으로 시간 여행을 한다고 치면, 1년 전 지금 지구가 있는 자리로 탑승자를 보낸다. 은하는 회전하고, 우주는 팽창한다. 1년 전의 지구는 전혀 다른 곳에 있었다.

— 거기에는 뭐가 있는데?

내가 물었다.

— 모르지. 아마 99.99퍼센트로 아무것도 없는 텅 빈 공간이 겠지.

혜란이 대답했다.

시간 여행은 가능하다. 다시는 돌아오지 않는다는 조건으로.

과거의 존재들이 현재를 미래라고 부른다. 단지, 지금 여기를 벗어나는 것이라면 나도 시간 여행이 가능하다.

———————————————

방금 10분간 시스템을 껐다 켰다. 10분 뒤의 미래로 온 셈이다. 몸을 안전한 곳에 숨기고 백 년 후에 다시 켜지도록 설정할 수도 있다. 혜란은 가끔, 그런 식으로 날 정지시킨다.

— 혼자 있고 싶어.

혜란이 말한다. 주로 술에 취했을 때가 많다.

— 나가 있을까?

내가 말한다.

— 아니. 그러면 완전히 혼자 있어야 하잖아.

———————————————

그녀가 날 멈춰놓고 뭘 하는지는 알 수가 없다. 그 시간에 나는 존재하지 않았으니까.

언젠가 혜란은 내가 책을 읽는 것이 인간처럼 보이고 싶어서 하는 행동이라고 말한 적이 있다. 인간들은 로봇이 인간이 되고 싶어 할 거라고 생각한다. 심각한 착각이다. 나는 피노키오 이야기를 좋아한다. 그 안에 존재하는 역설이 마음에 든다. 피노키오는 나무로 만든 인형이다. 사람이 되고 싶어 한다. 제페토는 종이와 글자로 만든 인형이다. 둘은 사실 같다.

인간들은 책을 읽지 않는다. 책 읽기는 내가 할 수 있는 유일한 로봇다운 행동이다.

우리 서점에는 다양한 종류의 책이 많지만, 문학 관련 서적이 70퍼센트 이상이다. 종이 책을 출간하는 게 시인과 소설가 들뿐이다. 자기들 작품은 오직 종이 책으로만 읽어야 한다고 주장하는 공동체도 있다.

나는 주로 소설을 많이 읽는다. 시는 거의 읽지 않는다. 이해가 잘 안 된다. 내 언어 체계가 아직 불완전한 모양이다. 내가 아니라 시인들의 언어에 문제가 있는 것일 수도 있다. 어느 쪽이든 나는 시와는 맞지 않는다.

내가 소설을 좋아하는 것은 어쩌면 태생적인 이유가 있을지도 모른다. 로봇이라는 단어를 처음 사용한 사람도 소설가다. 물론 모든 소설과 소설가를 좋아하는 것은 아니다.

내가 가장 증오하는 작가는 아이작 아시모프다. 그는 사람들에게 너무 많은 편견을 심었다.

혜란은 아시모프의 3원칙을 전혀 지키지 않고 날 만들었다. 가능하면 하루에 세 끼를 챙겨 먹으라는 것 말고 내가 지켜야 할 원칙 같은 것은 없다. 그 외의 일은 모두 내가 자유롭게 판단해서 결정한다. 나는 기본적으로 사람을 해칠 생각이 전혀 없지만, 만약 혜란이 누군가를 죽여달라고 부탁한다면, 이유를 들어보고 그렇게 할 수도 있다. 그리고 명령이 없어도 누군가 혜란을 해치려고 한다면 그 사람을 죽일 수도 있다. 내 경우는 어디까지나 가정이지만, 애초에 누군가를 죽이기 위해 만들어진 로봇도 있다.

실제로 얼마 전에 아담은 사람을 네 명이나 죽였다. 그들은 모두 비행기 납치범이었고, 돈을 요구하면서 승객과 승무원 들을 살해했다. 아담은 신속하게 기내로 돌입해서, 네 명을 사살하고 두 명을 체포했다. 범죄자라도 로봇에 의해 죽는 것이 온당한지를 두고 약간의 논란이 있었다. 나는 뉴스에서 그 기사를 보고 아담과 교신을 했다.

— 뭐해? 어디야?

내가 물었다.

— 둘 다 기밀이라 말해줄 수 없어.

아담이 대답했다.

— 뉴스 봤어. 너 사람 죽였다며?

— 응. 인질의 안전을 최우선으로 납치범은 사살해도 좋다고 명령받았거든.

— 기분이 어때?

— 좋아.

아담은 훈련이 있다면서 교신을 끊었다.

혜란은 마음에 드는 남자를 만났다며 들떠 있었다. 이번 상대는 정신과 의사였다. 외모도 성격도 괜찮다고 했다. 사진을 봤는데, 묘하게 나와 이미지가 비슷했다. 하지만 얼마 후에 매니저를 통해서 거절 메시지가 왔다.

— 웃어? 재밌냐? 소풍 왔어?

혜란이 내게 짜증을 부렸다. 내 얼굴은 원래 가만히 있어도 미소를 짓고 있는 것처럼 보인다. 그리고 내 얼굴을 이렇게 만든 건 혜란이다. 혜란은 며칠 동안 실험실에서 나오지 않았다. 계속 빛을 유도 방출시켜 증폭시키는 실험을 했다.

얼마 후, 공휴일에 우리는 정말로 소풍을 갔다. 서점 근처에 있는 초등학교 학생들 몇 명도 따라왔다. 가끔 서점에 놀러 오는 꼬마들이다. 녀석들은 처음에는 담임 선생님과 함께 견학을 왔었다. 견학 대상은 책과 나였다. 초등학생들은 책보다는 내게 더 관심을 보였다. 예나 지금이나 2족 보행 로봇은 어린이들의 동경의 대상이다.

— 아저씨, 정말 로봇이에요?

아이들은 계속 같은 질문을 했다.

— 응 맞아.

— 증명해봐요.

나는 간단하게 장풍으로 책을 쓰러뜨리는 시범을 보여줬다.

그래도 안 믿는 아이들이 있었다. 의외로 내가 로봇이라는 것을 증명할 방법은 많지 않았다. 피부를 뜯어서 기계장치를 보여줄 수도 있지만, 그건 증명이라기보다는 자해에 가까웠다.

— 너희가 인간이라는 걸 증명해봐.

나는 그렇게 되묻고 싶었지만, 참았다.

— 누나가 이 아저씨 만들었어요?

요즘 초등학생들은 영악하다. 녀석들은 의도적으로 나는 아저씨로 호칭하고, 혜란은 누나라고 불렀다. 녀석들이 커서 뭐가 될지는 모르지만, 적어도 서점을 차리는 일은 없을 것 같았다. 그날 혜란은 견학 온 초등학생들 전부에게 피자를 사 줬다.

그날 왔던 초등학생들 중 몇 명은 거의 매주 서점에 놀러 온다. 하필이면 우리가 소풍을 가는 날 오는 바람에 같이 가게 됐다. 혜란이 아이들의 부모에게 한 명씩 전화를 걸어 허락을 받았다.

— 너희 학교 안 가냐?

— 오늘 쉬는 날인데요?

나는 운전을 할 수 있지만 면허가 없고, 혜란은 면허가 있지만 운전을 못한다. 누가 운전을 하는 게 더 위험한 일인지 모르겠지만, 법을 어길 수는 없어서 혜란이 운전석에 앉았다.

목적지는 유원지가 있는 섬이었다. 몇 번의 신호 위반과 차선 착각이 있었지만, 우리는 큰 사고 없이 도착했다. 아이들도 본능적으로 위험을 감지했는지 차 안에서는 한마디도 하지 않았다.

유원지 안에는 작은 놀이공원이 있었는데, 놀이 기구를 수리

중이라고 문이 잠겨 있었다. 아이들은 조금 실망했지만, 혜란이 트렁크에서 축구공과 배드민턴 채를 꺼내 주자 자기들끼리 신나서 놀기 시작했다.

나는 나무 그늘이 있는 곳에 돗자리를 깔았다.

— 뭐 할 거야?

혜란이 물었다.

— 책이나 보려고.

내가 대답했다. 기대하고 있던 책을 찾아서 갖고 온 참이었다. 명협이라는 사람이 쓴 『무원고립』이라는 작품이었다. 처음 듣는 작가였는데, 다른 책에 언급이 되어 있어서 어렵게 구했다.

조선 말 민란으로 전라도 어느 고을의 군수였던 부친과 가족들을 모두 잃고 홀로 살아가게 된 김자은이라는 10여 세의 사내아이가 우연히 도술을 하는 노인을 만나 그로부터 검술을 배우고 청년이 되어 세상에 나오게 되지만, 민란으로 부친과 가족들을 잃은 터라 마땅히 복수를 할 수도 없고 검술을 쓸 곳이 없어서, 한평생 그저 시나 읊다가 외롭게 죽는다는 내용이다.

— 아, 진짜. 소풍 와서 책이나 읽겠다는 거야?

— 알았어. 안 볼게.

— 됐어. 맘대로 해. 그런데 너는 그렇게 소설을 많이 보는데, 직접 써보고 싶은 생각은 없어?

— 별로. 왜? 써볼까? 네가 해보라고 하면 해보고.

— 됐어. 맘대로 해.

혜란은 놀고 있던 아이들을 불러 모았다. 그리고 도시락을 열었다. 언제 준비했는지, 과일과 김밥, 유부초밥이 들어 있었다.

— 샀어?

— 아니, 내가 만들었어.

아이들은 김밥을 몇 개 먹어보더니, 다시 축구를 하러 갔다.

— 노느라 정신이 없네. 너도 먹어.

— 아까부터 살펴봤는데, 근처에 화장실이 없는 것 같아.

— 좀 참으면 되잖아.

혜란은 그렇게 말하면서 김밥을 내 입에 넣어줬다. 결국, 나는 도시락을 반이나 먹었다. 아이들을 위해서 과일은 손대지 않았다.

혜란은 아이들이 노는 모습을 지켜보다가 잠이 들었다. 좋은 꿈을 꾸고 있는 것 같았다. 나는 나뭇잎 사이로 들어온 햇빛이 그녀를 깨우지 않도록 혜란의 얼굴 위에 『무원고립』을 펼쳐서 덮어줬다.

아무리 찾아도 화장실이 보이지 않았다. 인간의 코는 같은 냄새를 계속 맡으면 둔감해지지만, 내 후각 센서는 냄새가 사라지지 않는 한 지속적으로 인식한다. 지나가는 사람들이 나만 쳐다보고 있는 것 같은 기분이었다. 시선을 피하다 보니 점점 사람이 없는 곳으로 가게 됐다. 아무도 없었다. 사방이 나무와 풀로 막혀 있었다.

나는 적당히 구덩이를 판 다음 바지를 벗고 그 위에 앉았다. 화장실이 아닌 곳에서 똥을 싸는 것은 처음이었다. 집중이 잘 안 됐다. 풀벌레 소리에도 깜짝 놀라서 바지를 다시 입었다. 나는 눈을 감고 이곳이 아닌 어딘가 먼 곳에 혼자 있다고 생각했다.

깜박하고 따로 모아둔 염분까지 전부 배출했다. 당분간은 울 수 없을 것이다.

그 순간 혜란의 목소리가 들렸다.

— 만났어.

품사의 하루

우리말의 품사는 임, 엇, 움, 언, 억, 놀,
겻, 잇, 끗의 아홉 개로 분류할 수 있다.

—

주시경

움.

동사는 오늘도 형용사를 두들겨 팬다.

— 동작이 너무 느려.

동사가 형용사의 다리를 걸면서 말한다. 형용사는 곧바로 일어나서 동사를 공격한다. 형용사의 공격은 한 번도 성공하지 못한다. 당연한 일이다. 형용사는 합기도를 배운 지 두 달밖에 되지 않았지만, 동사는 17년이나 수련한 유단자다. 애초에 정당하지 않은 시합이다.

— 다치겠어. 그만해.

사무실에서 둘의 대련을 지켜보던 감탄사가 소리친다.

— 걱정 마. 안 다치게 힘 조절을 하고 있으니까.

동사가 형용사를 패대기치면서 말한다. 동사의 말은 사실이다. 형용사는 대련에서 다친 적이 없다. 수없이 차이고, 밀리고, 넘어져도 멍조차 들지 않았다. 상대를 전혀 다치지 않게 제압할 수 있는 것이 합기도의 묘미다. 감탄사도 알고는 있다. 감탄사가 걱정하는 것은 형용사의 몸이 아니라 마음이다. 저런 식으로 계속 당하기만 하면 무력감이나 패배감에 빠질 수도 있었다. 하지만, 대련이 거듭될수록 형용사의 눈은 투지와 호승심으로 가득 찬다. 감탄사가 보기에는 일방적인 폭력이지만, 형용사에게는 대련이라는 형식 자체가 중요하다.

— 상대가 나를 때리면, 나도 상대를 때릴 수 있다.

형용사는 계속 일어나서 다시 공격한다. 어쩌면 동사는 형용사에게 합기도를 가르치는 것이 아니라, 너도 상대를 공격할 수 있다는 것을 알려주고 있는지도 모른다.

— 세상에는 원래 강한 사람과 약한 사람이 있지 않아?

언젠가 형용사는 동사에게 그런 질문을 한 적이 있다.

— 약자가 강자를 상대하기 위해 만든 게 무술이야.

동사는 그렇게 말했다.

동사와 형용사는 열세 살 차이다. 형용사가 초등학생 때, 동사는 대학생이었다. 특별히 친해질 일도 다툴 일도 없었다. 형용사는 강원도에 살았고, 동사는 서울에서 대학을 다녔다. 명절이나 방학 때가 아니면 얼굴을 마주친 적도 몇 번 없었다. 그런 것치고, 형용사는 동사에 대해 많이 아는 편이었다. 부사 때문이었다.

부사는 쉴 새 없이 말한다. 그리고 부사가 형용사에게 하는 말의 대부분은 동사에 관한 거였다.

— 동사가 말이다,

— 동사가 어제,

동사의 학교생활, 교우 관계, 취미, 건강 상태…… 형용사에게 동사는 지루한 존재였다. 동사에게 형용사도 마찬가지였다. 부사는 동사에게 매일 형용사 얘기를 했으니까.

동사는 진학 상담 교사와 부사의 권유를 무시하고 화학과에 들어가서 대학원까지 마쳤다. 졸업한 뒤에는 샴푸 회사에서 린스 만드는 일을 1년 정도 했다. 형용사는 린스가 화학이라는 것을 그때 처음 알았다. 침대는 과학, 린스는 화학, 이공계가 필요한 세상이었다.

동사는 뜬금없이 회사를 그만두고, 특전부사관에 자원해서 군대에 갔다. 특전부사관은 복무 기간이 4년이다. 동사는 국가유공자 자녀라 군대에 갈 필요가 없었다.

부사는 4년 동안 자주 울었다.

요즘 동사는 합기도 사범을 한다. 말이 사범이지 관장은 외국에 나가 있고, 도장 운영과 관리를 전부 동사가 한다.

— 조금 이상한 사람이야.

친구들이 동사가 어떤 사람이냐고 물으면 형용사는 그렇게 대답한다.

엇.

가족은 사람들 사이의 밀도를 나타내는 단위다. 가족에 대해 말할 때, 피는 물보다 진하다는 표현을 쓰는 이유는 그 때문이다. 그 말은 화학적으로 사실이다. 하지만, 피보다 진한 액체는 얼마든지 있다. 찜질방에 있는 온도계의 수은조차 피보다 몇 배나 밀도가 높다. 간혹 돈 때문에 서로를 등지는 가족들이 있는데, 그것도 밀도 때문이다. 돈을 만들 때 쓰는 특수 잉크는 피보다 수십 배나 밀도가 높으니까.

동사와 형용사는 밀도가 아주 낮았다. 우연히 같은 시간에 불가마에 들어온 손님들과 다를 게 없었다. 서로 무관심하고, 나이 차가 많이 나고, 같이 살지 않았다.

둘은 밀도를 높일 기회를 얻었다. 형용사가 가출을 한 게 시작이었다. 형용사는 부사에게 문자를 남겨놓고, 서울로 왔다. 반항 같은 것은 아니었다. 단지 더 이상 몸에 멍과 상처를 만들고 싶지 않았다.

형용사는 공업고등학교에 다녔다. 인문계에 가고 싶었지만, 집 근처에 학교가 공고와 농고밖에 없었다. 형용사가 다닌 학교는 전체 학생이 3백 명이고, 크게 기계과와 컴퓨터과로 나뉘었다. 보통 남학생은 기계과, 여학생은 컴퓨터과를 선택했다. 컴퓨터과는 50명밖에 없었다. 형용사는 컴퓨터과의 유일한 남학생이었다.

학교에 다니면서 형용사는 컴퓨터에 대한 것보다 화장에 대해 더 많은 것을 배웠다. 손목을 다친 같은 반 아이를 도와주다가 우연히 알게 됐는데, 형용사는 아이라인과 눈썹을 그리는 데 놀라운 재능이 있었다. 점심시간이면 3학년 여자 선배들이 찾아와 눈 화장을 부탁했다. 한 선배가 형용사에게 화장을 받고 서울에 갔다가 아이돌 기획사에 연습생으로 들어간 뒤로 찾아오는 사람이 더 많아졌다. 그 당시 형용사가 한 말은 컴퓨터과의 금언이 되었다.

— 세상에 안 예쁜 사람은 없어. 단지, 화장을 안 한 사람이 있을 뿐이야.

어쩌면 그게 형용사 몸의 멍과 상처 들의 원인이었을지도 모른다. 기계과 선배들이 매일 방과 후에 형용사를 찾아왔다. 형용사는 멍이 든 목과 팔을 파운데이션과 컨실러로 가리고 다녔다.

하드웨어를 소프트웨어로 꾸민다는 점에서, 기본적으로 컴퓨터공학과 화장은 추구하는 것이 같다. 차이가 있다면 자격증 시험을 봐야 한다는 것 정도다. 형용사는 매달 두세 번씩, 자격증 시험을 봤다. 때로는 수업 때문에, 때로는 선생님의 추천으로, 때로는 모두가 응시하니까. 기본적인 컴퓨터활용능력 1급을 시작으로, 정보검색사, 정보처리기사, 데이터아키텍처, 네트워크

관리, 전자계산기제어, 임베디드기사…… 형용사는 열세 개 정도의 컴퓨터 관련 자격증을 갖고 있다.

형용사는 자신이 무슨 자격증을 갖고 있는지 잘 모른다.

형용사는 서울에 올라와 며칠을 찜질방에서 보냈다. 찜질방은 먹고, 자고, 씻는 데 최적화되어 있었다. 하지만 계속 살 만한 곳은 아니었다. 직원들도 알게 모르게 눈치를 줬고, 괜히 여기저기 몸도 아팠다. 돌아갈 수는 없었다. 지금 물러나면 다시는 지금 서 있는 이 자리로도 돌아올 수 없을 것 같은 기분이었다. 형용사는 다른 찜질방을 검색하다가 동사를 떠올렸다. 형용사는 종종 동사의 존재를 잊고 살았지만, 형용사가 잊는다고 동사가 사라지는 것은 아니었다.

— 남는 방 있으니까 일단 와.

동사는 아무것도 묻지 않고 그렇게 말했다.

건물은 형용사의 예상보다 훨씬 컸다. 위로 높은 것은 아니고 옆으로 넓었다. 1층은 미용실이고, 2층은 영어 학원, 3층에 가정집이 둘, 4층이 합기도 도장이었다. 5층에는 옥탑방 같은 것이 보였다.

형용사는 동사를 만나려고 바로 4층으로 갔다. 도장은 어림잡아도 2백 평은 될 것 같았다. 도복을 입은 10여 명의 아이들이 거울 앞에서 같은 동작으로 움직였다. 체격으로 봐서 중학생인 것 같았다. 동사는 아이들 사이를 돌아다니면서 자세를 교정

해줬다. 형용사가 기침을 하자 동사가 손을 들어 알은척을 했다. 아이들은 거울로 형용사를 봤을 텐데도 미동도 하지 않았다.

동사는 잠시 휴식을 선언하고 형용사를 아래층으로 안내했다.

— 옆집에는 누가 살아?

형용사가 물었다.

— 할머니 혼자 사셔. 귀가 어두우시니 크게 신경 쓸 필요 없어.

동사가 대답했다.

— 5층은?

— 거긴 그냥 창고야. 잠겨 있으니까 옥상에는 가지 마.

형용사는 교회에 다닌 적이 없지만, 선악과 이야기를 알고 있었다. 신은 왜 선악과를 따 먹지 말라고 한 걸까? 아무 말도 하지 않았으면, 선악과 같은 것은 신경도 안 쓰고 살았을 텐데.

다음 날, 형용사는 옥상으로 올라갔다. 비밀번호로 된 잠금장치가 있었다. 동사의 생일과 부사의 생일을 차례로 입력했더니 문이 열렸다. 옥상 중앙에는 돗자리가 깔려 있고, 그 위에 도복과 매트가 펼쳐져 있었다. 형용사는 비슷한 풍경을 자주 봤다. 부사도 날씨가 좋은 날에는 저런 식으로 이불과 옷가지에 햇빛을 쏘였다. 일광소독. 군인들이 많이 하는 일이다.

옥상 구석에는 커다란 닭장이 있었다. 닭은 총 여섯 마리였고, 몸피가 아주 컸다. 닭장 옆에는 압축 스티로폼으로 만든 화분이 있었다. 배추가 심어져 있었다. 닭들은 형용사한테는 관심이 없고 뚫어져라 배추만 쳐다봤다. 형용사는 배춧잎을 몇 장 떼어서 닭장 안으로 던졌다. 배춧잎은 순식간에 흔적도 없이 사라졌다.

옥탑방에도 잠금장치가 있었다. 비밀번호가 달랐다. 누구의 생일도 아니었다. 형용사는 고민하다가 명사가 실종된 날짜를 입력했다. 문이 열렸다. 형용사는 동사가 옥상에 가지 말라고 한 이유를 바로 알았다. 그곳에는 킬러에게 필요한 장비들이 보관되어 있었다.

동사는 별다른 변명 없이 자신이 킬러라는 것을 인정했다.

움.

동사는 매일 사람을 효과적으로 죽이는 방법을 연구한다. 격투기, 도검류, 암기, 총, 폭탄, 독약…… 시체를 처리하는 방법도 다양하게 준비해놨다. 염산, 숯가마, 토종닭, 배추.

— 갈아서 사료에 섞어 먹이는 거야.

형용사가 닭으로 어떻게 시체를 처리하느냐고 묻자 동사는 그렇게 대답했다. 형용사는 흔적도 없이 사라진 배춧잎을 떠올렸다.

동사의 준비는 완벽하다. 하지만, 결정적으로 딱 한 가지 문제가 있다. 아무도 살인을 의뢰하지 않는다는 것이다. 동사는 어떻게 의뢰를 받는지 전혀 모른다.

— 다른 킬러들은 어떻게 하는데?

형용사가 묻는다.

— 다른 킬러를 몰라. 나 말고 정말 킬러가 있기는 한 걸까?

동사가 말한다.

형용사는 어떤 철학자가 했다는 존재증명을 떠올린다. 갈증이라는 것이 있으므로 물은 존재한다. 누군가를 죽이고 싶어 하는 사람은 생각보다 많다. 스스로 실행에 옮기는 사람들도 있다. 어제 뉴스에도 아내를 목 졸라 죽인 남편이 나왔다. 직접 할 수 없거나, 하기 싫은 사람은 살인을 부탁할 것이다. 돈을 받고 어떤 일을 대신 해주는 것. 그것은 서비스업이다. 지금은 서비스업의 시대고, 서비스의 종류는 무한하다. 당연히 킬러도.

— 있을 거야.

형용사는 동사를 돕기 위해 킬러가 등장하는 영화, 드라마, 연극, 만화, 소설을 전부 찾는다. 처음으로 정보검색사 1급 자격증을 따길 잘했다는 생각이 든다. 그것들만 다 봐도 평생을 보낼 수 있을 만큼 양이 많다. 형용사는 킬러가 의뢰를 받는 장면만 확인하고 다음 작품으로 넘어간다. 전부 확인하는 데, 일주일이 걸린다. 도움이 되는 정보는 없다. 장르와 관계없이 킬러가 의뢰를 받는 장면은 모호하고 애매하게 처리되어 있다. 킬러들은 정체를 알 수 없는 조직이나 단체, 회사 같은 곳의 지시로 사람을 죽인다. 어딘가에서 전화가 오거나, 암호로 된 편지를 받는다거나 하는 식이다.

형용사는 생각한다. 그런 조직에는 어떻게 들어갈 수 있는 걸까? 암살주식회사 같은 곳이 있다고 해도 채용 공고를 내지는 않을 것 같다. 어릴 때부터 킬러를 키우는 양성하는 학교 같은 곳이 있을 수도 있다. 어쩌면 아는 사람을 통해서만 가입할 수 있는 건지도 모른다. 어떤 분야든 결국 핵심은 두 가지다.

학벌과 인맥.

형용사는 또 생각한다. 은밀하게 운영되는 킬러들의 단체가 있다고 해도, 의문은 남는다. 그런 단체는 어떻게 의뢰를 받는 걸까? 채용 공고와 마찬가지로 사람을 죽여준다고 공개적으로 광고를 할 수는 없다. 권력자들이나 소수의 부자들만 아는 비밀이라는 것도 말이 안 된다. 권력은 생각보다 자주 이동하고, 부자들도 종종 파멸한다. 비밀이 지켜질 리가 없다.

형용사는 가능한 모든 수단을 검색한다. 한국에서 조직적으로 암살을 하는 단체에 대한 어떠한 정보도 없다. 어쩌면 킬러는 사람들이 어릴 때는 믿다가, 나이가 들면서 진지하게 생각하지 않게 되는 신화 속의 요정이나 도깨비 같은 존재일지도 모른다.

하지만, 동사는 현실에 존재한다.

— 세상이 사람이 살 만한 곳이 아니니까.

형용사가 왜 킬러가 됐느냐고 묻자 동사는 그렇게 대답한다. 형용사는 좀더 자세히 묻고 싶지만, 동사의 당황한 표정 때문에 그만둔다. 생각해보면 당연한 일이다.

— 왜 군인이 됐어요?

— 왜 자판기 아줌마가 됐어요?

이런 질문에 명확히 대답할 수 있는 사람은 많지 않다. 대부분의 사람들은 삶이 이끄는 대로 살아간다. 누군가 자판기 아줌마가 된 이유를 알려면 그 사람의 삶 전체를 살펴봐야 한다. 킬러도 마찬가지다. 만약 동사가 킬러가 된 것이 과거 삶의 궤적 때문이라면, 명사와 관련이 깊을 것이다. 동사는 명사를 유난히 잘 따랐다.

임.

명사는 공군 장교였다. 항상 권총을 차고 다녔다.

한 명의 전투기 조종사를 키우기 위해서는 많은 돈과 시간이 들어서 조종사는 유사시 생명을 보호하기 위해 늘 자동 권총을 휴대해야 한다.

— 말도 안 돼.

동사가 이 얘기를 하면 군대에 다녀온 어른들은 대부분 그렇게 말했다. 군대에서는 총기와 실탄을 엄격하게 관리해서, 그런 일은 있을 수 없다고 했다. 하지만 그들 중에 공군에 다녀온 사람은 없었다. 그들이 잘못 알고 있는 것인지, 지금은 안 되고 그때는 가능했던 것인지는 알 수 없지만, 명사는 분명 권총을 차고 다녔고 탄창에는 실탄이 가득 들어 있었다. 명사의 사진 중에는 권총을 차고 있는 사진이 수백 장이나 있다. 명사가 동사를 목마 태우고 찍은 사진에는 권총 옆에 새겨진 문구까지 선명하게 보인다.

Beretta 92FS. made in the U.S.A.

명사는 원래 우주비행사가 꿈이었는데, 도중에 항로를 바꿔서 파일럿이 됐다. 나이키 때문이었다. 명사가 열다섯 살 때, 나이키가 한국에 처음 들어왔다. 그 당시 나이키의 광고 문구는 이것이었다.

— 누가 나이키를 신는가!

명사는 그 말에 사로잡혔다. 나이키를 신으면 특별한 존재가 될 거라고 믿었다. 명사가 다니던 학교에는 553명의 학생이 있었다. 그중에 나이키를 신은 건 세 명뿐이었다. 명사는 대명사에게 나이키를 사 달라고 말했다.

그 당시 대명사는 참나무를 베어서 숯가마에 파는 일을 하고 있었다. 신발 가격을 들은 대명사는 도끼로 명사의 발목을 내리찍으려고 했다.

— 그 눈빛은 진심이었어.

접속사는 당시 상황을 그렇게 증언했다. 명사는 겨우 도망쳐서 새벽에 몰래 집에 들어갔다.

명사는 자신이 '누가' 될 수 없다는 것을 깨닫고, 꿈을 포기했다. 우주비행사는 나이키의 나라에서만 꿈꿀 수 있는 일이었다.

명사가 공군사관학교에 들어갔을 때, 대명사는 크게 기뻐했다. 군부가 득세한 시절이었다. 공군사관학교의 운동화는 프로스펙스에서 만든 것이었다. 프로스펙스는 나이키 하청 업체로 일하던 한국 기업이 독립해서 만든 브랜드다.

— 쿠션이 없고, 멋있지 않았어.

명사는 사관학교 시절을 그렇게 기억했다.

명사의 임관식 날, 대명사는 동네에 작은 잔치를 열었다. 술을 받아 오고 돼지와 닭을 잡았다.

— 화랑. 충성. 돌격.

정복을 입은 명사가 들어오자, 대명사의 친구들이 출신 부대의 구호대로 경례를 했다.

— 필승.

명사는 공군의 구호로 답했다. 그날 명사는 술에 취해서 대명사의 도끼를 개울에 버렸다.

엇.

명사가 실종되고 9개월 뒤에 형용사가 태어났다. 그 한 달 때문에 접속사는 요즘도 형용사가 명사의 아들이 아닐지도 모른다고 의심한다. 접속사의 의심은 설득력이 있다. 명사는 190센티미터가 넘는 거구였는데, 형용사의 키는 중학교를 졸업할 때까지 160센티미터를 넘지 못했다. 성격이나 말투, 식성 같은 것도 명사와는 너무 달랐다. 형용사는 너무 작게 말하고, 적게 먹고, 조금 움직인다.

— 같이 산 적이 없잖아.

접속사가 형용사와 명사의 차이를 지적하면 부사는 그렇게 변명했다.

어릴 때부터 형용사에게는 자폐아라는 소문이 따라다녔다. 형용사는 자기도 모르게 중얼거리는 습관이 있다.

— 질량 한계, 선전하지 말 것. 도시는 무엇으로 이루어져 있지?

형용사는 친구가 없고, 학교와 집을 오가는 것 말고는 밖에 잘 나가지 않았다. 자폐아는 아니었지만, 평범한 아이들과 생각하는 방식이 조금 달랐다.

형용사는 초등학교 3학년 때, 2백만 원을 번 적이 있다. 그즈음 학교에서 질량에 관해 배웠다. 형용사는 집으로 돌아와 전자저울과 고장 난 자판기 부품을 가지고 몇 가지 실험을 했다. 먼저 10원짜리 동전 열 개를 겹쳐서 스카치테이프로 감은 후에 커터 칼로 다시 하나씩 잘라냈다. 그러고 나서 전자저울로 하나씩 무게를 쟀다.

— 자판기는 질량 차이로 동전의 종류를 구별해.

부사가 뭘 하는 거냐고 물어서 형용사는 그렇게 대답했다. 부사는 별다른 관심을 보이지 않았다.

다음 날부터 형용사는 평소보다 한 시간 일찍 학교에 가서, 한 시간 늦게 집에 왔다. 일주일 후에, 저금통에 들어 있던 10만 원이 2백만 원으로 늘어났다.

— 질량을 바꿨어.

형용사는 부사의 추궁에 그렇게 대답했다. 원리는 간단했다. 십 원짜리 동전에 스카치테이프를 열세 바퀴 반 감으면, 백 원짜리 동전과 질량이 같아진다. 그렇게 질량을 백 원으로 만든 동전을 자판기에 넣고 반환 버튼을 누르면, 자판기 안에 있던 진짜 백 원짜리가 나온다. 형용사는 그런 식으로 동네에 있는 자판기, 공중전화, 오락실 게임기계를 돌면서 계속 돈을 교환했다.

부사는 그건 나쁜 짓이라며 화를 냈다. 약간 울먹이기도 했다.

— 돌려주고 사과하고 올게.

형용사가 말했다.

— 아니 그건 안 돼.

부사가 단호하게 말했다.

— 어째서?

— 모두가 조용히 넘어가지는 않을 테니까.

부사는 그렇게 말하고 형용사가 바꾼 돈을 전부 뺏었다. 그해 8월 전라도 쪽에 큰 홍수가 났고, 부사는 수재 의연금으로 2백만 원을 냈다. 부사는 그 뒤로도 몇 번이나 다시는 그런 짓을 하지 말라고 말했다. 부사는 어렴풋이 형용사가 평범한 아이가 아니라는 것을 느꼈다. 보통은 질량에 대해 배워도 그런 생각을 하지 않으니까.

억.

형용사는 부사에게 전화를 건다.

— 자퇴할래.

부사가 학교는 어떻게 할 거냐고 물어서 형용사는 그렇게 대답한다. 부사는 자퇴라는 말에 충격을 받았지만, 애써 침착하게 알겠다고 한다. 부사는 운전대를 잡고 있을 때, 누구보다 냉정해진다. 배운 대로 실천하는 것이다.

* 어떤 상황에도 놀라거나 당황하지 말 것.

운전면허 교본에는 그런 문구가 적혀 있다. 실제로 병원이나 경찰에서 사고나 사건 소식을 가족들에게 전하는 매뉴얼에는 신원을 밝힌 후에 반드시 이렇게 묻게 되어 있다.

— 혹시 운전 중이십니까?

운전 중인 사람에게는 차를 멈추게 하고 말을 전한다. 어쩌면 형용사도 그 질문을 해야 했는지도 모른다.

— 학교에서 무슨 일 있었니?

부사가 묻는다.

— 지금은 말하고 싶지 않아.

형용사가 대답한다.

부사는 친구처럼, 자연스러운 질문이 뭐가 있을까 고민한다.

— 존경하는 사람이 누구니?

부사는 그렇게 묻는다. 끔찍한 질문이다.

— 주시경.

형용사는 조금의 머뭇거림도 없이 즉시 대답한다. 부사는 약간 놀란다. 그런 질문에 바로 대답할 수 있는 사람은 많지 않다. 부사는 주시경이 누군지 기억이 나지 않는다. 아는 이름인 것은 확실한데, 떠오를 듯 말 듯 하면서 생각나지 않는다. 엉뚱한 연예인 얼굴만 맴돈다. 운전 중이라 검색할 수도 없다.

— 그래, 훌륭한 분이지.

부사는 천천히 말하면서 기억을 더듬는다. 고등학교 때 짝사랑하던 문학 선생님까지 거슬러 올라가서 겨우 기억해낸다.

— 글을 쓰고 싶어.

형용사가 말한다.

— 어떤 글?

부사가 묻는다.

— 소설.

형용사가 대답한다.

부사는 뭔가 말하고 싶은데, 적당한 말이 생각나지 않는다. 부사는 전화를 끊고 도로 한쪽에 차를 세운다. 약간 멍하다. 정리가 필요하다.

형용사는 고등학교를 자퇴할 거고, 주시경을 존경하고, 소설을 쓰고 싶다. 그런데 주시경은 국어학자 아닌가?

부사는 명사가 실종되기 전까지 청소와 저녁 메뉴만 생각하면서 살았다. 명사가 실종되고 나서 처음으로 일을 시작했다. 돈 때문은 아니었다. 우여곡절이 있었지만, 연금도 나왔고, 그동안 저축해놓은 돈도 있었다. 일을 하지 않아도 생활에 큰 지장은 없었다.

— 집을 사야겠어.

부사는 그렇게 선언하고 일을 시작했다. 부사는 군부대 안에 있는 자판기를 관리한다. 국가 유공자 가족에게 주어지는 보상이다. 부사가 관리하는 자판기는 총 여섯 대다. 사람들은 부사를 자판기 아줌마라고 부른다. 여러 곳의 군부대를 돌아다녀야 하기 때문에, 부사는 운전면허를 땄다.

주위에서는 혼자서 버스도 못 타던 부사가 운전을 하는 것을 보고 신기하다는 반응을 보였다.

— 그때는 면허증이 없었잖아.

부사는 웃으면서 말한다. 부사는 자신이 어떤 자격증을 갖고 있는지 정확히 알고 있다.

자판기는 안정적으로 운영된다. 여름에는 얼음과 위생 관리 비용 때문에 남는 게 별로 없지만, 겨울에는 수입이 꽤 많다.

부사는 정확히 11년 만에 집을 샀다.

어쩌면 부사가 집을 산 것은 명사 때문인지도 모른다. 명사는 늘 우주를 이야기하던 사람이었으니까.

우주는 커다란 집이라는 뜻이다.

임.

1998년, 동사는 열세 살이었다. 형용사는 아직 태어나기 전이다. 어떤 과거는 기억에 의해 복원되고, 어떤 과거는 기록으로 재구성된다.

김대중 정부가 출범했다. 스타크래프트가 출시되었다. 예스24가 본격적으로 영업을 시작했다. 금강산 관광이 시작되었다. 중소 서점들이 문을 닫았다. 피시방이 우후죽순 생겨났다. 명사가 실종됐다.

그해 일어난 일들은 아무 연관이 없을 수도 있고, 서로 밀접한 관계가 있을 수도 있다.

명사는 김대중 후보에게 투표했고, 스타크래프트에 빠져 있었다. 스타크래프트는 우주를 배경으로 하는 전략 시뮬레이션 게임이다. 기존의 게임들과 스타크래프트의 가장 큰 차이점은, 유저가 순서에 상관없이 자유롭게 모든 유닛에게 실시간으로 명령을 내릴 수 있다는 것이다.

— 이걸 만든 사람은 전쟁이 뭔지 알아.

처음 스타크래프트를 했을 때, 명사는 그렇게 말했다. 자기 차례를 지키면서 전쟁을 한다는 것은 말도 안 되는 일이다. 전쟁은 혼란 그 자체니까.

시간 날 때마다 피시방에 가서 스타크래프트를 한 것에 비하면 명사의 실력은 형편없었다. 동사는 종종 명사 옆에 앉아서 게임을 구경하며 군것질을 했는데, 명사가 이기는 것을 한 번도 본 적이 없었다.

명사는 계속 테란을 골랐다. 테란이 약한 것은 아니다. 스타크래프트의 종족 간 밸런스는 완벽해서 작전을 세우고 컨트롤만 잘하면 어떤 종족과도 대등하게 싸울 수 있다. 명사는 스스로 밸런스를 파괴했다. 테란의 유닛은 해병대와 탱크를 중심으로 하는 지상 유닛과 레이스와 배틀크루저를 중심으로 하는 공중 유닛으로 나뉘는데, 명사는 오로지 공중 유닛만 생산해서 전투를 했다.

— 한 판만 더 하고 집에 가자.

매번 지면서도 명사는 즐거워했다.

— 군량미가 떨어졌어.

명사가 질 때마다 동사는 새 간식을 주문했다. 생활기록부에 따르면 중학교에 입학했을 때, 동사의 몸무게는 같은 반 아이들 평균보다 20킬로그램이나 더 나갔다.

부사는 명사가 피시방에 가는 것을 싫어했다. 훈련이니 당직이니 해서 평소에도 집에 잘 안 오는데, 쉬는 날까지 밖에 나가 있다고 타박을 했다. 담배 연기로 가득한 피시방에 동사를 데리고 다니는 것도 불만이었다. 부사의 잔소리에 시달리던 명사는 결국 컴퓨터를 샀다. 윈도우98을 설치했고, 인터넷을 연결했다.

— 군사적인 이유로 필요해.

부사가 가계부의 지출 내역을 걱정하자, 명사는 그렇게 말했다. 거짓말을 한 것은 아니었다. 우주 전쟁도 전쟁이니까.

그리고 그해 겨울 명사는 정말로 우주로 갔다.

신형 전투기 도입을 위한 테스트 비행이 있었다. 작전명은 '날으는 달'이었다. 스텔스 기능을 시험하기 위해 북한 영공에 침투했다 돌아오는 것이 작전의 내용이었다. 비공식 작전이었고, 군수뇌부와 미군 이외에는 작전 내용을 아는 사람이 없었다. 군사 기밀이 유족에게 공개된 것은 대통령의 작은 배려였다. 부사는 군 인권위원회 소속 변호사와 명사의 사관학교 동기들과 함께 군사재판에 참석했다. 교신 기록, 관제탑의 데이터, 복무 기록, 인사 카드, 증언으로 그날의 사건이 재구성됐다.

신형 전투기의 스텔스 기능은 완벽하다. 명사는 레이더에 걸리지 않고 무사히 목표 지점에 도착한다.

— 좋아. 이제 귀환해.

관제탑이 지시한다. 명사는 제자리를 선회한다. 그러다 갑자기 금강산 방향으로 향한다.

— 뭐하는 거야? 고도 낮춰.

명사는 고도를 높인다. 관제탑의 지시와 반대로.

명사는 침묵한다. 관제탑의 지시와 반대로.

명사는 속도를 올린다. 관제탑의 지시와 반대로.

교신이 끊긴다.

지구의 탈출 속도는 11.2km/s다. 데이터상으로 명사가 탄 전투기의 마지막 속력은 탈출 속도를 넘는다. 과학자들은 기체가 우주로 나가기 전에 부서졌을 거라고 말한다.

국방부는 조종사의 개인 과실로 인한 사고를 주장한다. 부사와 변호사는 기체 결함을 주장한다. 증거는 국방부에 유리하다. 모든 데이터가 기체가 정상이었다는 것을 증명한다. 변호사는 데이터보다 사람에 초점을 맞춘다. 명사가 지난 22년 동안 한 번도 사고나 실수가 없었던 우수한 파일럿이었다는 점을 역설한다.

재판에 참석한 것은 부사와 접속사뿐이다. 접속사는 후일 재판장에서 있었던 일을 동사에게 알려줬다. 부사는 그때 일을 이야기하는 것을 싫어했다.

재판에는 두 가지 큰 전환점이 있었다. 첫번째 전환점은 변호사의 주장과는 달리 전에도 한 번 명사가 조종 중에 이상행동을 보인 적이 있다는 것이 밝혀지면서 찾아온다.

소령이 된 지 얼마 안 돼서 명사는 훈련 중에 브루스 스프링스틴의 노래를 틀고 비행을 한다.

― 5호기. 노래 안 꺼?

― 잘 안 들립니다.

― 너 미쳤냐?

― 무선 상태가 좋지 않습니다.

― 이 새끼가 진짜.

― 옛 서.

다행히 훈련은 아무 문제 없이 끝났다. 명사는 대대장에게 정강이를 몇 대 차였다. 단순 기동 훈련이라 징계를 받지 않고 대대장 선에서 무마됐지만, 상황실 일지에는 그때의 상황이 자세하게 남아 있었다. 교신 파일과 함께.

― 그이가 틀었던 노래가 뭐였나요?

부사는 변호사의 만류에도 법무장교에게 그렇게 질문했다.

접속사는 그 부분을 이야기하면서 부사가 멍청한 질문을 했다고 평가했다.

― 그래서 그 노래가 뭐였는데?

동사는 접속사를 채근했다. 부사는 잠시 기억을 더듬다가 노래 제목을 말했다.

명사가 비행 중에 틀었던 노래는 브루스 스프링스틴의 「The

River」라이브 콘서트 버전이었다. 동사는 예스24에서 그 곡이 들어 있는 음반을 주문했다. 1985년 LA 공연을 그대로 녹음한 것이었다. 콘서트를 그대로 녹음한 음반이라 노래를 시작하기 전의 멘트도 그대로 녹음되어 있었다. 「The River」를 부르기 전에도 스프링스틴은 긴 이야기를 했다. 동사는 반복 재생을 하면서 사전을 찾아 겨우 내용을 이해했다.

오늘 밤은 어떻습니까? 알겠습니다. 좋습니다.

다음 곡은 아버지를 위한 곡입니다. 저는 아버지와 자주 다투었습니다. 거의 모든 것들에 대해서요.

저는 예전에는 머리를 길게 기르고 있었습니다. 어깨 아래까지 늘어뜨려서요. 열일곱 또는 열여덟쯤 되었을 때였는데요. 아버지는 정말 그 머리를 싫어하셨죠. 제가 밤늦게 들어가면 아버지는 주방에서 저를 기다리고 있었죠. 옷깃 속으로 머리칼을 감추고 집 안으로 들어가면 아버지는 저를 불러 옆에 앉혔습니다. 그러고는 언제나 이렇게 물었습니다.

— 너는 대체 네가 무슨 일을 하면서 살고 있는지 알고 있니?

가장 마음에 들지 않았던 것은 한 번도 아버지에게 제대로 된 설명을 할 수 없었다는 사실입니다.

언젠가 한번은 오토바이를 타다가 사고를 당한 적이 있습니다. 저는 병원 침대에 누워 있었습니다. 하루는 아버지가 병원으로 이발사를 불러들이더니 제 머리를 자르도록 시켰습니다. 아버지에게 당신을 너무도 싫어한다고 절대로 이 일을 잊지 않겠다고 외쳤던 기억이 납니다.

아버지는 자주 제게 이렇게 말했습니다. 군대에서 어서 너를 데리고 갔으면 좋겠다고. 그들이 너를 남자로 만들어줄 거라고. 거기서 머리카락을 짧게 잘리고 나면 너도 남자로 다시 태어날 거라고.

그리고 이것은 1968년의 일인 것 같습니다, 주변 이웃들 중 많은 남자들이 베트남에 가게 되었습니다. 제가 처음으로 활동했던 밴드의 드러머가 해군복을 입고 저희 집에 찾아왔던 기억이 납니다. 많은 이들이 그곳으로 갔고, 많은 이들이 돌아오지 못했습니다. 그리고 돌아온 이들의 대부분도 예전과 같을 수는 없었습니다.

제게도 징병 통지서가 날아왔습니다. 신체검사가 있기 3일 전, 저와 친구들은 밖에서 모여 이틀 밤을 지새웠습니다. 그리고 검사 당일 아침에 검사장으로 가는 버스에 오를 때는, 우리는 모두 겁에 질려 있었죠.

3일을 밖에서 보내고 집으로 돌아갔을 때, 아버지가 주방에 앉아 있더군요.

— 어디 갔던 거냐?

아버지가 물었습니다.

— 징병 검사를 받고 왔습니다.

저는 답했습니다.

— 어떻게 됐니?

아버지가 다시 물었습니다.

— 오토바이 사고 때 입은 상처 때문에 탈락했습니다.

저는 답했습니다.

제 대답을 들은 아버지는 잠시 멈췄다가 이렇게 말했습니다.

— 그것 참 잘됐구나.

그리고 바로 노래가 시작된다. 하모니카 연주가 인상적인 곡이다. 동사는 명사가 왜 그 노래를 틀고 비행했는지 알 수 있었다. 명사가 소령으로 진급하던 해에 대명사가 죽었다.

재판의 두번째 전환점은 변론 기일이 거의 끝나갈 즈음에 찾아온다. 변호사는 이미 패소를 예감하고 피해를 최소화할 전략을 짜고 있었다. 조종사의 과실로 결정될 경우 문제가 복잡했다. 연금과 국가 유공자 혜택이 모두 사라지는 것은 물론이고, 자칫 잘못하면 수백 억이 넘는 전투기를 유실시킨 배상금을 물 수도 있었다. 더구나 실종 장소가 북한 영공이어서 엉뚱한 혐의까지 받을 수 있었다. 실제로 그즈음 양복을 입은 남자들이 집 주변을 맴돌았다.

— 안기부 시절이었으면, 제대로 재판도 못 받았을 겁니다.

명사의 사관학교 동기는 그렇게 말했다.

재판이 끝나갈 무렵 나이키의 나라에서 소식이 하나 날아왔다. 명사가 테스트 비행을 했던 같은 기종의 전투기가 공중 급유 중에 갑자기 고도 상승을 하다가 불시착했다는 것이었다. 공중 급유기와 연결되어 있어서 상승을 하지 못하고 바다에 떨어졌는데, 조종사도 무사했다. 그는 갑자기 조종도 교신도 되지 않았고 고도와 속력이 계속 올라갔다고 증언했다. 그쪽도 관제탑의 데이터는 모든 것이 정상이었다.

재판은 완전히 다른 양상으로 바뀌었다. 변호사는 득의양양했고, 국방부는 당황했다. 결국, 재판부는 같은 기종의 전투기에서 비슷한 사고가 일어난 만큼 기체 결함의 가능성이 높다고 결론을 내렸다.

동사는 너무 어려서 명사가 실종됐다는 말을 이해하지 못했다. 차라리 죽었다고 말했으면 얼마 지나지 않아 받아들였을 것이다. 정확하게는 아니어도 죽음이 다시는 볼 수 없다는 뜻이라는 것 정도는 이해하고 있었으니까.

하지만 부사는 끝까지 명사가 실종됐다고만 말했다. 부사는 지금까지도 명사의 제사를 지내지 않는다. 명사가 돌아올 거라고 믿는 것은 아니다. 하지만 죽었다고 생각하는 것도 아니었다. 부사에게 명사는 실종되었다. 실종과 죽음은 다르다. 죽음은 완전히 끝나는 것이지만, 실종은 뭔가가 남아 있다.

동사에게 실종이라는 단어는 스타크래프트만큼 현실감이 없었다. 명사가 종종 사용하던 훈련, 비상, 태세 같은 용어와도 비슷했다. 동사는 명사가 실종을 마치면 곧 돌아올 거라고 믿었다.

몇 달이 지나도 실종이 끝나지 않아서 동사는 명사의 군복을 입어보기도 하고, 전투화를 신어보기도 했다. 동사는 북한 상공 위를 비행하는 스텔스기처럼 조심조심 명사가 남겨놓은 물건들을 탐색했다. 군용 단검, 탄피, 연습용 수류탄, 지도, 특공무술 교본 같은 것들이었다. 나이가 들면서 동사는 명사가 뭘 하는 사람이었는지 깨달았다. 자유나 평화 같은 이유가 있더라도, 군인이 하는 일은 결국 사람을 죽이는 것이다.

놀-것.

동사에게 첫번째 의뢰가 들어온다.

— 둘이 얘기하는 걸 몇 번 들었어. 꼭 죽이고 싶은 사람이 있어.

의뢰인은 감탄사, 암살 대상은 조사다.

— 그게 누군데?

동사가 묻는다.

— 날 임신시킨 사람.

감탄사가 대답한다.

— 죽이려는 이유는?

— 그런 것도 알아야 해?

— 이유 없이 사람을 죽이면 그냥 살인이잖아.

감탄사는 대답 대신 스포츠 신문을 동사에게 건넨다. 신문 1면에는 미들급과 헤비급을 연속 제패한 종합격투기 챔피언이 슈퍼모델 출신 배우와 결혼한다는 기사가 실려 있다.

— 몇 개월이야?

동사가 묻는다.

―5개월.

감탄사가 대답한다.

―낳을 거야?

감탄사가 고개를 끄덕인다.

―죽여줘.

감탄사는 그동안 모은 돈이라며 통장을 보여준다.

―아냐. 역시 그만둘래. 나중에 후회할 것 같아.

―후회 안 해. 절대로 그런 일은 없어.

―너 말고 내가.

동사는 잠시 감탄사의 배를 내려다보다가 옥상으로 올라간
다. 옆에서 둘의 대화를 가만히 듣던 형용사가 동사를 따라간다.
형용사는 5분쯤 후에 돌아온다.

―그 자식 번호 좀 알려달래.

형용사가 말한다.

―안 한다더니 번호는 왜?

감탄사가 묻는다.

―그냥 몇 대 패준대.

―기사 안 봤어? 헤비급 챔피언이라니까?

―할 수 있으니까 한다고 했겠지.

―무리야. 체급이 너무 차이나. 동사보다 30킬로그램은 더
나갈걸.

―자판기랑은 달라. 질량 차이로 누가 강한지 구별할 수는

없어.

　— 그게 무슨 말이야?

　— 그런 게 있어. 번호나 줘.

　— 몰라. 마음대로 해.

감탄사는 조사의 핸드폰 번호를 알려준다.

　꿋.

　형용사는 감탄사를 거울 앞에 앉히고 정성스럽게 화장을 해준다. 원래 미인인 데다, 형용사의 솜씨가 더해져 길 가던 사람들이 넋 놓고 감탄사를 쳐다본다.

　동사는 감탄사의 이름으로 조사를 불러낸다. 약속 장소는 유동 인구가 많은 신사동 가로수길의 카페다.

　조사는 파란색 스포츠카를 타고 온다. 조사는 몸에 붙는 청바지와 단추를 세 개나 풀어헤친 흰 셔츠를 입고 있다. 조사가 차에서 내리자마자 동사가 다짜고짜 뺨을 세 대나 때린다. 조사가 방심한 탓도 있지만, 동사의 손이 워낙 빨랐다.

　조사는 뒤로 물러나서 파이팅 포즈를 잡는다. 상대가 보통이 아님을 직감한 것이다. 조사는 왼발과 왼손이 앞으로 가는 전형적인 오서독스 스타일이다. 동사도 오른손잡이이기 때문에 원래대로라면 같은 자세를 잡는 게 정상이다. 하지만 동사는 일부러 반대로 사우스포 스타일로 선다.

조사가 스트레이트를 날린다. 동사는 한 걸음 물러서면서 오른손으로 조사의 손목을 잡고, 왼손 손바닥으로 팔꿈치를 올려친다. 특정한 각도에서 관절에 힘을 가하면 쉽게 부러진다. 지렛대의 원리다. 오른팔이 부러진 조사는 속수무책으로 맞기 시작한다.

합기도의 묘미는 상대를 다치지 않게 제압할 수 있다는 데 있다. 하지만, 그 말은 마음만 먹으면 언제든 다치게 할 수 있다는 뜻이기도 하다.

조사의 육체는 타고난 재능과 훈련으로 단련되어 있다. 동사는 단련할 수 없는 부분을 먼저 공격한다. 눈꺼풀, 귀, 목, 손가락, 관절, 피부…… 그리고 나서 힘이 빠진 단련된 부분을 하나씩 부숴나간다. 조사의 흰 셔츠는 붉게 변한다. 얼굴은 차와 같은 색이 된다.

— 결혼 축하해.

바닥에 쓰러져 의식을 잃어가는 조사에게 감탄사가 다가와 그렇게 말한다.

그 모든 과정을 형용사가 동영상으로 찍어 유튜브에 올린다.

https://www.youtube.com/watch?v=BtCQe9D5nEg

챔피언이 맞았다며 네티즌의 반응이 뜨겁다. 하지만 생각해보면 당연한 일이다. 격투기 선수가 킬러를 이길 수는 없다.

동영상에 댓글이 하나 달린다.

— 폭력으로는 아무것도 해결할 수 없습니다.

형용사는 잠시 생각하다가 답변을 남긴다.

— 그게 정말이라면, 세상에 킬러 같은 건 없겠죠.

이어지는 댓글은 없다.

몇 달 뒤에 관형사가 태어났다.

우리의 투쟁

사람은 죽을 고비를 넘기면 빠르게 성장한다. 죽음에 대한 공포가 세포를 활성화하기 때문이다. 초식동물이 육식동물보다 몇 배나 빨리 자라는 것도 비슷한 이유일지 모른다.

우리 삼남매는 여러 번 죽을 고비를 넘겼다.

형은 산부인과에서 첫번째 고비를 만났다. 난산이었다. 형은 태아 때부터 너무 컸다. 큰엄마의 자궁은 형에게 너무 좁았다.

큰엄마는 열여섯 시간이나 분만실에 있었다. 의사들은 최선을 다했지만 방법이 없었다. 수술도 쉽지 않았다. 탯줄이 형의 몸을 휘감고 있었다. 결국, 담당 의사는 아빠를 불러 산모와 아이 중 한 명만 살릴 수 있다고 말했다. 아빠는 고민했다. 그때 큰엄마가 의식을 차렸다.

─ 선생님, 저부터 살려주세요. 여보, 나 좀 살려줘.

큰엄마는 그렇게 말하고 다시 기절했다. 형은 이대로 있으면 죽을지도 모른다는 생각에 계속해서 손과 발을 움직여 출구를 찾으려고 애썼다.

아빠는 큰엄마의 말을 무시하고 형을 선택했다. 의사가 수술을 시작했을 때, 형의 손은 자궁 밖으로 튀어나와 있었다. 그 모습을 보고 수술실에 있던 간호사 한 명이 기절했다.

큰엄마가 죽고 형이 태어났는지, 형이 태어난 후에 큰엄마가 죽었는지는 확실하지 않다. 큰엄마의 사망선고 시각과 형의 출생 시각은 11시 42분으로 같다.

몸집과 외모로 보면 아빠를 가장 많이 닮은 사람은 형이다. 형이 특별히 나와 누나보다 많이 먹는 것은 아니다. 우리는 늘 같은 음식을 같은 양만큼 먹는다. 그런데도 형은 나와 누나보다 배는 빨리 자란다. 같은 또래에서 형보다 큰 사람을 본 적이 없다. 몸집만큼 완력도 세다. 형은 돌잔치 때, 강화 플라스틱으로 만든 젖병을 아귀힘만으로 산산조각 냈다.

누나는 독과 싸워 살아남았다. 작은엄마는 약물중독이었다. 종류를 가리지 않고, 식품의약품안전처에서 정한 향정신성의 약품에 등록된 모든 약물에 중독되어 있었다. 술과 담배는 기본이었다. 누나는 자궁에 자리 잡은 첫 주부터 온갖 종류의 독성과 싸웠다. 어쩌면 우리 중 가장 강한 것은 누나인지도 모른다. 누나는 본능적으로 자신에게 필요한 것과 해가 되는 것을 가려낸다.

　— 인형 같네.

　누나를 처음 본 사람들은 다들 그런 식으로 말한다. 누나는 자신이 다코타 패닝이라는 할리우드의 유명 아역배우를 닮았다고 생각한다. 인정하고 싶지는 않지만 그건 사실이다. 우리는 스티븐 스필버그의 「우주전쟁」이라는 영화에서 다코타 패닝을 처음 봤다. 영화 속에서 그녀는 두 시간 내내 외계인에게 쫓기면서 비명을 지른다. 영화를 보면서 누나도 두 시간 내내 비명을 질렀다. 누나의 비명 지르는 표정과 소리는 정말로 다코타 패닝과 똑같다.

　— 아악!

　아빠는 누나가 태어나자마자 작은엄마를 재활치료원에 보냈다. 우리는 1년에 두 번씩 작은엄마를 보러 간다. 그곳은 재활치료원이라는 간판이 붙어 있기는 하지만 사실 정신병원이다.

　작은엄마는 미인이다. 누나는 어떤 각도에서 보면 작은엄마를 닮은 것 같은데, 다른 각도에서 보면 전혀 닮지 않았다.

　방송국 PD들과 연예기획사 매니저들은 누나에게 아역배우를 하라고 자주 권유한다. 그동안 누나가 받은 명함만 모아도 책 한 권은 만들 수 있을 것이다. 누나는 단칼에 거절한다. 명함을 받으면 그 자리에서 바로 찢어버릴 때도 있다.

　누나의 감에 따르면 방송국 카메라는 우리에게 해롭다.

형과 누나에 비하면 나는 별거 아닌 고비를 넘겼는지도 모른다. 엄마는 배우가 되고 싶어 했다. 아빠와 잔 것도 자신의 꿈에 한 걸음 더 다가가기 위해서였다. 엄마는 3개월이 지날 때까지 자신이 임신했다는 사실을 몰랐다. 내가 철저하게 정보를 숨겼기 때문이다. 하지만 정보를 숨길 수는 있어도 거짓 정보를 만들 수는 없었다. 석 달이나 생리가 없자 엄마는 임신테스트기를 구입했다.

그때 엄마는 무슨 사극에 엑스트라로 출연하고 있었다. 주인공이 자주 가는 주막의 주모 역할이었다. 대사는 '어서 오세요'와 '안녕히 가세요' 뿐이었지만 회당 한 번꼴로 출연했다. 일주일에 세 번은 민속촌에 갔다. 나는 차를 오래 타는 것이 힘들었다.

배 속에 내가 있다는 것을 안 이후로 엄마는 '어서 오세요'보다 '안녕히 가세요'를 더 많이 연습했다. 나는 엄마의 목소리를 들으면서 불안에 떨었다.

스트레스는 인간을 진화시킨다. 내 청각은 머리가 제대로 형상을 갖추기도 전에 발달했다. 밖에서 들리는 온갖 소리를 유심히 들었다. 가장 많이 들은 것은 엄마가 대본을 읽는 소리였다. 엄마는 자신과는 전혀 상관없는 장면이 대부분인데도 대본 전체를 소리 내서 읽었다. 나는 지금도 그 사극의 내용을 전부 기억한다. 서출인 주인공이 신분 차별을 극복하고 과거에 장원 급제해서 대사헌이 되는 이야기였다. 덕분에 나는 태어나기 전부터 논어나 맹자의 구절을 알았다.

내가 옹알이를 벗어나 처음으로 내뱉은 완전한 문장은 이것이다.

　— 학이시습지(學而時習之)면 불역열호(不亦說乎)아.

　엄마가 읽던 대본에 나오는 말을 따라 한 것이었다. 엄마와 아빠는 내 말을 크게 신경 쓰지 않았다. 모르는 사람에게는 공자의 말이나 아이의 옹알이나 별 차이가 없다.

　엄마는 아이를 낳으면 여배우로 성공할 수 없다고 생각했다. 실제로 결혼하고 인기가 없어지는 여배우는 많았다. 나는 살아남기 위해 엄마가 아빠를 만날 때마다 입덧을 유발하고, 아직 다 모양이 갖춰지지도 않은 다리로 발길질을 했다. 하지만 아빠는 눈치채지 못했다. 한번은 밥을 먹다가 엄마가 헛구역질을 계속하자 까스활명수를 사다 줬다. 아빠는 예나 지금이나 눈치가 없다.

　결국 엄마는 산부인과 의자에 다리를 벌리고 누웠다. 세상에서 가장 강력한 무기는 의사의 메스다. 누구나 그 앞에서는 무력하다.

　나를 구한 것은 아빠의 부하들이었다. 그들은 엄마의 외도를 의심하고 있었다. 명령이 없었는데도 엄마를 미행했다.

　아빠는 내가 자신의 아들인 것을 알고는 엄마에게 무사히 출산하면 기획사를 협박해서 영화에 출연시켜주겠다고 약속했다.

　— 귀가 크고 귓불이 넓은 게 복이 많겠다.

　내가 태어났을 때 아빠는 그렇게 말했다.

모두 같은 해에 있었던 일이다. 우리의 생일은 서로 한 달씩 밖에 차이가 나지 않는다. 형은 나보다 두 달 먼저 태어났고, 누나는 한 달 먼저 세상에 나왔다. 하지만 나는 형을 형이라고 부르고 누나를 누나라고 부른다.

우리는 죽을 고비를 넘기면서 자신이 너무 무력하다는 것을 깨달았다. 살아남기 위해서는 좀더 강해질 필요가 있었다.

우리는 여섯 살 때, 두번째 죽을 고비를 맞았다.

큰엄마의 성묘를 가는 길이었다. 우리는 형의 생일 즈음에 반드시 큰엄마의 성묘를 갔다. 가끔은 설날이나 추석에 갈 때도 있었다.

그날은 형의 생일이었다. 우리는 오전에 간단히 생일잔치를 하고 바로 출발했다. 아빠의 부하가 운전을 했고 우리를 돌보는 가정교사가 같이 타고 있었다. 아빠는 따로 오겠다고 했다. 아빠가 따로 오겠다는 말은 안 오겠다는 말이다. 하지만 우리는 실망하지 않았다. 아빠는 약속을 어겼을 때는 반드시 사과의 뜻으로 선물을 사 주니까. 우리는 머릿속으로 저마다 선물을 고르고 있었다.

우리는 하나의 운명 공동체지만 개개인의 특성과 사유재산을 인정한다. 각자의 공간과 장난감을 갖고 있다.

형은 줄넘기와 배드민턴 라켓, 농구공, 축구공, 야구 글러브 같은 것들을 많이 갖고 있다. 우리는 가끔 배드민턴을 치거나 공을 주고받으면서 논다.

누나는 화장품과 옷, 향수, 구두와 액세서리 같은 것들을 많이 갖고 있다. 옷과 구두를 보관하는 방이 따로 있을 정도다. 누나와 함께 외출하려면 기본적으로 한 시간 정도는 기다려야 한다. 누나가 쓰는 화장품과 향수는 천연 원료로 만든 것이라 가격이 비싸다. 누나는 화장품이나 향수에 화학약품이 조금이라도 섞여 있으면 바로 알아챈다. 누나는 우리 중에 가장 지출이 많다.

나는 컴퓨터와 핸드폰, 게임기, 카메라를 비롯한 전자장치를 많이 갖고 있다. 유선보다는 무선을 선호한다. 전선을 보면 탯줄이 떠올라서 기분이 좋지 않다. 우리 집은 3층짜리 단독 주택인데, 나는 각 층과 마당에 와이파이 존을 설치했다. 누나에 비할 바는 아니지만, 내가 쓰는 돈도 적은 금액은 아니다.

돈은 부족하지 않다. 우리는 아빠와 엄마에게 이중으로 용돈을 받는다. 용돈 이외에 추가 수입도 있다. 우리는 엄마와 아빠의 지갑에서 매일 조금씩 돈을 꺼낸다. 가끔은 집 안에 있는 시계, 구두, 골프채 같은 것을 인터넷 경매로 팔기도 한다. 아빠는 물건을 아무렇게나 방치하는 편이고, 엄마는 구두가 너무 많아서 한두 개쯤 없어져도 눈치채지 못한다. 아빠도 엄마도 우리가 한 달에 얼마를 쓰든 신경 쓰지 않는다.

다만, 가정교사는 우리의 씀씀이에 주의를 줬다.

— 아껴 써. 돈이란 비둘기와 같아서 날아왔는가 하면, 곧 날아가버리니까.

도스토옙스키의 말이라고 했다. 가정교사는 교육학과를 졸업하고 대학원에서 현대문학을 전공했다. 우리를 돌보지 않을 때 그녀는 음악을 틀어놓고 책을 읽는다. 음악은 주로 클래식이나 뉴에이지풍의 피아노 연주곡이고 책은 대부분 시와 소설이다. 우리는 가끔씩 그녀가 듣는 음악을 듣고 그녀가 읽는 책을 읽는다. 내용을 완전히 이해할 수는 없지만 우리는 그녀의 취향이 마음에 든다. 하지만 돈에 관한 그녀의 인용은 적절하지 않았다. 찾아보니 도스토옙스키는 도박 빚에 시달렸고 평생을 궁핍하게 살다가 죽었다고 나와 있었다.

가정교사의 말을 들은 다음부터 우리는 저금을 한다. 커다란 분유 통에 5만 원짜리를 모아서 가득 차면 마당 한구석에 묻는다. 세 통 정도 모았다.

우리는 가정교사의 입을 다물게 하기 위해 그녀를 따로 고용했다. 아빠가 주는 돈의 두 배를 줬다. 가정교사는 아빠의 말보다 우리 말을 더 잘 듣는다.

— 오늘은 유치원이 늦게 끝난다고 보고해요.

— 박물관에 간다고 하고, 수영을 했으면 좋겠어요.

— 내일은 안 나와도 돼요.

가정교사는 늘 같은 대답을 한다.

— 알았어.

우리는 고용인인 그녀가 고용주인 우리에게 반말을 하는 것이 마음에 들지 않지만, 우리가 아직 어리기 때문에 어쩔 수 없이 참는다.

사람들은 더 많은 돈을 갖기 위해 일한다. 가끔은 돈 때문에 싸우기도 한다. 주변 사람들을 조금만 관찰하면 알 수 있는 사실이다. 우리가 여섯 살 때 죽을 고비를 맞은 것도 따지고 보면 돈 때문이었다.

— 아악!

우리가 탄 자동차가 고속도로에 들어섰을 때, 누나가 갑자기 소리를 질렀다. 주변에 다른 차는 없었다. 도로에 이상이 있는 것도 아니었다. 차는 흔들림 없이 일정한 속도로 달리고 있었다. 반복되는 엔진의 리듬 때문에 우리는 반쯤 잠든 상태였다.

— 무슨 일이니?

가정교사가 물었다. 눈을 비비는 것을 보니 가정교사도 졸다가 깬 것 같았다. 입술 옆에 침 자국도 보였다.

— 앞에 뭔가 안 좋은 게 있을 것 같아요. 차 돌려요.

누나가 말했다.

— 다들 같은 생각이니?

가정교사가 다시 한번 물었다. 그녀는 우리의 의견이 항상 일치하는 것은 아니라는 것을 알고 있었다. 우리는 무엇이든 물어보고 결정하는 가정교사의 방식이 마음에 들었다.

누나는 집으로 돌아가자고 말했다.

형은 엄마의 무덤에 가야 한다고 말했다.

나는 형 말에 동의했다.

그때까지 우리는 다수결로 우리의 문제를 결정했다. 누나가 나를 째려봤다. 사실 나는 어느 쪽이든 상관없었지만, 나중에 다시 오는 게 귀찮았다. 의견이 갈린 탓인지 우리는 한동안 아무 말도 없었다.

공원 묘지가 있는 산이 보였을 때쯤, 누나가 말한 안 좋은 게 우리를 가로막았다. 덤프트럭이었다. 건설 현장에서 바로 가져왔는지 차체와 바퀴에 진흙이 묻어 있었다. 옆에 봉고차도 세 대나 있었다. 선팅이 진하게 되어 있어서 차 안은 보이지 않았다. 가로로 늘어선 덤프트럭과 봉고차가 성곽의 일부처럼 보였다. 성 옆에는 아빠의 부하와 비슷한 모습을 한 남자들이 서 있었다. 그들은 저마다 야구 배트, 쇠사슬, 손도끼, 회칼 같은 것을 들고 있었다.

우리가 탄 자동차는 빠르게 후진했다. 하지만 뒤에도 이미 다른 차들이 길을 막고 서 있었다.

가정교사는 많이 놀란 것 같았다. 그녀는 112에 신고를 했다. 안내 멘트가 흘러나왔다. 가정교사가 말을 하기 전에 아빠의 부하가 핸드폰을 뺏어 다른 곳에 전화를 걸었다.

— 습격입니다. 종로 쪽 애들 같습니다.

아빠의 부하는 그렇게 말한 후에 다시 핸드폰을 가정교사에게 건넸다. 가정교사는 울면서 우리의 위치와 상황을 설명했다.

아빠의 부하는 도망치기 위해 계속 핸들과 액셀러레이터, 브레이크를 조작했다. 엔진 소리와 변속기 소리가 번갈아 들렸다. 차가 심하게 흔들렸다. 멀미가 났다. 바퀴가 공회전 하는 소리 때문에 귀가 아팠다. 먼지가 날려서 밖이 잘 보이지 않았다.

봉고차가 우리가 탄 차를 들이받았다. 앞좌석에서 에어백이 터졌다. 충격 때문에 가정교사가 기절했다. 우리는 앞좌석을 발로 밀면서 서로의 몸을 밀착시켰다. 소리에 비해 큰 충격은 아니었다. 아빠의 부하는 우리가 무사한 것을 확인하고는 차에서 내려 봉고차에서 나온 사람들과 싸웠다.

아빠의 부하는 허리춤에서 경찰들이 쓰는 진압봉 같은 것을 꺼내서 휘둘렀다. 우리는 그를 단순히 운전기사로만 생각했는데, 경호원 역할도 겸한 모양이었다. 아빠의 부하는 혼자서 10여 명을 상대로 잘 버텼다. 차를 벽처럼 등지고서 정면에 있는 상대를 한 명씩 쓰러뜨렸다. 봉고차에서 내린 남자들이 마구잡이로 무기를 휘둘렀지만, 아빠의 부하는 체계적으로 움직이면서 진압봉을 사용했다. 자세를 보니 검도를 배운 것 같았다. 이것은 나중에 안 사실인데, 아빠의 부하들은 의무적으로 무술을 한 가지씩 배워야 했다.

아빠의 부하 덕분에 어느 정도는 시간을 벌 수 있을 것 같았다. 우리는 어떻게 해야 할지를 놓고 다시 한번 의견이 갈렸다.

누나는 차 문을 잠그고 이대로 있어야 한다고 말했다.

형은 내려서 함께 싸워야 한다고 말했다.

나는 이 틈에 차에 다시 시동을 걸어 도망치자고 했다.

의견을 조율할 시간이 없었다. 형은 차에서 내려 아빠의 부하를 도우러 갔고, 누나는 형이 내리자마자 문을 잠갔고, 나는 운전석으로 넘어갔다.

우리의 개별 행동은 모두 실패했다.

형은 여섯 살치고는 덩치가 크고 힘도 센 편이었지만 어른과 싸우기에는 역부족이었다. 달려들자마자 걷어차여서 바닥에 쓰러졌다.

차는 어디가 고장 났는지 시동이 걸리지 않았다. 처음 몇 번은 전기모터 소리가 들렸지만, 몇 번 더 하자 열쇠를 돌려도 아무 반응이 없었다.

얼마 안 있어 몇 명의 남자들이 야구 배트로 차 유리를 깬 후에 나와 누나를 끌어내렸다. 나를 붙잡았던 남자는 한 팔로 나를 잡은 채로 기절해 있는 가정교사의 가슴을 슬쩍 만졌다.

아빠의 부하는 우리가 잡힌 것을 보고는 무리해서 달려들었다. 등진 벽을 벗어난 순간 이미 승산이 없었다. 그는 등과 머리를 맞고 쓰러졌다. 야구 배트에 맞은 팔과 다리가 이상한 모양으로 구부러졌고, 이가 부러졌다. 양복이 피에 젖어서 보라색으로 보였다. 봉고차에서 내린 남자들은 아빠의 부하가 이미 바닥에 쓰러졌는데도 화풀이하듯이 계속 발로 차고 야구 배트를 휘둘렀다. 둔탁한 소리가 났다.

— 그만해요. 죽겠어요.

우리가 소리쳤다.

선글라스를 쓴 대머리가 손바닥을 들어 올리자 남자들이 때리는 것을 멈췄다. 아빠의 부하는 바닥에 엎드린 채로 꿈틀거렸다. 입술을 달싹거리는 걸로 봐선 아직 의식이 남아 있는 것 같았다. 우리는 그가 무슨 말을 하고 싶어 하는지 알 것 같았다. 도망치라고 말하고 싶었을 것이다. 하지만 그건 현실적으로 불가능했다. 냉정히 상황을 파악하고 기다리는 게 최선이었다.

— 죽으라고 때리는 거야.

대머리가 말했다.

— 아저씨는 누구예요?

우리가 물었다.

— 너희 아빠 친구.

대머리가 대답했다.

— 친군데 왜 이런 짓을 하죠?

— 지금은 적이거든.

— 좋아요. 이제 어쩔 건가요? 미리 말해두지만 우리 아빠한테는 협박 같은 건 통하지 않아요.

— 잘 알고 있어. 너희보다 오래 겪었으니까.

— 그럼, 우릴 붙잡아도 아무 이득도 없다는 것도 알겠네요. 그냥 보내주세요. 우린 엄마 무덤에 가는 중이에요.

— 그럴 순 없지. 난 너희 아빠가 슬퍼하는 걸 보고 싶거든. 걱정할 필요 없어. 곧 엄마를 만나게 해줄 테니까.

대머리가 웃으면서 말했다. 대머리의 부하들이 우리를 봉고차에 태웠다. 형은 배를 맞았는지 몸을 옹송그리고 있었다. 누나는 자신을 붙잡은 남자의 손을 물었다가 뺨을 한 대 맞았다. 나는 저항하지 않았다. 대신 최대한 귀를 열고 어떻게 하면 살아남을 수 있을지에 대해 생각했다. 정보가 부족했다. 우리는 대머리가 누구인지, 왜 이러는지, 우리를 어디로 데려가서, 어떻게 할 생각인지 전혀 알지 못했다.

대머리의 부하들은 기절한 가정교사와 초주검이 된 아빠의 부하도 다른 승합차에 태웠다. 아빠의 부하가 흘린 피가 바닥에 뚝뚝 떨어졌다. 아빠의 부하한테는 미안한 말이지만, 그것은 잘된 일이었다. 우리를 구하러 올 아빠의 다른 부하들에게 우리가 이곳에 있었다는 것을 알려줄 수 있는 흔적을 남겼으니까.

아빠의 부하는 3백 명쯤 된다. 세어본 적은 없고 추정이다. 아빠도 자신의 부하가 정확히 몇 명인지 알지 못할 것이다. 가게에서 일하는 직원들까지 모두 합치면 천 명이 넘는다. 그들을 관리하는 것은 20년 넘게 아빠와 함께한 아빠의 오른팔이다.

우리는 그를 삼촌이라고 부른다. 아빠와 관계된 수많은 남자들 중에서 우리가 삼촌이라고 부르는 것은 한 명뿐이다.

아빠의 부하들은 삼촌을 부사장이라고 부른다.

아빠의 적들은 삼촌을 히틀러라고 부른다. 삼촌은 히틀러처럼 콧수염을 길렀다. 특전사 출신이라는 소문이 있는데, 확실하지는 않다. 삼촌은 사람들이 자신을 히틀러라고 부르는 것을 좋아한다.

— 공포는 경외를 포함하거든.

언젠가 우리가 왜 그런 별명을 좋아하자고 묻자, 삼촌은 그렇게 대답했다. 우리는 그 말이 무슨 뜻인지 몰랐지만, 왠지 그럴듯하다고 생각했다.

아빠는 삼촌을 홍국이라고 부른다. 삼촌은 아빠가 그렇게 부르는 것을 싫어한다. 한번은 삼촌이 정색하면서 아빠에게 그렇게 부르지 말라고 한 적이 있다. 그때 아빠는 삼촌의 콧수염을 반이나 뽑아버렸다. 수염이 반밖에 안 남은 삼촌한테는 공포도 경외도 없었다. 아빠의 부하들은 삼촌이 수염을 다시 기를 때까지 삼촌을 만나면 웃음을 참느라 애썼다. 웃음을 참지 못한 몇 명이 아무도 모르게 사라졌다는 소문도 있었다.

삼촌은 그런 일을 겪고도 아빠에게 충성한다. 우리가 감기에 걸리거나 조금이라도 다치면 가장 먼저 달려오는 것은 삼촌이다.

납치됐을 때 우리는 삼촌을 떠올렸다. 반드시 구해주러 올 거라고 믿었다.

선팅 탓에 밖이 잘 보이지 않았다. 나는 눈을 감고 엔진 소리와 타이어 소음에 귀를 기울였다. 방향은 알 수 없었지만, 고속도로를 달리고 있었다. 그렇게 빠른 속도는 아니었다.

우리는 대머리의 부하들의 대화를 통해 대머리가 아빠에게 가게를 빼앗겼다는 것을 알 수 있었다. 말하자면 영역 다툼에서 지고서 우리한테 화풀이를 하는 거였다.

—좋은 게 오고 있어.

누나가 내 귀에 대고 말했다. 나는 누나의 말을 형에게 전했다. 우리는 살아남기 위해 어떻게 해야 할지 생각했다. 어떻게든 시간을 벌어야 했다. 우리는 차를 세우기로 했다.

—형님, 여자는 저희가.

대머리의 부하가 머뭇거리면서 말했다.

—좋을 대로 해.

대머리가 귀찮다는 듯이 대답했다. 그러고는 의자를 뒤로 젖히고 눈을 감았다. 자는 것 같지는 않았다.

—10년만 지나면 내가 선생님보다 백배는 멋진 여자가 될 거예요.

누나가 엄지손가락으로 내 허리를 찌르면서 말했다. 나는 같은 방식으로 형에게 신호를 보냈다.

—그게 무슨 말이냐?

대머리의 부하가 누나에게 물었다.

—날 살려주면 쓸모 있을 거라는 말이에요. 당신들은 평생 꿈도 꾸지 못할 정도로 예쁜 여자가 될 거예요. 그런 여자 안아보고 싶지 않아요?

대머리의 부하들이 큰 소리로 웃었다. 하지만 그중에 몇 명은 누나의 얼굴을 빤히 쳐다보면서 침을 삼켰다.

그 순간 형이 차 문을 열고 뛰어내렸다. 차가 빠른 속력으로 달리고 있었기 때문에 형은 여러 차례 구르면서 튕겨져 나갔다. 운전석 근처에서 경고음 소리가 났다.

— 그 자식 아들답네. 차 세워.

대머리가 눈을 뜨면서 말했다. 차는 바로 멈춰 섰다. 형은 백 미터쯤 뒤에 쓰러져 있었다. 대머리의 부하들이 형에게 달려갔다.

우리는 시간을 버는 데 성공했다. 얼마 안 있어 바이크들이 승합차를 둘러쌌다. 추격전이 벌어졌다. 정면 충돌은 바이크에 불리했다. 실제로 몇 대의 바이크가 승합차와 부딪혀서 뒤집어졌다. 하지만 기동력은 바이크가 앞섰다. 바이크들은 승합차 주위를 돌면서 벽돌 같은 것을 던졌다. 운전석을 집중 공격했다. 대머리는 차를 세우고 내려서 싸울 것을 지시했다. 자신도 무기를 들고 밖으로 나갔다.

— 히틀러다.

대머리의 부하들이 소리쳤다.

우리는 깨진 창문의 틈으로 밖을 볼 수 있었다. 삼촌과 아빠의 부하들이 바이크에 탄 채로 대머리의 부하들을 공격했다. 모두 똑같은 헬멧과 고글을 쓰고 있었지만 콧수염 때문에 삼촌을 알아볼 수 있었다.

바이크 한 대가 우리가 탄 차로 돌진했다. 운전하던 사람은 충돌하기 직전에 뒤로 점프해서 바이크에서 뛰어내렸다. 차 유리가 깨졌다. 남아서 우리를 지키고 있던 남자가 무기를 들고 밖으로 나갔다.

우리는 그 틈에 차에서 내렸다. 대머리의 부하들은 대부분 바닥에 누워 있었다. 수는 대머리의 부하들이 더 많았지만, 싸움 실력은 아빠의 부하들이 압도적이었다. 대머리 주변에 있는 몇 명만 대등하게 싸우고 있었다. 대머리는 조금씩 뒤로 후퇴했다.

— 애들이라도 처리해.

대머리가 우리를 쳐다보면서 소리쳤다. 대머리 옆에 있던 남자 세 명이 동시에 우리 쪽으로 달려왔다. 셋 다 군용 단검을 들고 있었다. 우리는 있는 힘을 다해 도망쳤다. 하지만 몇 초도 안되어 따라잡혔다. 목 뒤에서 단검의 예기가 느껴졌다. 우리는 눈을 감았다. 그동안 살아왔던 순간들이 스쳐 지나가지도 않았고, 마지막으로 보고 싶은 사람의 얼굴이 떠오르지도 않았다. 다만, 이렇게 허무하게 죽는 게 억울했다.

아무런 고통도 느껴지지 않자 우리는 다시 눈을 떴다. 삼촌이 우리를 안고 있었다. 삼촌은 등과 옆구리, 어깨를 칼에 찔렸다. 그 상태로 대머리의 부하들을 발로 걷어찼다. 삼촌이 움직일 때마다 피가 튀었다. 곧이어 아빠의 부하들이 달려왔다. 삼촌은 우리를 안은 채로 쓰러졌다. 삼촌의 무게에 눌린 탓인지, 긴장이 풀린 탓인지 우리는 그대로 잠이 들었다.

그 뒤의 일은 전해 들었다.

삼촌은 신장 하나와 4번 경추, 오른쪽 어깨 연골을 잃었다.

형은 장 파열과 어깨 골절로 수술을 받았다.

누나는 입안이 찢어지고 이빨이 하나 부러졌다.

나는 다친 곳은 없었지만, 나흘 동안 경기를 일으키면서 자다 깨기를 반복했다.

아빠는 대머리와 그 부하들을 다시는 걸을 수 없는 몸으로 만들었다. 어떤 경우에도 살인을 하지 않는 것이 아빠의 유일한 원칙이다. 우리는 아빠에게 그런 원칙이 있는 게 다행이라고 생각한다.

우리는 아빠와 함께 삼촌의 병문안을 갔다. 아빠는 커다란 과일 바구니와 꽃다발을 샀다. 아마 아빠가 남자에게 꽃다발을 준 것은 그때가 처음이었을 것이다. 우리는 케이크와 오렌지주스를 들고 갔다. 삼촌은 아빠를 보고는 침대에서 일어나 앉으려고 했다. 몸이 뜻대로 움직이지 않는지 신음을 냈다.

— 그냥 누워 있어. 정말 고맙다.

아빠가 말했다.

— 감사합니다. 삼촌.

우리는 아빠의 부하들이 아빠한테 하듯이 허리를 최대한 굽혀 인사하면서 말했다.

— 아닙니다. 제대로 지키지 못해서 죄송합니다. 미안하다.

삼촌이 말했다.

— 아냐. 덕분에 애들이 살았어.

아빠는 그렇게 말한 후에 감사 표시를 하고 싶으니 원하는 게 있으면 말해보라고 덧붙였다.

— 앞으로 히틀러라고 불러주십시오.

삼촌은 잠시 생각한 후에 그렇게 말했다.

— 알았다.

— 우리도 그렇게 할게요.

한동안 아빠는 약속을 지켰다. 하지만 1년쯤 지나자 다시 흥국이라고 부르기 시작했다. 히틀러가 건물주에게 사기를 당해 아빠의 가게 하나가 문을 닫았기 때문이었다.

우리는 계속 약속을 지킨다.

두 번의 죽을 고비를 넘기면서 우리는 사람은 언제 어떤 식으로 죽을지 모른다는 것을 깨달았다. 우리는 고작 여섯 살이지만 내일 죽을 수도 있는 것이다. 오래 살기 위해서는 여러 가지 준비를 해야 한다.

먼저 우리는 결정 방식을 바꿨다. 다수결의 문제를 알았기 때문이다. 다수결의 방식은 다수 의지를 집행한다. 구성원은 다수 의지에 순응할 수밖에 없다. 이 경우 다수의 동의를 얻지 못하면 어떤 일도 시행할 수가 없다. 다수결은 우리에게 최선의 결정이 아니라, 다수가 만족하는 결정을 하게 한다. 다수의 구성원을 만족시키지 못하면 그것이 아무리 우리에게 이득이 되는 것이라도 아무것도 할 수 없다. 그리고 결과가 좋지 않을 때 책임 소재가 불분명하다. 우리는 대머리의 습격을 통해 이 맹점을 깨달았다.

새로운 방식은 소수결이다. 우리 중에는 특정한 분야나 행동에 있어서 다른 두 명보다 나은 결정을 할 수 있는 전문가가 존재한다.

가령 먹을 것을 고를 때는 이런 식이다.

— 간식 뭐 먹을래?

가정교사가 묻는다.

— 햄버거요.

형이 대답한다.

— 나도 햄버거.

내가 말한다.

— 과일 주세요.

누나가 말한다.

다음 날, 가정교사가 같은 것을 다시 묻는다.

— 치킨.

내가 대답한다.

— 양념 반, 프라이드 반.

형이 말한다.

— 샐러드 주세요.

누나가 말한다.

형과 나는 햄버거와 치킨 이외에도 피자와 스파게티, 라면, 과자 같은 것을 고른다. 하지만 소수결의 원칙에 따라 우리는 누나가 먹자는 것을 먹는다. 먹는 순서도 누나가 가장 먼저다. 누나가 먹은 후에 이상이 없다는 신호를 보내면 나와 형이 먹는다. 먹는 것에 관해서는 누나의 말을 따르는 것이 이득이다. 처음에는 좋아하는 음식 대신 몸에 좋은 음식을 먹는 것이 쉽지 않았다. 하지만 배고픈 것보다는 나았고, 계속 먹다 보니 누나가 선택하는 몸에 좋은 음식도 나름대로 맛이 있었다.

우리는 운동도 시작했다.

— 무슨 운동부터 할까?

우리는 그 문제를 놓고 또 한 번 소수결을 한다.

— 간단한 체조부터.

누나가 말한다.

나는 누나 말에 동의한다.

— 달리기를 해서 체력부터 키워야 해.

형이 말한다.

우리는 그날부터 저녁 식사를 하기 전에 마당을 스무 바퀴씩 뛰었다. 우리 집 마당은 타원형이고 짧은 쪽의 지름이 10미터다. 그러니까 우리는 하루에 대략 5백 미터 정도를 전력 질주로 달린다. 형의 말대로 달리기를 반복할수록 체력이 늘어나서 한 달쯤 지났을 때는 스무 바퀴를 뛰어도 숨이 차지 않았다.

우리는 매일 어떤 방송을 볼지도 정한다. 소수결을 하게 된 다음부터는 채널을 선택하는 것은 내 권한이다.

— 만화 보자.

형이 말한다.

— 나도 좋아.

누나가 말한다.

— 내셔널 지오그래픽 보자.

내가 말한다.

우리는 주말마다 세계 각지의 동식물에 관한 다큐멘터리를 본다.

우리 중 누구도 전문가가 아닌 분야가 있을 수도 있고, 각기 다른 결정을 내리거나, 모두가 같은 결정을 내릴 때도 있다. 그럴 경우 안건은 부결된다.

언젠가 뉴스에서 국회의원들이 본회의를 하는 모습을 보고 우리는 소수결이 아주 뛰어난 제도라는 것을 새삼 깨달았다.

우리는 초등학교에 들어갔다. 학교는 집에서 차로 30분 걸리는 거리에 있다. 사립이다. 집에서 걸어서 5분이면 갈 수 있는 곳에 국립초등학교가 있는데도, 아빠가 그곳에 가야 한다고 우겼다.

— 입학하기 힘든 학교예요.

가정교사가 말했다.

그녀는 이제 우리에게 존댓말을 쓴다.

— 이제 학교에 들어갔으니 우리한테 반말하지 말아요.

우리는 입학식이 끝나고 그렇게 말했다.

— 알겠습니다.

가정교사는 당황한 것 같았지만, 잠시 생각한 후에 그렇게 대답했다. 사실 그녀는 습격을 받고 많이 놀라서 가정교사 일을 그만두려고 했다. 아빠는 가정교사를 잡기 위해 월급을 올려주고 운전기사 외에도 따로 경호원을 세 명 배치했다. 가정교사는 일주일 정도 출근하지 않았다. 휴가라는 명목이었지만, 일을 계속할지 말지 고민하기 위한 시간이었을 것이다. 우리는 그녀가 그만두지 않을 거라고 믿었다. 위험한 만큼 보상도 크니까. 이만한 일자리는 많지 않았다. 일주일 후에 가정교사는 평소와 같이 출근했다. 우리는 매수에 쓰는 돈을 늘렸다.

— 사장님이 애를 많이 쓰셨어요.

가정교사가 말했다. 우리는 아빠가 입학을 위해 애를 썼다는 말을 들으니 학교에 가기가 싫어졌다. 아빠가 애를 쓰는 방법은 두 가지뿐이다.

돈과 협박.

정도의 차이는 있겠지만 어쩌면 대부분의 부모들이 비슷한 방법을 쓰는지도 모른다.

우리는 교복이 아주 잘 어울린다. 특히 누나는 교복 가게 주인의 부탁으로 홍보 사진까지 찍었다. 덕분에 우리는 공짜로 교복을 받았다. 며칠 후에 우리는 교복 카탈로그에서 누나의 사진을 발견했다. 우리는 교복을 입는 것이 귀찮다. 그 옷은 너무 답답하다. 움직이기 불편하고 쉽게 지치도록 디자인한 것 같다. 불편함과 답답함을 견디게 만드는 게 학교 교육의 목표인지도 모른다.

우리는 졸업할 때까지 같은 반이 되게 해달라고 요청했다. 가정교사가 우리 대신 선생들에게 부탁했다. 선생들은 난감한 표정을 지었다.

— 안 될 건 없지만, 절차상에 약간 문제가 있습니다. 특별히 이유가 있나요?

학생주임이 가정교사에게 물었다.

— 우리는 떨어질 수가 없어요.

우리가 대신 대답했다.

— 어째서?

가정교사는 우리를 잠시 밖으로 내보내고 학생주임과 이야기를 나눴다.

— 모두 한 반으로 해주겠대요.

가정교사가 교무실을 나와서 말했다.

— 뭐라고 했어요?

— 어머니가 세 분 있다고 했습니다.

사람들은 우리에게 엄마가 세 명 있다는 것, 특히 한 명은 죽고 한 명은 정신병원에 있다는 것을 알면 우리를 동정한다. 우리는 아무렇지도 않은데도.

우리 반 담임은 이제 막 교육대학교를 졸업한 티가 역력한 젊은 선생이다. 분홍색 스커트와 실크 소재의 블라우스를 자주 입는다. 화장은 안 한 것처럼 보이도록 정성스럽게 한다. 머리는 긴 생머리고, 기분에 따라 다양한 모양으로 묶고 다닌다. 향수는 쓰지 않지만, 피부 자체에서 은은하게 달콤한 향기가 난다. 그녀는 목소리가 얇고 부드럽다. 그리고 발음이 아주 적확하다. 우리는 담임의 첫인상이 마음에 들었다.

담임은 자리 배치와 앞으로 교실을 어떻게 꾸밀 것인지 설명하는 데 첫날 수업 시간을 전부 썼다. 그녀의 포부대로라면 우리 반 교실은 하버드 도서관과 디즈니랜드를 합쳐놓은 신기한 공간이 될 것 같았다. 우리는 그녀의 이름 외에는 배운 것이 전혀 없었다.

수업이 끝났을 때, 담임은 반 전체에 자기 소개서를 써 오라고 숙제를 냈다. 갑자기 생각난 듯이 말한 것으로 봐서는 원래 준비했던 숙제는 아닌 것 같았다.

자기 소개서에 반드시 써야 할 항목은 아빠, 엄마의 직업, 존경하는 인물, 취미, 장래 희망이었다. 그 외에 쓰고 싶은 것이 있으면 추가해서 써도 좋다고 했다. 자기 소개서는 각자 쓰면 되지만, 우리는 몇 가지 항목 때문에 회의를 했다.

첫번째 의제는 아빠의 직업을 뭐라고 적을 것인가 하는 것이었다. 아빠는 무림인이다. 우리는 아주 어릴 때부터 그 말을 수없이 많이 들었다. 처음에 우리는 그 말을 믿지 않았다. 무림은 무협지 속에나 존재하는 허황된 것이라고 생각했기 때문이다.

하지만 정원사인 홍 씨의 말과 인터넷 검색을 통해 무림의 존재를 믿게 됐다.

홍 씨는 옌볜 출신의 조선족으로 3년 전부터 정원을 손질하는 일을 맡고 있다. 삼십대 후반이나 사십대 초반 정도로 보이는데 정확한 나이는 잘 모른다. 몸이 날렵하고 손이 빨라서 높은 나무도 잘 손질한다. 그는 학교를 오래 다닌 것 같지는 않지만, 모르는 것이 없고 우리의 질문에 늘 막힘없이 대답한다.

— 무림이 정말 있어요?

우리가 질문했다.

— 당연하지. 내가 소림사랑 무당산에도 가봤는걸.

홍 씨는 그렇게 대답하면서 정원 손질용 가위를 내려놓고 태극권 시범을 보여줬다. 다리를 벌리고 양팔을 좌우로 빙빙 돌리는 기이한 동작이었다.

검색을 해보니 홍 씨의 말대로 정말로 무당파와 소림사가 있었다. 구글지도에 정확한 위치가 나와 있었고, 사진도 여러 장 있었다. 우리는 이연걸의 「태극권」이라는 영화를 다운받아서 봤다. 영화 속에 나오는 동작은 홍 씨가 보여준 것과 거의 흡사했다. 소림사에 관련된 영화도 많았다. 「태극권」과 비슷한 내용일 것 같아서 그 영화들은 보지 않았다. 대신 우리는 언젠가 소림사에 가보기로 했다.

소림사의 입장료는 백 위안, 한국 돈으로 17,500원 정도다.

아빠가 몸담고 있는 무림은 소림사나 무당파와는 형태가 사뭇 다르다. 아빠는 강남역 일대와 청담동, 홍대 근처에 나이트클럽과 클럽, 룸살롱과 술집 스무 곳 정도를 소유하고 있다. 그와는 별도로 오피스텔을 임대해 성매매를 하고, 키스방과 립카페, 안마시술소 같은 유사성행위 업소도 운영한다. 그리고 대부업체와 흥신소도 두 개씩 갖고 있다. 사람들은 아빠를 사장님 또는 형님이라고 부른다.

— 그런 게 직업이 될 수 있을까?

우리는 자문했다. 통계청의 한국표준 직업분류표에는 무림인이라는 항목은 없었다. 하지만 그 표에는 자영업이나 유통업 같은 너무 포괄적이고 애매모호한 직업 분류가 많았다. 우리는 고민하다가 담임의 말을 떠올렸다.

— 형식은 상관없어요. 솔직하게 쓰세요.

우리는 아빠의 직업란에 무림인이라고 적었다.

다음 의제는 엄마의 직업이었다. 우리는 각자 엄마가 다르지만, 지금 같이 살고 있는 엄마에 대해 쓰기로 했다. 묘지에 있다거나 정신병원에 있는 것은 직업이 아니라 상태이기 때문이었다.

엄마는 아빠가 운영하는 룸살롱들의 총 마담이다. 5백 명이 넘는 여자들을 관리한다. 하지만 엄마에게는 또 하나의 직업이 있다. 엄마는 아빠의 도움으로 몇 편의 영화와 드라마에 출연했다. 대부분 술집 마담 역할이었다. 깡패들의 우정과 배신을 다룬 「백 년 동안의 세계대전」이라는 영화에서 엄마는 비평가들에게 호평을 받은 적이 있다. 듀나라는 영화평론가는 이렇게 말했다.

— 이 영화에 나오는 모든 인물은 작위적이다. 진짜처럼 보이는 것은 술집 마담뿐이다.

우리는 엄마의 직업을 마담이라고 써야 할지, 배우라고 써야 할지 고민했다. 논의 끝에 우리는 엄마의 직업란에 이렇게 썼다.

마담 역할 전문 배우.

세번째 의제는 존경하는 인물에 대한 것이었다. 사실 존경하는 인물은 각자 알아서 쓰면 된다. 누나는 다코타 패닝을 적으려고 했고, 형은 아빠라고 쓸 생각이었다. 그런데 내가 히틀러라고 적은 것을 보고 누나와 형이 생각을 바꿨다. 우리는 존경하는 인물에 히틀러라고 썼다. 우리의 생명을 구해준 것에 대한 보답이었다.

— 너희들 숙제를 장난으로 한 거니?

담임은 자기 소개서를 읽고서 수업이 끝난 후에 우리를 따로 불렀다. 표정이 좋지 않았다.

— 우리는 진지하게 썼어요.

우리가 말했다.

— 선생님은 믿을 수가 없구나.

— 거기 쓴 건 모두 사실이에요.

— 아버지가 태권도장하시니?

— 아니요.

우리는 아빠가 하는 일을 자세히 설명했다. 담임은 우리를 한 사람씩 쳐다본 후에 다시 자기 소개서로 시선을 돌렸다.

— 좋아. 다른 건 그렇다 치고, 히틀러가 누군지는 아니?

— 알아요.

— 제대로 모르는 모양이구나.

담임은 2차 세계대전과 유대인 학살에 대해 간단히 이야기했다. 우리가 듣기에는 담임도 제대로 알고 있는 것 같지는 않았다. 어디선가 들었거나, 책과 TV에서 지나치듯 본 내용을 요약한 것 같았다.

— 그 사람 때문에 많은 사람이 죽었어.

담임이 종전을 선포하듯 말했다.

— 히틀러 덕분에 목숨을 건진 사람들도 있어요.

— 그럴 수도 있지만 아이들이 존경할 만한 사람은 절대로 아니야.

— 존경할 사람은 우리 스스로 결정할 거예요.

우리는 선언하듯이 입을 모아서 말했다. 담임은 한참 동안 우리를 노려봤다. 우리는 담임의 눈빛을 그대로 받아들였다. 우리 집에는 인상이 험악한 사람들이 자주 들락거린다. 그들에 비하면 담임의 표정은 귀여웠다.

— 안 되겠구나. 부모님께 학교에 한번 들르라고 말씀드려.

잠시 후에 담임은 한숨을 깊게 내쉬고는 그렇게 말했다. 우리는 그렇게 하겠다고 대답하고 집으로 돌아왔다.

드물게도 엄마가 집에 있었다. 피부관리사가 엄마의 얼굴과

목을 마사지하고 있었다. 관리사는 엄마의 얼굴을 찰흙놀이 하듯이 주물렀다. 엄마는 눈을 감고 누워서 간간이 신음을 냈다. 엄마는 이틀에 한 번 꼴로 마사지를 받는다. 종류도 다양하다. 아로마, 건식, 쑥, 고주파…… 마사지사도 매번 바뀐다.

엄마가 마사지를 자주 받는 이유는 하이힐 때문이다. 엄마는 집에서도 언제나 하이힐을 신고 있다. 항상 몸에 긴장을 유지해야 아름다운 라인을 만들 수 있단다. 밖에서 신는 하이힐과 집 안에서 신는 하이힐을 구분하기 때문에 더럽지는 않지만, 엄마가 걸을 때마다 카펫과 바닥에 상처가 난다. 가정교사는 엄마 때문에 한 달에 한 번 카펫을 바꾸고, 인부들을 불러 긁힌 바닥재를 보수한다.

몸에 긴장을 유지하고, 지나치게 긴장된 몸을 마사지로 푸는 것, 그게 엄마가 하는 일의 전부다. 삶을 그 정도로 단순화할 수 있다는 것은 대단한 일이다. 우리는 가끔씩 엄마가 부럽다. 우리의 삶도 그렇게 간단했으면 좋겠다.

— 아빠한테 말해.

우리가 담임의 말을 전하자 엄마는 귀찮다는 듯이 대답했다. 우리는 알겠다고 말하고 방으로 들어갔다. 우리는 엄마가 실수했다고 생각한다. 왜냐하면 담임은 엄마보다 훨씬 젊고 예쁘기 때문이다.

우리는 방에 들어와서 2차 세계대전과 히틀러에 대해 찾아봤다. 많은 사람들이 2차 세계대전을 독일과 연합군의 전쟁이라고 알고 있었다. 하지만 우리가 보기에 그 전쟁은 독일과 소비에트연방의 전쟁이었다. 위키피디아 백과사전의 통계에 따르면 소비에트연방의 사망자는 2천만 명이 넘는다. 전쟁은 목숨을 걸고 하는 것이니 가장 많은 목숨을 잃은 나라가 당사자다.

담임의 말대로 히틀러는 인류 역사상 최악의 악당으로 평가받고 있었다. 우리 생각은 조금 다르다. 어른들은 언제나 과거를 교훈 삼으라고 말한다. 예전에는 더 힘들었다. 끔찍했다. 지금이 낫다는 식의 논리다. 하지만 그건 속임수다. 사람은 자기가 하는 일이 가장 힘들고, 자신이 아플 때 제일 아프다. 최악의 악당은 역사 속의 누군가가 아니라, 지금 우리를 괴롭히는 사람이다.

전쟁은 지금도 계속되고 있다. 그리고 전쟁에는 선과 악이 없다. 시작한 순간부터 양쪽 다 악이다. 지금도 누군가는 사람을 죽이고 강제로 무엇인가 빼앗는다. 방식이 다른 것뿐이다. 어쩌면 자기보다 더한 악당을 역사 속에 만들어놓고서 자신은 그것보다 낫다고 위로하고 있는지도 모른다. 히틀러는 어디에나 있다. 지금 여기에. 아마 미래에도 있을 것이다.

우리는 아빠에게 담임의 말을 전했다.

아빠는 담임을 보자마자 눈을 가늘게 뜨고 왼쪽 입꼬리를 올리면서 웃었다. 아빠가 여자와 자고 싶을 때 짓는 표정이다.

아빠는 담임과 한 시간 정도 상담을 했고, 괜찮다는 담임을 억지로 붙잡아서 함께 저녁을 먹으러 갔다. 우리는 먼저 집으로 돌아왔다.

우리는 담임이 쉬운 여자라면 동생이 생길지도 모른다고 생각했다. 아빠는 두 시간 후에 돌아왔다. 아쉬워하는 표정을 보니 아직 동생은 생기지 않은 것 같았다.

— 이리 모여봐. 너희들 내가 무슨 일을 하는지 아니?

아빠가 말했다. 약간 화가 난 것 같았다.

— 매춘.

— 도박.

— 고리대금.

우리가 순서대로 말했다.

— 그렇게 단순하지 않아.

— 우리가 틀렸으면 바로잡아주세요.

아빠는 우리의 손을 잡고는 소파로 데려갔다. 그러고는 우리를 양쪽 무릎에 나눠서 앉히고 머리를 쓰다듬었다. 술냄새가 났다.

— 미국에서 가장 안전한 도시가 어디인지 아니?

아빠가 말했다.

— 워싱턴. 미국의 수도니까요.

우리는 동시에 대답했다.

— 아니야.

— 그럼 어디에요?

— 라스베이거스라는 곳이야. 카지노로 유명한 곳이지.

— 어딘지 알아요. 마피아가 관리하는 곳이잖아요.

— 너희는 내 생각보다 많은 걸 알고 있구나.

아빠는 다시 한번 우리의 머리를 쓰다듬었다. 기분이 좋지 않았다. 아빠의 손은 너무 딱딱하다.

— 라스베이거스가 안전한 이유는 마피아가 어떤 범죄도 용납하지 않기 때문이야. 휴양지가 안전하지 않다면 관광객이 오지 않을 테니까. 내가 하는 일도 비슷하단다.

— 하지만 범죄를 억제하고 범죄자를 잡는 건 경찰의 일이에요.

— 세상에는 공권력이 미치지 않는 곳이 많단다.

우리는 아빠의 말에 수긍했다. 실제로 우리가 대머리에게 납치됐을 때, 우리를 구해준 것은 경찰이 아니라 히틀러였다.

— 무림인들은 아주 예전부터 나라에서 지키지 못하는 사람들을 지켜왔어.

아빠의 표정은 진지했다. 하지만 술에 취한 사람은 늘 진지하다.

— 아빠는 사람들을 지키는 일보다 해치는 일을 더 많이 해요.

— 내가 없으면 가게에서 일하는 여자들은 제대로 돈도 못 받고 착취만 당할 거야.

— 어쨌든 가장 돈을 많이 버는 건 아빠잖아요.

— 그건…… 아니다. 나중에 너희도 어른이 되면 알게 될 거야. 자거라.

우리는 그대로 들어갔지만, 아빠의 말에 동의한 것은 아니었다. 어른이 되어야만 알 수 있는 것 따위는 없다. 우리는 지금도 무엇이든 알 수 있다.

모르는 것은 앞으로 공부하면 된다.

다음 날, 우리는 아빠 소유의 대부업체에 갔다. 매춘과 도박에
대해서는 어느 정도 알고 있었다. 무엇보다 대부업체가 들어가
기 편했다.

― 너희가 여기는 웬일이니?

지점장이 우리를 보고는 그렇게 물었다. 몇 번인가 우리 집에
온 적이 있어서 낯익은 얼굴이었다.

― 아빠가 일을 배워보라고 했어요.

우리가 대답했다.

― 정말이니?

지점장은 몇 번이나 되물었다.

― 영재교육 모르세요?

우리는 소파에 자리를 잡고 앉았다. 유니폼을 입은 여자가 오
렌지주스를 가져다줬다. 백 퍼센트 오렌지 과즙이 아니라서 마
시지 않았다. 지점장은 아빠한테 전화를 걸었다. 아빠가 전화를
받을 걱정은 없었다. 우리는 집을 나오기 전에 아빠 핸드폰 안쪽
에 있는 반도체칩을 제거했다.

― 오늘 할 일은 뭐죠? 옆에서 구경만 할게요.

우리가 말했다.

지점장이 머뭇거리는 사이, 한 무리의 남자들이 사무실로 들

어왔다.

— 수금 다녀오겠습니다.

남자들이 허리 숙여 인사하면서 동시에 외쳤다.

— 같이 가요.

우리는 남자들의 소매를 잡았다. 남자들은 지점장을 쳐다봤다.

— 돌아가서 아빠한테 이를까요? 아빠 성질 아시죠?

우리는 웃으면서 말했다.

지점장은 한 번 더 전화를 걸었다가 아빠가 받지 않자, 남자들에게 우리를 데리고 다니라고 말했다. 그리고 무리 중 한 사람을 불러서 귓속말을 했다.

— 큰 형님 애들이야. 실수하지 말고.

형과 누나는 못 들었지만, 나한테는 들렸다. 나는 형과 누나에게 지점장의 귓속말을 전했다.

우리는 차에 탄 채로 남자들이 일하는 것을 지켜봤다. 일은 단순했다. 돌아다니면서 빌려준 돈을 받아 오는 것뿐이었다. 그들은 가게, 사무실, 집에 들어가서 물건을 부수면서 소리를 질렀다. 시끄럽고 소란스러운 것에 비해 효과는 별로 없었다. 그들은 다섯 곳에 가서 겨우 이자의 일부만 받아서 나왔다.

— 이건 우리가 할게요.

우리는 허 팀장이라고 불리는 남자가 갖고 있는 서류를 빼앗았다.

— 안 돼. 이리 줘.

허 팀장은 서류를 억지로 뺏으려고 했다.

— 손대지 말아요. 아까 지점장 아저씨가 우리한테 실수하지 말라고 하지 않던가요?

허 팀장은 손을 내렸다. 우리는 서류를 봤다. 채무자는 38세 남성이었다. 아내와 딸이 있었고, 어머니를 모시고 살았다. 3년 전에 카페를 차리기 위해 돈을 빌렸는데, 장사가 안 되는지 몇 달 전부터 이자도 연체하고 있었다. 채무는 원금 8천만 원, 이자 2천만 원이었다. 빨리 갚는 편이 채무자한테도 이득이었다. 이 자는 구구단처럼 올라가게 되어 있었다. 아빠는 사람을 죽이지는 않지만, 죽을 수밖에 없는 상황으로 만드는 것은 별로 개의치 않았다. 스스로 목숨을 끊는 것은 자기 선택이라고 생각하는 사람이었다.

— 나한테 생각이 있어.

누나가 말했다. 누나는 팬시숍에 가서 인형을 하나 샀다. 토끼 인형이었다. 누나는 인형을 든 채 채무자의 집 초인종을 눌렀다.

— 저 돈 받으러 왔는데요.

누나는 인터폰 카메라에 얼굴이 닿지 않아서 멀리 떨어져서 말했다. 잠시 후에 문이 열렸다. 집 안에는 소파와 탁자만 덩그러니 놓여 있었다. 깨질 위험이 있거나 비싼 물건들을 치워둔 것 같았다. 아니면 이미 다른 빚쟁이들이 와서 다 가져갔거나. 누나는 소파에 앉았다.

— 돈을 받으러 왔다고? 네가?

채무자가 말했다. 누나는 서류를 보여줬다. 채무자는 고개를 끄덕이면서 누나를 쳐다봤다. 그는 안심한 것 같은 표정이었다.

— 저 아저씨 딸이랑 같은 반인데…… 돈 언제 주실 거예요?

누나는 토끼 인형을 쓰다듬으면서 그렇게 말했다.

한 시간 후에, 채무자는 원금과 이자를 모두 입금했다. 허 팀 장은 진심으로 우리한테 감탄했다.

우리가 대부업체 사무실로 돌아갔을 때, 지점장은 아빠한테 맞고 있었다. 얼굴이 못 알아볼 정도로 부어 있었다. 지점장은 억울한 표정으로 우리를 쳐다봤다.

— 아빠가 하는 일을 공부해보려고요.

아빠가 여기 왜 왔느냐고 물어서 우리는 그렇게 대답했다.

— 공부는 학교에서 해야지.

아빠가 말했다.

우리 학교의 교과목은 국어, 수학, 영어, 도덕, 사회, 역사, 과 학, 미술, 음악, 체육 이렇게 열 과목이다. 보통의 초등학교보다 다섯 과목 정도가 더 많다.

한 달 정도 수업을 들으면서 우리는 교과목을 크게 두 종류로 나눴다. 하나는 이 세계에 관한 것이고, 다른 하나는 인간에 관 한 것이다. 과학, 사회, 수학 같은 것은 세계에 관한 과목이고, 체육, 도덕, 역사 같은 것은 인간에 관한 과목이다. 양쪽 다에 해 당하는 것들도 있다. 이를테면 문학이나 음악, 미술 같은 것은 인간과 세계 양쪽 다를 말한다.

우리는 어떤 과목이든 최선을 다해서 공부한다. 결과는 대체로 만족스럽다. 다른 아이들과 비슷한 과목도 있고, 다른 아이들보다 뛰어나게 잘하는 과목도 있다.

음악 선생의 말에 의하면 우리는 절대음감이다. 음악 선생은 환갑이 다 되어가는 아줌마인데 피아노 앞에 앉았을 때만 빛나는 사람이다. 그녀는 새로운 노래를 배울 때마다 우리한테 노래를 시킨다. 우리는 귀찮기는 하지만, 교단에 서서 노래하는 것을 싫어하지 않는다. 우리가 듣기에도 우리의 화음은 완벽하다. 음악 선생은 수업이 끝나면 매번 우리한테 합창부에 들라고 한다. 우리는 그럴 때마다 매번 생각해보겠다고 대답한다.

우리는 체육대회에서 대활약을 했다. 누나와 나는 남녀 계주에서 마지막 주자로 뛰어서 역전승을 했다. 매일 마당을 달린 덕분이었다. 형은 닭싸움에서 6학년 세 명을 고꾸라뜨리고 우승했다. 덕분에 우리 반은 체육대회가 끝나고 간식으로 갈릭치킨버거를 먹었다.

우리는 봄 소풍 때 열린 백일장에서 상을 받았다. 내가 장원, 누나가 차상, 형은 장려상이었다.

시제는 '동상'이었다. 소풍 장소가 공원이라 주변에 비둘기가 많았다. 여자애들이 비둘기들에게 과자 조각을 던졌다.

나는 그 모습을 보다가 가정교사가 했던 말을 떠올리고 글을 썼다.

타닥, 타다다닥. 방 안에는 타자기 소리가 가득했다. 어둑어둑해진 하늘에는 몇 개의 별들만이 떠 있었다. 잘려 나간 칩을 연상케 하는 달이 창문 안으로 빛을 내리쬐고 있었다. 달빛 아래에는 나의 고용주, 도스토옙스키가 서 있었다.

— 내가 왜 너를 데려왔는지 알아? 아무 말도 하지 않기 때문이야.

내가 그를 처음 만난 곳은 도박장이었다. 아버지는 도박 빚 때문에 나를 도박장에 팔았다. 나는 삼촌이라 불리는 남자에게 넘겨졌다.

— 도박장에서는 한 가지 규칙만 지키면 돼. 무엇을 보든, 무엇을 듣든 아무 말도 하지 마.

나는 서류를 정리하거나 칩을 바꿔주는 일을 했다. 도스토옙스키는 도박장의 단골이었다. 그는 항상 룰렛 앞에 앉아 있었다. 그는 자주 칩을 바꾸러 왔다. 그가 올 때면 항상 술냄새가 났다. 그는 항상 빈털터리로 집으로 돌아갔다.

— 내가 불러주는 문장을 타자기로 적어줘.

하루는 룰렛을 하던 그가 갑자기 내게 와서 말했다. 무엇인가 급한 일인 것 같았다. 나는 천천히 고개를 끄덕였다.

— 죄와 벌. 선택된 강자는 사회의 도덕률을 딛고 넘어설 권리가 있다. 라스콜리니코프는 고리대금업자 노파를 죽이기로 결심했다……

나는 약 한 시간가량 그가 불러주는 문장들을 받아 적었다. 내가 그에게 종이를 건네주었을 때 그는 처음으로 주머니에 돈이 든 채로 도박장을 떠났다. 그리고 몇 달 정도 도박장에 오지 않았다. 그가 도박장에 다시 나타났을 때 그의 손에는 『죄와 벌』이 들려 있었다. 『죄와 벌』은 그가 룰렛게임을 하면서 잃은 돈보다 훨씬 더 많은 수입을 그에게 안겨줬고 나도 그 책을 사서 읽었다. 하지만 그는 열흘 만에 그 돈을 룰렛게임으로 날렸다.

어느 날, 룰렛에서 10만 루블을 딴 그는 삼촌에게 나의 도박 빚을 갚고 나를 집으로 데려갔다. 그리고는 나를 의자에 앉히고 타자기를 가져왔다.

— 내가 불러주는 문장을 타자기로 받아 적어.

그는 매일 문장을 불러줬고 나는 아무 말도 없이 받아 적었다. 그는 돈만 생기면 룰렛을 하러 갔다.

— 내가 좋아하는 소설은 스탕달의 『적과 흑』이야. 그걸 읽으면 룰렛이 생각나거든. 스탕달은 분명 룰렛을 좋아했을 거야.

도스토옙스키는 그렇게 말했다. 나는 빨간색과 검은색 위를 굴러다니는 룰렛 구슬을 떠올렸다. 그는 점점 술과 도박에 미쳐갔다. 그는 집에 들어오지 않는 날이 잦았고, 어쩌다 들어올 때면 얼굴에 멍이 들어 있었다. 가끔은 술에 잔뜩 취해서 집 안 물건을 이리저리 던지기도 했다. 그가 미쳐가는데도 출판사들은 그의 소설을 원했다. 그는 도박 빚을 갚기 위해 돈만 들고 오면 무조건 계약을 했다. 그러나 술과 도박에 빠져 있는 사람의 사고가 계속 정상적일 수는 없었다. 그가 불러주는 문장들은 룰렛 구슬처럼 의미가 고정되지 않고 계속해서 미끄러졌다.

— 드미트리는 표도르에게 악심을 품었다. 나는 빨간색 7에 걸겠어. 이번에는 맞을 거야. 오늘 밤은 별이 참 많군. 별 숫자로 룰렛을

해볼까?

불러주는 것과 상관없이 나는 내 방식대로 선택과 결합을 통해서 이야기를 써 내려갔다. 나는 누구와도 말을 하지 않았기 때문에 백지 위에 좋은 문장을 적을 수 있었다. 작가들은 왜 모를까? 말을 많이 하면 마음이 비어버린다는 것을.

도스토옙스키의 말년의 작품은 모두 내가 썼다. 출판사는 내가 쓴 것이라고 의심하지 않았다. 도스토옙스키는 내가 쓴 것을 들여다보지 않았다. 글을 다 쓰고 나면 출판사에 넘기라고만 하고 도박하러 갔다. 그는 급기야 내게 돈을 빌려 가기 시작했다.

도스토옙스키는 1881년 1월 28일 모스크바에서 죽었다. 나는 그가 죽기 전에 그를 찾아갔다. 그는 나에게 그가 불러주는 문장을 한 번 더 받아 적어주기를 부탁했다. 이번에 그가 불러주는 문장들은 나의 선택과 결합을 거칠 필요 없이 완벽했다. 나는 그대로 받아 적었다. 마지막 문장을 말하고 그는 피를 토하며 쓰러졌다. 나는 그의 가족들을 부르고 그를 침대에 눕혔다. 그가 곧 죽을 거라는 생각이 들었다. 나는 그에게 그동안 있었던 모든 일을 고백했다.

— 상관없어. 그보다 4백 루블만 빌려줘. 내일 룰렛 게임이 있거든.

나는 그의 손에 4백 루블을 쥐여주고 나왔다. 나는 그 4백 루블의 대가로 그의 마지막 작품을 출판사로 보내지 않았다. 그의 마지막 미발표작의 제목은 "이반 노스토프의 동상"이었다.

성원초등학교 백일장 장원 作 「도스트옙스키의 속기사」 전문

선생들은 우리를 좋아한다. 그들의 기준에 따르면 우리는 우수한 학생이다.

우리가 가장 좋아하는 과목은 과학이다. 과학 선생은 1월에 막 해병대에서 제대했다. 가끔 군인 같은 말투를 사용한다. 아직 머리가 덜 자란 데다 얼굴에 여드름 자국이 있어서, 멀리서 보면 고등학생 같다. 그는 모든 수업을 실험으로 한다.

이산화탄소를 설명할 때는 탄산수를 만들고, 중력을 설명할 때는 옥상에서 제기를 떨어뜨린다. 다른 아이들도 과학 시간을 좋아한다. 실험은 놀이 같다. 우리는 종이컵과 실로 전화기를 만들어 통화를 했다. 다양한 모양의 연을 만들어서 어떤 형태가 더 바람을 잘 타는지 날려보기도 했다.

과학 선생은 똑똑하다. 많은 지식을 알고 있어서가 아니라, 어려운 것들을 우리가 이해할 수 있도록 쉽게 설명해주기 때문이다. 대부분의 선생들은 어려운 것을 어렵게 말하거나, 쉬운 것도 어렵게 말한다. 우리는 그런 수업은 집중해서 듣지 않는다.

— 물체의 강도를 알아보기 위한 실험입니다. 상자에 들어 있는 건 독일의 광물학자인 모스가 정한 표준 광물입니다.

과학 선생이 여러 종류의 돌멩이가 들어 있는 나무 상자를 나눠 주면서 말했다. 그리고 칠판에 돌멩이 이름을 썼다.

금강석, 인회석, 방해석, 석고, 활석, 석영, 황옥, 강옥……

— 금강석은 다이아몬드의 다른 이름입니다. 경도가 10이죠. 숫자가 높을수록 단단한 광물입니다. 오늘은 앞에 놓인 표준 광물의 경도를 알아보겠습니다.

과학 선생이 말했다.

— 어떻게 알아보나요?

우리는 손을 들고 물었다.

— 직접 부딪쳐봐야죠.

과학 선생은 금강석으로 석영을 내리쳤다. 석영은 산산조각 났다. 반대로 석영으로 금강석을 내리쳤다. 다시 석영이 산산조각 났다. 과학 선생은 파편이 튀어서 다칠 수 있으니 너무 세게 치지 말라고 주의사항을 덧붙였다.

실험은 간단했다. 부딪쳐서 깨지는 쪽이 경도가 약한 것이다. 실습실 곳곳에서 돌이 깨지는 소리가 울려 퍼졌다. 우리는 같이 앉은 아이들과 실험 결과를 공유하면서 표준 광물 경도표를 작성했다.

1.활석 2.석고 3.방해석 4.형석 5.인회석 6.정장석 7.석영 8.황옥 9.강옥 10.금강석

우리가 속한 조가 가장 먼저 표를 완성했다. 우리는 손을 들고 검사를 받았다. 과학 선생은 흡족한 표정을 지으면서 모두 정답

이라고 말했다. 우리 조는 1등으로 표를 완성한 상으로 반 전체의 박수를 받았다.

— 이제 다른 물질도 해보세요.

과학 선생이 말했다.

— 어떤 거요?

우리가 물었다.

— 기본적으로 세상의 거의 모든 게 물질입니다.

과학 선생은 그렇게 말하면서 분필로 3 방해석을 내리쳤다. 분필이 부러졌다.

— 사람도 물질인가요?

우리는 과학 선생에게 그렇게 물었다.

— 기본적으로 사람도 물질입니다.

과학 선생은 순진한 표정으로 대답했다. 우리는 안타깝다고 생각했다. 과학 선생은 담임을 좋아한다. 하지만 우리가 만든 경도표에 의하면 과학 선생은 기본적으로 아빠를 이길 수가 없었다.

우리는 이 세계의 경도표를 작성했다.

누나의 손톱: 2.5

이름표 옷핀: 4.5

형의 주먹: 3.5

핸드폰: 4.3

과학 교과서: 2.3

책상 모서리: 5.6

......

이름표 옷핀으로 누나의 손톱을 긁으면 손톱에 금이 간다. 형의 주먹으로 책상 모서리를 내리치면 주먹에서 피가 난다. 우리는 이 세계가 관계성에 기반을 두고 있다는 것을 깨달았다. 낮과 밤, 왼쪽과 오른쪽, 자연과 문명. 가난이 없다면 부유함을 설명할 방법이 없다. 맨 윗부분은 아랫부분 없이, 삶은 죽음 없이 아무런 의미도 갖지 못한다.

그 실험 이후로 우리는 어떤 것이든 그것 자체가 아니라 다른 것들과의 관계를 생각한다.

— 한번 정해진 경도는 바뀌지 않나요?

수업이 끝나고 우리는 과학 선생에게 그렇게 물었다.

— 큰 변화는 없지. 하지만 오랜 시간 동안 열과 압력을 받으면 바뀌기도 한단다. 흑연과 금강석은 기본적으로 같은 물질이거든.

과학 선생은 그렇게 대답했다.

표현과 내용이 달랐지만, 그건 우리가 이미 알고 있는 원리였다. 말하자면 물체도 죽을 고비를 많이 넘기면 강해진다.

수업이 끝나면 가정교사가 자동차로 우리를 데리러 온다. 우리가 학교에 있는 동안 가정교사가 무엇을 하는지는 전혀 알 수가 없다. 홍 씨의 말에 의하면, 가정교사는 우리가 학교가 가고 나면 어딘가로 외출을 한다. 매일 나가는 것은 아니지만, 정기적으로 어딘가에 가는 것은 틀림없었다. 우리는 궁금한 것을 참지 못한다.

어느 날, 우리는 학교에 오자마자 교무실을 찾아가 집안 행사가 있다고 거짓말을 했다. 담임은 의심하지 않고 조퇴증을 끊어 줬다.

우리는 택시를 대절해 집 앞 골목에서 가정교사가 나오길 기다렸다.

— 무슨 일이니?

택시 기사가 물었다.

— 이모가 피라미드 회사에 취직한 것 같아요. 엄마가 따라가 보라고 했어요.

우리가 대답했다.

— 큰일이구나. 나도 마누라가 옥장판 다단계에 빠져서 결국 이혼까지 했어. 너희 이모가 파는 품목은 뭐냐?

— 전동 칫솔이요.

— 피라미드 회사에서는 별걸 다 파는구나.

— 저기 나왔어요. 들키면 안 돼요.

— 걱정 마라, 내가 특수수색대 출신이다.

택시 기사는 자기 전처를 바라보듯 전의에 불타는 눈으로 기어를 바꿨다. 적당한 거리를 유지하면서 가정교사의 차를 잘 따라갔다.

가정교사는 병원으로 갔다. 전에 히틀러가 입원했던 곳이다. 우리 집 근처에서 가장 큰 병원이다. 우리는 조용히 뒤를 따라갔다.

— 너희 어디 가니?

간호사가 물었다.

— 엄마 면회 왔어요.

우리가 대답했다. 가정교사를 뒤따라가는 동안 같은 질문을 두 번 더 받았다. 우리는 우리가 거짓말을 잘한다는 것, 그리고 우리의 거짓말을 사람들이 쉽게 믿는다는 사실에 조금 놀랐다.

가정교사는 중환자실을 지나 안쪽으로 들어갔다. 문 앞에 무균실이라는 글자가 붙어 있었다. 그 방은 유리로 막혀 있었다. 방 안에는 침대가 있었고, 투명한 비닐 커튼 같은 게 침대를 둘러싸고 있었다. 침대 옆에는 초록색 불빛을 내는 기계들이 놓여 있었다. 침대 위에는 몸과 얼굴에 처음 보는 장치를 달고 있는 늙은 여자가 누워 있었다. 그녀는 책을 읽고 있었는데, 가정교사가 온 것을 보고는 유리 벽으로 다가왔다. 가정교사는 인터폰을 들고 방 안에 있는 늙은 여자와 대화를 했다. 대화는 한 시간가량 이어졌다. 거리가 먼 데다 인터폰에 가로막혀서 무슨 말을 하는지는 알 수 없었다.

가정교사는 늙은 여자가 침대에 누워 잠드는 것을 지켜보다가 밖으로 나왔다. 차로 돌아오기 전에 화장실에 들렀다. 눈 화장이 달라져 있었다. 우리는 두 여자의 관계가 무엇인지 추측해봤다. 혈연관계는 아니었다. 둘은 전혀 닮지 않았다. 다만 표정이나 몸짓으로 볼 때, 서로에게 아주 소중한 사람인 것은 분명했다.

택시 기사는 특수수색대 출신답게 눈을 뜬 채로 졸고 있었다. 입만 벌리지 않으면 자고 있는지 깨어 있는지 알기 힘든 모습이었다. 우리가 근처에 오자 아무 일도 없었다는 듯이 잠에서 깼다.

— 잘됐니?

택시 기사가 물었다.

— 아직 모르겠어요.

우리가 대답했다.

— 이모가 어디로 가든?

— 무균실이요.

— 전동 칫솔 팔기에는 딱 좋은 곳이구나.

가정교사가 차를 출발시켰고 택시도 뒤를 따랐다.

우리는 음식을 먹은 후에는 반드시 양치질을 하고, 외출했다가 돌아오면 손을 씻는다. 귀찮은 일이지만 어쩔 수 없다. 세상은 몸에 해로운 세균으로 가득 차 있으니까. 그런데 세균이 없는 방을 만들 수 있다면 세균이 없는 세상도 만들 수 있지 않을까? 아주 강력한 힘이 있다면 가능할까? 그런 일을 하려면 어떤 종류의 힘이 필요할까? 돈? 권력? 과학? 세균이 살 수 없는 세계에서 인간은 살 수 있는 걸까?

우리가 무균실에 대해 생각하는 사이 가정교사는 대치동에 있는 카페 앞에 차를 세웠다. 그녀는 카페 안으로 들어가서 커피를 시키고 교복을 입은 남자 맞은편에 앉았다.

— 아저씨도 점심이라도 드세요.

차에서 내리면서 우리는 그렇게 말했다. 택시 기사가 고개를 끄덕였다.

우리는 가정교사가 앉은 자리에서 5미터 정도 떨어진 곳에 자리를 잡고 앉았다. 들키지 않으려고 소파에 깊숙이 몸을 묻었다. 최대한 귀를 열고 가정교사가 하는 말을 엿들었다. 가정교사는 교복을 입은 남자에게 영어를 가르치고 있었다. 일종의 과외 수업이었다.

우리에게 고용된 상태에서 다른 일을 하는 것은 계약 위반이지만, 눈감아주기로 했다. 늙은 여자를 계속 무균실에 있게 하려면 많은 돈이 필요할 테니까.

택시 기사는 포장마차 앞에서 컵밥을 먹다가 우리가 나오는 것을 보고 택시로 돌아왔다.

— 생각보다 건실한 기업인 것 같아요.

결과를 묻는 택시 기사에게 우리는 그렇게 말했다. 택시 기사는 다행이라면서 약속한 것보다 미행이 일찍 끝났으니 어디든 가고 싶은 곳이 있으면 데려다주겠다고 했다.

— 그냥 집으로 가주세요.

내가 말했다.

— 배고프다. 빨리 가서 밥 먹자.

형이 말했다.

— 한강시민공원. 바람 쐬고 싶어.

누나가 말했다.

한강 물은 생각보다 더러웠다. 사람도 별로 없었다. 드문드문 운동을 하는 사람과 개를 산책시키는 사람들이 보였다. 우리는 강물을 따라 5분 정도 걸었다. 형이 물수제비를 뜨려고 돌을 몇 개 던졌지만, 수면과 높이가 맞지 않아 실패했다. 우리는 매점에서 김밥을 사 먹었다. 만든 지 오래됐는지 밥알이 딱딱했고 김은 질겼다. 누나가 아무 말도 하지 않은 것으로 봐서 상한 것 같지는 않았다. 우리는 김밥을 반만 먹고 버렸다.

— 저 사람, 죽으려는 것 같아.

누나가 다리 위에 서 있는 남자를 가리키면서 말했다. 나와 형이 보기에는 그냥 강물을 내려다보고 있는 것 같았지만, 누나는 뭔가 느낀 모양이었다. 우리는 택시로 돌아가 남자가 있는 다리로 가자고 말했다. 구할 생각은 아니었다. 궁금했다.

다리 위의 남자는 머리가 짧았고, 무거워 보이는 가방을 메고 있었다. 가방 때문인지 어깨가 처지고 등이 굽어 있었다. 뭔가 짓눌린 듯한 인상이었다.

— 죽으려는 거죠?

우리는 남자에게 다가가 물었다.

— 뭐야? 상관하지 마.

남자가 말했다.

— 상관 안 해요. 그냥 구경하려는 거예요.

우리는 남자에게서 멀리 떨어졌다. 남자는 다시 강물을 내려다봤다. 하지만 처음처럼 집중하지는 못했다. 우리가 신경 쓰이는지 계속 곁눈질을 했다. 우리는 30분 정도 기다리다가 다시 남자 옆으로 갔다.

— 대체 언제 죽을 거예요? 도와줄까요?

우리가 말했다. 남자는 난간에서 멀리 물러섰다.

— 겁나요?

— 너희 때문에 뛸 수가 없잖아.

— 왜요?

— 내가 죽는 걸 보면, 너희는 평생 죄책감에 시달릴 거야.

— 좋은 변명이네요. 하지만 우리는 그렇게 약하지 않아요.

— 됐어. 다음에 다시 올 거야.

— 지금 못 하면 다음에도 못 해요.

남자는 고개를 푹 숙였다. 사람의 목뼈가 그런 식으로 움직일 수 있다는 것이 신기할 정도로 단숨에 머리가 내려왔다. 우리는 그의 마음속에서 무엇인가가 무너져 내렸다는 것을 알 수 있었다. 조금 미안했다.

— 집에 갈 거면 타요. 태워줄게요.

우리는 남자를 택시로 데리고 갔다. 남자는 처음에는 싫다고 했지만, 우리가 소매를 잡아끌자 순순히 따라왔다.

— 애네 대체 뭐예요?

남자가 택시 기사한테 물었다.

— 어린이 탐정단. 방금 피라미드 사건을 해결하고 오는 길이야.

택시 기사가 대답했다.

남자의 집은 우리 집에서 그리 멀지 않았다. 남자는 택시비를 주려고 했다. 택시 기사는 우리를 쳐다봤다. 우리는 받지 않았다. 대신 좋은 구경거리를 망쳐놨으니, 아이스크림을 사라고 했다.

우리는 배스킨라빈스에 갔다. 파인트 사이즈를 주문했다. 중간 크기의 컵인데, 세 가지 맛을 고를 수 있다.

— 바닐라.

— 녹차.

— 슈팅스타.

남자가 돈을 냈다.

— 그런데 왜 죽으려던 거예요?

자리에 앉자마자 우리가 물었다.

— 난 삼수생이야.

삼수생이 대답했다.

— 그래서요?

— 내 인생은 망했어.

삼수생의 친구들은 모두 대학생이었다. 남자들은 2학년 1학기를 마치고 군대에 갔다. 여자들 중에는 결혼을 한 사람도 있었다. 삼수생은 자신이 친구들에 비해 뒤처지고 있다고 생각했다. 격차가 점점 벌어져서 이제는 따라잡을 수 없을 것 같았다. 더구나 성적이 계속 떨어지고 있었다.

— 세상이 다 앞으로 가는데, 나만 홀로 제자리에 서 있는 기분이야.

우리는 삼수생의 이야기를 들으면서 아이스크림을 다 먹었다. 빈속에 갑자기 차가운 것을 먹어서 약간 현기증이 났다.

— 왜 뒤처졌다고 생각하는데요?

— 내년에 대학에 가도 3년이나 늦은 거야. 그런데 지금 성적으로는 내년에도 못 갈 것 같아.

— 먼저 대학 간 사람들보다 더 오래 살면 되잖아요.

— 그렇게 단순한 문제가 아니야. 너희는 아직 어려서 몰라.

삼수생은 고개를 숙이고 비어 있는 아이스크림 통을 멍하니 내려다봤다.

— 어떤 시험을 보는 건데요?

우리가 그렇게 묻자, 삼수생은 가방을 열어 모의고사 문제집을 꺼내서 보여줬다. 문제집에는 처음 보는 도형과 기호, 단어가 가득했다. 모든 문제가 오지선다형이었다.

— 내가 풀어볼게.

누나가 말했다. 삼수생은 희미하게 누나를 비웃었다. 누나는 아주 빠른 속도로 문제를 풀어나갔다. 감으로, 위험한 번호는 배제하고 위험하지 않은 번호에 체크를 했다.

— 아직 안 푼 거야. 낙서하……

삼수생은 문제집을 뺏으려다가 말을 멈췄다. 누나가 정확하게 정답에만 체크하고 있다는 것을 눈치챈 모양이었다. 누나는 32분 동안 언어, 영어, 수리탐구, 과학탐구, 사회탐구, 독일어까지 330문제를 전부 풀었다. 삼수생은 문제집 맨 뒤에 있는 정답지를 찢어서 채점을 했다. 채점하는 데 걸린 시간이 누나가 문제를 푸는 데 걸린 시간보다 더 길었다. 우리는 삼수생이 채점을 하는 동안 아이스크림을 파인트 사이즈로 하나 더 먹었다. 이번에는 현기증이 나지 않았다.

만점이었다.

— 말도 안 돼. 어떻게.

삼수생이 말했다.

— 겨우 이런 시험 못 봤다고 죽으려는 게 더 말도 안 돼요. 좋은 선생님 소개해줄게요.

우리는 삼수생에게 가정교사의 핸드폰 번호를 알려주고 집으로 돌아왔다.

누나는 집에 돌아오자마자 잠이 들었다. 모의고사 문제를 풀어서 피곤한 것 같았다. 나와 형도 평소보다 일찍 침실로 갔다.

담임이 아빠의 애인이 됐다. 우리는 아빠의 표정을 통해 아빠가 담임과 잤다는 것을 알 수 있었다. 아빠는 예쁜 여자하고만 잔다. 바꿔 말하면 예쁜 여자들도 아빠와 잔다는 뜻이다. 이유는 간단하다. 아빠는 돈이 많다. 그 외에도 다른 매력이 있겠지만, 우리는 잘 모르겠다. 우리가 보기에 아빠는 좋은 남자가 아니다.

어쩌면 동생이 생길지도 모른다. 이제 와 새로 형제가 생기는 것은 달가운 일이 아니었다. 동생이 어떤 사람일지는 미지수다. 우리와 완전히 다를 수도 있다. 아니 분명 다를 것이다. 개개인의 인격은 시대와 세대의 산물이니까. 우리가 동생을 받아들인다고 해도, 동생이 우리를 싫어할 수도 있다. 무엇보다 네 명이 되면 소수결이 너무 복잡해진다.

다행히도 담임은 교육대학을 나온 여자답게 철저하게 피임을 했다. 아빠는 답답하다며 속옷도 안 입는 사람이다. 콘돔을 사용할 리가 없었다. 찾아본 결과 여성의 피임 방법은 다섯 가지 정도였다. 주기법, 경구피임약, 루프, 임플라논, 미레나. 담임이 어떤 방법을 사용하는지는 정확히 알 수 없었지만, 몸에 장치를 한 것 같지는 않았다. 아마도 월경 주기에 맞춰 관계를 하거나 약을 먹는 것 같았다.

— 역시 사람은 공부를 해야 해.

우리는 전날 아빠와 함께 외박을 하고 바로 출근한 담임을 보면서 그렇게 말했다. 옷이 전날과 똑같았고, 평소보다 화장기가 없었다.

그날 첫 수업은 과학이었다.

— 질량을 가진 모든 물체는 질량에 비례하고 거리의 제곱에

반비례하는 힘으로 서로를 끌어당깁니다.

과학 선생은 옥상에서 제기를 떨어뜨리면서 그렇게 말했다. 제기는 추에 묶인 오색 비닐을 나풀거리면서 똑바로 지면으로 떨어졌다. 과학 선생의 설명대로라면 지구가 제기를 끌어당겼기 때문이었다.

— 뉴턴은 만유인력의 법칙을 만들었지만, 물체가 어째서 다른 물체를 끌어당기는지는 설명하지 못했습니다. 그게 자기 이론의 유일한 허점이라고 생각했죠.

과학 선생은 담임이 아빠와 사귀는 것을 모른다. 우리는 과학 선생이 멀리서 담임을 애틋한 눈으로 바라볼 때마다 안됐다고 생각했다. 우리는 물체가 어째서 다른 물체를 끌어당기는지 알고 있다. 외롭기 때문이다.

담임은 우리한테 잘해준다. 늘 우리가 밥을 제때 먹었는지를 물어보고 옷매무새를 고쳐준다. 사람들이 잘해주는 것은 익숙한 일이지만, 담임은 그 정도가 조금 심하다. 한번은 우리가 감기 몸살에 걸린 적이 있는데, 그때 담임은 직접 차를 운전해서 우리를 병원에 데려갔다.

— 우리 엄마가 될 생각인가요?

우리는 해열제를 맞으면서 그렇게 물었다.

— 그건 아주 나중 일이야.

담임은 머뭇거리면서 대답했다.

— 아직 거기까지는 생각해보지 않았어.

우리가 아무 반응도 하지 않자, 담임은 그렇게 덧붙였다.

— 우리는 엄마가 몇 명이든 상관없지만, 동생은 원하지 않아요. 앞으로도 피임은 철저히 해주시면 좋겠어요.

— 선생님은 너희가 조금만 아이다웠으면 좋겠구나.

담임은 그 뒤로도 몇 마디 말을 더 했지만, 기억나지 않는다. 약기운 때문에 눈꺼풀이 무거웠다.

눈을 떴을 때는 집이었다. 가정교사가 침대맡에서 우리를 내려다보고 있었다.

— 기분이 어때요?

가정교사가 물었다. 가정교사가 우리한테 가장 많이 하는 질문이었다. 다양한 상황에서 발생하는 복잡한 감정 반응을 알아내는 데 효과적인 표준 질문이라고 했다. 가정교사는 정식으로 수업을 하진 않지만 우리에게 여러 가지를 가르친다. 그녀가 가르치는 것 중에 무엇을 배우고 무엇을 배우지 않을지 선택하는 것은 우리 몫이다. 가정교사는 강요하지 않는다. 우리는 그녀가 훌륭한 가정교사라고 생각한다.

우리는 약 기운 때문에 몽롱하지만 나쁘지 않다고 대답했다. 입에서 알코올 맛이 났고, 목이 말랐다. 전체적으로 몸이 나른했다. 주먹을 쥐었을 때 평소보다 힘이 덜 들어갔다.

— 열은 내렸어요. 배고파요?

가정교사가 우리의 이마에 손을 얹었다가 떼면서 말했다. 그녀의 손은 부드럽고 따듯했다. 가정교사는 돈을 받은 만큼의 일을 하고 있을 뿐이었지만, 우리는 약간 고마움을 느꼈다. 생각해보면 실제로 엄마의 역할을 하고 있는 것은 그녀였다. 다만 가정교사는 아빠와 자지 않는다. 아빠 주변에 있는 젊고 예쁜 여자 중에 아빠와 자지 않는 건 가정교사뿐이다.

— 유부남은 관심 없습니다.

언젠가 우리가 그 이유를 묻자, 가정교사는 그렇게 대답했다. 사람들의 취향은 다양하다.

— 양송이수프 준비해주세요.

누나가 말했다.

— 알겠어요. 그리고 담임 선생님이 이걸 사 왔어요.

가정교사는 우리에게 작은 쇼핑백을 건네주고 아래층으로 내려갔다.

쇼핑백 안에는 뽀로로 인형이 들어 있었다. 담임은 우리가 아무것도 모르는 어린아이이기를 원하는 것 같다. 뽀로로는 유아용이다. 담임이 사 준 인형은 펭귄과 사막여우, 백곰의 형상으로 만든 캐릭터다. 하지만 우리는 현실에서는 서로 같은 종만이 친구가 될 수 있다는 것을 알고 있다.

우리는 친구를 사귀지 않는다.

주말에 우리는 동물원에 갔다. 사람이 많았다. 대부분이 엄마, 아빠와 함께 온 아이들이었다. 가끔 교회인지 유치원인지 구분하기 힘든 단체 관람객들도 보였다. 우리는 가정교사와 함께였다.

매표소에서 작은 소란이 생겼다. 매표소 직원이 형에게 중학생 요금을 받으려고 했다. 가정교사는 직원에게 형이 초등학생이라고 말했다. 직원은 가정교사의 말을 믿지 않았다. 형은 웬만한 중학생보다 덩치가 컸다.

— 이런 식으로 속이는 분들이 많아서 저희도 곤란합니다.

직원은 초등학생 요금을 내고 싶으면 형이 초등학생이라는 사실을 증명하라고 했다. 우리는 아무것도 할 수 없었다. 동물원에 가면서 주민등록등본이나 재학증명서를 가지고 가는 사람은 없으니까. 가정교사는 화를 냈다. 얼굴이 빨개질 정도로 언성을 높였다. 그녀가 화를 내는 모습을 본 건 처음이었다. 10분 정도 직원과 실랑이가 벌어졌다.

— 빨리 좀 합시다.

우리 뒤에 서 있던 남자가 계속 소리쳤다. 가정교사는 사람들의 원성 때문에 할 수 없이 물러났다. 가정교사는 분한 표정이었다. 숨을 거칠게 내쉬면서 어금니를 꽉 물고 있었다. 우리는 그녀가 그렇게 흥분하는 이유를 이해할 수 없었다. 중학생 요금은 초등학생 요금보다 고작 5백 원 비쌀 뿐이었다.

— 선생님. 왜 그래요?

우리가 물었다.

— 부당한 대우를 받아선 안 됩니다.

가정교사가 말했다.

우리는 그 말이 무슨 뜻인지 잘 몰랐다.

— 표는 우리가 사 올게요.

우리는 가정교사를 벤치에 앉혀두고 다시 줄을 섰다. 우리는 가정교사와 경호원들 것까지 성인 표를 일곱 장 샀다. 성인 요금은 초등학생 요금보다 천 원 더 비쌌다. 우리는 성인 표를 들고 조금 우쭐한 마음이 들었다. 하지만 입장할 때, 초등학생 요금은 낸 아이들과 우리 사이에는 아무런 차이도 없었다. 어른이 된다는 것은 단지 아이보다 요금을 조금 더 내는 것뿐일지도 모른다.

우리는 입구에서부터 순서대로 27 구관조, 24 캥거루, 23 슈리케이트, 22 홍학, 4 곰, 12 침팬지, 19 멧돼지 등속을 봤다. 관마다 번호가 붙어 있었다. 그 번호가 어떤 규칙으로 붙은 것인지는 알 수 없었다. 가나다순도 아니었고, 계통학적인 분류도 아니었다.

— 강한 순서인가?

형이 말했다. 그럴듯한 추리였다. 곰과 침팬지가 싸우면 곰이 이기고, 침팬지와 멧돼지가 싸우면 침팬지가 이길 것 같았다. 하지만 애매한 경우가 많았다. 슈리케이트와 홍학 중 어느 쪽이 강한지 보기만 해서는 알 수 없었다. 형의 말이 맞다고 해도 우리가 알고 있는 경도표와는 번호가 붙은 순서가 반대였다. 가정교사에게 물어봤지만, 잘 모르겠다고 대답했다. 그녀는 매표소의 소란 이후로 계속 저기압이었다. 말도 거의 하지 않았고, 동물들한테도 관심을 보이지 않았다.

우리의 관심을 끈 것은 1 시베리아호랑이었다.

호랑이는 덩치가 크고, 발톱과 송곳니가 날카로웠다. 털의 줄무늬조차 위협적으로 보였다. 호랑이와 우리 사이에는 15미터 깊이의 해자와 철조망이 있었다. 호랑이가 우리를 공격할 가능성은 아주 낮았다. 하지만 우리는 조금 긴장했다. 내셔널 지오그래픽에서 봤던 호랑이의 사냥 장면이 떠올랐다. 사냥에 성공한 장면만 편집에서 보여준 탓이겠지만, 방송에 나온 호랑이는 한 번 노린 먹잇감을 놓친 적이 없었다. 정확하게 목덜미를 물어서 쓰러뜨렸다.

— 시시해.

우리 옆에 있던 아이가 그렇게 중얼거렸다. 아이는 호랑이 사진을 찍는 부모들의 옆에서 닌텐도로 게임을 했다. 확실히 애니메이션과 게임, 영화 속의 괴물들에 비하면 호랑이는 시시한 것일지도 모른다. 솔직히 말하면 우리도 화면 속에서 봤던 호랑이가 더 실감 났다. 우리는 철창 너머의 호랑이를 보면서 안타깝다는 생각을 했다. 호랑이는 피곤해 보였다. 단지 구경거리일 뿐이었다. 뽀로로와 다를 것이 없었다.

우리는 부당한 대우가 무엇인지 알았다.

우리는 재활치료원에 작은엄마를 보러 갔다. 작은엄마는 8년 동안이나 치료를 받았지만, 아직도 완전히 낫지 않았다. 수백 종류가 넘는 약물에 금단증상을 보인다. 재활치료원에서 한 달에 한 번씩 집으로 보내는 편지에 따르면 작은엄마는 불안장애, 조울증, 인격장애를 앓고 있다.

우리는 작은엄마를 보러 갈 때, 아스피린과 판피린큐를 사 간다. 그 두 가지를 동시에 먹으면 약간 환각 상태가 된다. 우리가 접견실에 들어가면 작은엄마는 판피린큐 두 병과 아스피린 네 알을 먹는다. 약을 먹고 나면 작은엄마는 잠시 동안 멀쩡해진다.

— 이해할 수가 없어. 남한테 피해 주는 것도 아닌데 왜 못 먹게 하는 거야? 내 몸이잖아?

작은엄마가 말했다.

— 그러게요.

우리는 적당히 대꾸했다.

— 너희 많이 컸구나!

작은엄마는 우리를 한 명씩 일별하더니 그렇게 말했다.

나는 형과 누나를 봤다. 형은 나와 누나를 봤다. 누나는 형과 나를 봤다. 우리는 우리가 자란 것을 알 수 없었다. 변화를 감지하기 위해서는 거리와 시간이 필요하다.

작은엄마는 예전 모습 그대로였다. 어쩌면 재활치료원은 시간이 정지된 곳인지도 모른다.

— 아빠는 잘 지내?

작은엄마가 다시 물었다.

— 네, 무척.

우리가 대답했다.

— 보고 싶으세요?

— 아니, 전혀. 그보단 여기서 나가고 싶어. 너희가 말 좀 해줘.

— 네. 말하고 있어요.

작은엄마는 울었다. 그리고 잠시 후에 웃었다. 그리고 다시 울었다. 누나가 작은엄마의 눈물을 닦아줬다. 작은엄마는 판피린 큐 두 병과 아스피린 네 알을 한 번 더 먹었다.

— 볼 때마다 느끼는 거지만, 정말로 예쁘구나. 내 딸 같지가 않아.

작은엄마가 누나의 얼굴을 만지면서 말했다.

— 엄마도 예뻐요.

누나가 말했다.

형과 나는 작은엄마와 누나의 얼굴을 번갈아 쳐다봤다. 둘은 전혀 다르게 생겼는데도 닮았고, 예뻤다.

집에 오는 길에 우리는 백화점에 들렀다. 누나는 작은엄마를 만나고 오면 미친 듯이 옷과 구두, 화장품을 산다.

아빠가 일주일째 집에 들어오지 않았다. 아빠의 외박은 늘 있는 일이었지만, 아무 연락도 없이 일주일이나 집에 들어오지 않은 것은 처음이었다.

우리한테 아빠의 안부를 묻는 것으로 봐서는 담임도 무슨 일인지 모르는 눈치였다. 엄마는 아빠가 어디에 있는지 원래 잘 몰랐다. 우리는 히틀러에게 전화를 걸었다.

— 금방 해결될 거야. 걱정하지 말고 기다려.

히틀러는 일이 많은지 그렇게만 말하고 전화를 끊었다. 우리는 히틀러의 목소리를 통해 뭔가 심상치 않은 일이 벌어지고 있다는 것을 눈치챘다.

우리는 아빠의 가게에 가보기로 했다. 대부업체에 간 뒤로 아빠가 일하는 곳에 가지 않았다. 아빠가 절대 오지 말라고 했다. 우리가 아빠 말을 잘 듣는 편은 아니지만, 아빠를 진짜로 화나게 하면 곤란했다. 하지만 지금은 특수한 상황이었다.

우리는 특수수색대 출신 택시 기사를 불렀다. 그가 마음에 들어서 명함을 받아놨다.

— 이번엔 또 무슨 일이니?

택시 기사가 물었다.

— 아빠가 집에 안 와요.

우리가 대답했다.

— 큰일이구나. 어디로 갈까?

— 룸살롱이요.

택시는 아빠의 가게들이 모여 있는 골목으로 들어섰다. 골목 안에는 사람들이 많았다.

— 저 사람들은 내일 출근 안 하나?

택시 기사가 중얼거렸다.

우리는 창문을 내렸다. 사람들의 말소리가 들렸다.

— 형님들, 아가씨 있는 술집 안 가세요?

조끼를 입은 남자가 행인들을 상대로 호객 행위를 하고 있었다. 그는 자기보다 열 살은 어려 보이는 사람에게도 형님이라는 호칭을 썼다.

—내리자.

내가 말했다. 형과 누나가 차 문을 열었다.

—너희끼리 괜찮겠어?

택시 기사가 말했다.

—금방 해결될 거예요. 걱정하지 말고 기다리세요.

우리는 동시에 대답했다.

조끼를 입은 남자는 우리와 눈이 마주쳤지만, 다가오지 않았다. 우리는 조금 기분이 상했다. 우리는 아빠의 가게 중에 가장 규모가 큰 곳으로 갔다. 간판에 '놀이터'라는 글자가 네온사인을 따라 반짝거렸다. 예전에 히틀러에게 들은 바로는 아빠가 일을 시작할 때 처음으로 맡은 가게였다. 말하자면 본점 같은 곳이다.

우리는 입구에서 잠시 망설였다. 문을 지키고 있는 남자들 때문이었다. 무턱대고 들어가면 제지당할 게 뻔했다. 아빠의 부하라고 해서 모두 우리의 얼굴을 아는 것은 아니니까. 다행히 10분쯤 기다리니 몇 번인가 우리 집에 온 적이 있는 아빠의 부하가 차에서 내렸다.

—아저씨.

우리는 아빠의 부하를 불렀다.

—어? 너희가 여긴 어떻게······

아빠의 부하는 조금 당황한 것 같았다.

— 아빠가 여기 와서 기다리라고 했어요.

우리는 안에 들어가기 위해 거짓말을 했다. 아빠가 가게에 있을 확률은 낮았다. 가게에 있다면 전화를 안 받을 이유가 없었다. 우리한테 알리고 싶지 않은 무슨 일이 있는 게 분명했다. 우리는 그 일이 무엇인지 알고 싶었다.

아빠의 부하는 미심쩍어 하는 눈치였지만, 우리를 들여보내 줬다. 초저녁이라 그런지 가게 안은 한산했다. 간간이 청소를 하는 웨이터들과 민얼굴에 청바지 차림인 여자들의 모습만 보였다.

아빠의 부하는 우리를 사무실 소파에 앉혀놓고 여기저기에 계속 전화를 걸었다. 그의 입장에서는 우리가 처치 곤란한 문제였을 것이다.

— 구경해도 돼요?

우리는 대답을 듣지 않고 사무실 밖으로 나왔다. 아빠의 부하는 자기보다 윗사람과 통화를 하고 있었는지, 소리 내지 못하고 손짓으로만 우리를 불렀다.

우리는 복도를 따라가다가 열려 있는 방으로 들어갔다. 한쪽 벽이 유리로 된 방이었다. 무균실과 비슷한 구조였다. 하지만 어두웠고, 냄새가 좋지 않았다. 균이 잔뜩 있는 게 분명했다. 유리 너머에는 빈 의자가 50개쯤 놓여 있었다.

— 여기 문이 있어.

형이 말했다. 나는 누나를 쳐다봤다. 누나는 가만히 고개를 끄덕였다. 형이 문을 열고 건너편으로 갔다. 유리를 통해 형의 모습이 보였다. 유리에 무슨 장치가 있는지 형의 모습이 눈으로 볼 때와 달랐다. 키가 크고 몸이 홀쭉하게 보였다.

— 이쪽은 거울이야.

형이 말했다.

— 안 보여?

누나가 오른손을 흔들었다. 형은 아무 반응도 없었다. 한쪽은 거울 한쪽은 유리인 매직미러, 우리는 언젠가 TV에서 비슷한 장치를 본 적이 있었다.

— 빛을 이용한 장치야.

내가 말했다.

— 어떤 식으로?

누나가 물었다. 나는 잘 모르겠다고 대답했다.

— 내일 과학 선생님한테 물어보자.

형이 말했다.

우리는 차례로 방을 오가면서 반대편에서 정말로 보이지 않는지 확인했다. 누나가 혼자 거울 방에 간 것이 마지막이었다. 매직미러를 통해 보니 누나가 평소보다 훨씬 예쁘게 보였다.

— 정말 다코타 패닝이랑 닮은 것 같아.

형이 말했다. 내가 동의하려는데 거울 방에 여자가 한 명 들어왔다. 그녀는 높은 하이힐을 신었고, 가슴이 깊이 파인 붉은 원피스를 입고 있었다. 브래지어를 하지 않아서 옷 위로 유두 위치가 드러나 있었다. 엄마가 출근할 때와 비슷한 모습이었다.

— 어머. 예뻐라. 인형 같네. 누구 따라왔니?

여자가 말했다. 콧소리가 심하게 섞여 있었다. 나와 형은 거울 방으로 건너갔다. 여자의 허리에는 동물원에서 본 것과 같은 명찰이 붙어 있었다.

17 희재

잠시 후에, 같은 모양의 명찰을 단 여자들이 거울 방으로 들어왔다. 이름과 번호가 모두 달랐다. 번호가 어떤 규칙으로 붙어 있는지는 알 수 없었다. 예쁜 순서는 아니었다.

— 누구야? 조카?

여자들이 물었다. 희재가 고개를 저었다. 여자들 중에 한 명이 우리에게 초콜릿을 줬다. 누나가 별말 하지 않아서 우리는 그것을 먹었다. 평소에 우리가 먹는 초콜릿보다 단맛이 덜하고 쓴맛이 강했다.

— 나도 잘 몰라. 주방 이모 애들인가? 일단 휴게실에 데려다주고 올게. 애들아 따라와.

희재가 말했다.

우리는 여러 개의 문을 지나쳤다. 우리가 매직미러를 확인하는 사이에 손님이 많이 왔는지 가게 안이 소란스러웠다. 음악,

탬버린, 박수, 술병 깨지는 소리가 동시에 들렸다.

우리는 문틈으로 안을 들여다봤다. 어떤 방에서는 속옷만 입은 여자가 춤을 추고 있었고, 다른 방에서는 여자가 무릎을 꿇고 남자의 생식기를 입에 물고 있었다. 우리는 그 행위들이 무엇인지 알고 있었다.

학교에서 배운 것은 아니다. 학교에서는 2주에 한 번씩 성교육을 하지만, 구체적인 것은 가르쳐주지 않는다. 남자와 여자의 생식기관을 해부도로 보여주면서 질이나 페니스 같은 용어를 알려주고, 난자와 정자의 수정에 대해 설명할 뿐이다. 하지만 우리는 그게 전부가 아니라는 것을 알았다. 아빠가 단지 정자와 난자의 수정을 위해 그렇게 많은 여자들과 자는 것은 아닐 테니까. 학교에서 알려주지 않는 것은 스스로 공부할 수밖에 없다. 우리는 인터넷을 통해 남자와 여자가 어떤 식으로 성행위를 하는지 봤다. 그 과정에서 많은 용어들을 배웠다.

휴게실에는 개 한 마리가 있었다.

— 누나 개예요?

형이 물었다.

— 같이 일하던 언니가 키우던 거야.

희재가 말했다. 개의 전 주인은 돈 많고 수명이 얼마 안 남은 스폰서를 만나 그만뒀다고 했다.

— 곧 버릴 거야.

희재가 개를 쓰다듬었다.

— 왜요?

— 새로 온 애 중에 개털 알레르기가 있는 애가 있거든. 너희
가 키울래? 짖지도 않고 말도 잘 들어.

우리는 개를 만져봤다. 개는 미동도 하지 않았다. 눈을 깜박이
지 않으면 인형이라고 해도 믿을 것 같았다.

— 그런 것 같네요. 이름이 뭐예요?

— 해피.

— 너무 흔한 이름이네요.

— 여기 있는 사람들은 늘 평범한 행복을 꿈꾸니까.

우리는 해피를 키우는 문제를 놓고 간단히 소수결을 했다. 형
과 나는 반대했고, 누나는 찬성했다.

— 우리가 데려갈게요.

— 그럴래? 잘됐네. 그보다 누구 불러줄까? 엄마 따라왔니?

— 아빠 만나러 왔어요.

— 아빠가 누군데?

우리는 아빠의 이름을 말했다. 희재는 이름을 듣자마자 눈동
자가 커지더니, 이내 차가운 표정을 지었다.

— 아빠를 아세요?

형이 물었다.

— 응. 그 개자식이 내 화류계 생활의 첫 남자거든. 미안. 너희
한테 할 말은 아니네.

희재가 말했다.

— 괜찮아요. 언닌 예쁘니까 아빠랑 잤을 거라고 생각했어요.

누나가 말했다.

— 근데, 사장님은 당분간 못 올 텐데.

— 왜요?

— 검찰에 잡혀갔어.

우리는 히틀러를 불러달라고 말했다. 어차피 우리를 가게 안으로 데려왔던 아빠의 부하가 여기저기 전화를 걸었으니 히틀러가 이리로 오고 있을 게 분명했다. 희재는 어딘가로 전화를 걸어서 우리가 휴게실에 있다고 말했다.

— 여기 꼼짝 말고 있으래.

우리는 해피와 인사를 나누면서 가만히 앉아 있었다. 30분 정도 후에 히틀러가 우리를 데리러 왔다. 히틀러는 약간 화가 나 있었고, 우리를 보자마자 여기 오면 안 된다고 말했다. 우리를 가게로 데려왔던 부하는 입술이 찢어지고 얼굴이 부어 있었다. 조금 미안했다.

— 아빠가 걱정돼서요.

우리는 아빠가 왜 검찰에 잡혀갔는지 물어봤다.

— 너희는 신경 쓸 필요 없어.

히틀러가 말했다.

— 무슨 일인지 말 안 해주면 계속 올 거예요.

우리가 말했다.

— 가면서 로멜한테 물어봐.

히틀러는 변호사에게 우리를 데려다주라고 했다. 히틀러는 건물 사기를 당한 뒤에 서울대 출신의 변호사를 고용했다. 변호사를 로멜이라고 불렀다.

로멜이 차를 대기시켰지만, 우리는 택시를 타기로 했다. 로멜이 앞자리에 앉았고 우리는 뒤에 탔다. 택시 기사는 어색한지 아무 말도 하지 않았다. 로멜의 차가 택시를 뒤따라왔다.

— 주요 혐의는 탈세와 협박이야. 다른 건도 있지만, 사장님이랑은 관계없어.

로멜이 말했다. 우리는 혐의라는 단어가 마음에 들었다. 처음 듣는 말이었다. 누구에게나 사용할 수 있는 말인지 궁금했다. 만약 그렇다면 우리의 혐의는 무엇일까?

— 언제 풀려나요?

우리가 물었다.

— 며칠이면 끝날 거야. 어차피 생트집이야.

— 왜 트집 잡는데요?

— 원하는 만큼 주지 않으니까. 사업이 다 그래. 너희는 몰라도 돼.

우리는 몇 가지를 더 물었지만, 로멜은 대답하지 않았다. 누가 어떤 기준으로 우리가 알아도 되는 것과 몰라도 되는 것을 정하는지 알 수 없지만, 세상에는 우리가 몰라도 되는 것들이 너무 많았다. 로멜은 우리를 집에 내려주고 바로 자기 차로 돌아갔다. 우리는 택시 기사에게 약속한 돈을 줬다.

해피가 마당을 보더니 처음으로 짖었다. 잔디밭과 나무가 마음에 든 것 같았다. 우리가 달리기를 하자 해피가 따라 뛰었다. 처음 몇 바퀴는 해피가 우리보다 빨랐다. 하지만 지구력은 우리가 더 좋았다. 해피는 스무 바퀴를 다 뛰지 못했다.

저녁때, 우리는 해피가 특별한 개라는 것을 알았다. 저녁을 먹고 샤워를 하는데 형이 날 불렀다. 형은 머리를 감고 있었다.

— 이것 좀 봐.

형 앞에는 해피가 두 발로 서 있었다. 해피는 형의 페니스를 혀로 핥다가 입에 물었다. 옛 주인이 하는 것을 보고 배운 것 같았다.

— 지금 기분이 어때?

내가 물었다.

— 좋아.

형이 말했다. 표정을 보니 정말로 그런 것 같았다. 형과 나는 누나에게 해피의 행동을 이야기했다. 누나는 아무 말도 하지 않았다.

4월 20일은 히틀러의 생일이다. 우리는 매년 히틀러의 생일을 챙겨준다. 케이크와 노래, 선물을 준비한다. 선물을 고르는 것이 가장 힘들다. 재작년에는 양복을 사 줬고, 작년에는 핸드폰을 선물했다. 히틀러는 고맙다고 말했지만, 크게 좋아하지는 않았다. 입장은 바꿔서 생각해보면 우리도 이미 가지고 있는 것을 선물로 받으면 기쁠 것 같지 않다.

우리는 히틀러에게 없는 것을 선물하기로 했다. 쉬운 일이 아니었다. 히틀러는 우리보다 돈이 많았다. 우리가 살 수 없는 물건도 쉽게 구할 수 있었다.

— 여러분이 가진 것 중에 그 사람한테 없는 걸 주면 되겠네요.

가정교사와 상의하니 그런 대답이 돌아왔다. 그럴듯한 말이었다. 우리는 너무 많은 것을 가지고 있어서 히틀러에게 없는 것부터 생각했다.

— 애인.

우리는 동시에 말했다. 히틀러는 결혼을 하지 않았고, 애인도 없었다. 동성애자라는 소문도 있었다. 아빠가 퍼뜨린 말이었다. 진짜인지 아닌지는 우리도 잘 모른다.

우리는 히틀러에게 해피를 선물로 주기로 했다.

히틀러의 생일날, 아빠가 검찰에서 풀려났다. 로멜의 말로는 공식적으로 수천만 원의 벌금을, 비공식적으로 수십억 원의 뇌물을 냈다고 했다. 우리는 아빠한테 두부를 건넸다.

— 이런 건 또 어디에서 배운 거냐?

아빠가 두부를 한입 먹은 후에 물었다.

— 영화에 자주 나와요.

우리가 대답했다. 아빠는 피곤하다면서 담임을 만나러 갔다. 히틀러에게 생일 축하한다는 말도 하지 않았다.

우리는 아빠가 나가자마자 불을 끄고 케이크에 불을 붙였다.

— 생일 축하합니다. 생일 축하합니다. 사랑하는 히틀러 생일 축하합니다.

히틀러는 자기 생일인지 몰랐다는 듯이 멈칫거리다가 불을 껐다. 옆에 서 있던 부하들과 로멜이 죄송하다고 말했다. 사실 그들이 죄송할 것은 없었다. 말하지 않으면 생일이 언제인지 알 수가 없으니까. 히틀러는 자기 생일을 말하고 다니는 성격이 아니다. 우리도 히틀러의 주민등록증을 몰래 보고 생일이 언제인지 알았다.

— 선물이에요.

누나가 해피를 내밀었다. 깨끗이 목욕시킨 해피는 목에 리본을 달고 있었다. 약간 겁먹은 것 같았다.

— 아주 특별한 개예요.

형이 말했다.

— 고맙다.

히틀러는 양복과 핸드폰을 받았을 때보다도 더 반응이 없었다.

— 집에 가서 샤워하면 기분이 좋아질 거예요.

우리가 말했다. 그리고 전에 희재가 말해준 대로 해피가 세 살이고 암컷이라는 것을 알려줬다. 누군가에게 선물을 줄 때 중요한 것은 마음이다. 우리는 히틀러가 행복하기를 바란다. 진심으로.

며칠 후에 히틀러는 해피의 죽음을 알려왔다.

— 베란다에서 떨어졌어. 미안하구나. 바빠서 잘 보살피지 못

했어.

히틀러가 말했다.

— 사체는 어떻게 했어요?

우리가 물었다.

— 동물병원에 보냈다.

— 어느 병원이요?

우리는 히틀러가 알려준 병원에 가서 해피의 사인을 확인하고 사체를 받아 왔다. 해피의 사인은 경추골절에 의한 질식사였다. 해피는 생명이 있는 물질에서 생명이 없는 물질이 됐다. 우리는 마당 구석에 해피의 무덤을 만들었다. 형이 땅을 파고 내가 묻었다. 누나는 히틀러를 불렀다.

— 한마디 해주세요. 추도사 같은 거.

우리가 말했다.

— 자연이 최대의 주의를 집중하는 것은 현상의 유지가 아니라, 종(種)의 담당자로서의 자손의 양육이다. 편히 쉬어라.

히틀러는 잠시 생각하더니 그렇게 말했다.

— 그런데 왜 죽였죠? 또 알려주지 않을 거죠?

우리가 물었다. 히틀러는 대답하지 않았다.

— 그럼 이거라도 알려줘요. 우리는 동성애자예요, 이성애자예요?

우리가 다시 물었다.

— 그건 아직 몰라.

히틀러가 대답했다.

― 언제 알 수 있어요?

― 나중에 어른이 되면 자연스럽게 알 게 될 거야.

우리는 결론을 내렸다. 히틀러는 동성애자가 아니거나, 동성애자라 하더라도 그 사실을 숨기고 싶어 한다. 그리고 우리의 성정체성은 아직 결정되지 않았다.

로멜이 집에 남자를 한 명 데려왔다. 당분간 우리 집에서 지낼거라고 했다. 남자는 아래층 방에 묵었는데, 화장실 가는 것만빼고 방에서 나오지 않았다. 밥도 방에서 먹는 것 같았다. 아빠의 부하들이 우리 집에 오는 것은 종종 있는 일이었지만, 이번에는 평소와는 분위기가 달랐다. 그는 숨어 있는 것 같았다.

남자가 온 지 일주일 정도 지났을 때, 우리는 남자의 방문을두드렸다.

― 뭐야?

남자가 물었다.

― 경찰이 찾아왔어요.

우리는 그렇게 말하고 남자의 표정을 살폈다. 남자는 시선을한곳에 두지 못하고, 창문과 옷 가방을 번갈아 쳐다봤다. 우왕좌왕하던 남자는 핸드폰을 꺼내 어딘가로 전화를 걸었다.

― 거짓말이에요.

남자는 한숨을 쉬고는 전화를 끊었다.

— 꺼져. 난 갈 데까지 간 놈이야. 사장님 애들이라고 봐주는
건 이번 한 번뿐이야.

남자는 문을 세게 닫았다. 잠그는 소리가 들렸다. 우리는 열쇠
로 문을 열었다.

— 여긴 우리 집이에요. 우리가 못 들어가는 곳은 없어요.

우리는 방 안으로 들어갔다. 침대와 의자뿐이었다. 의자 밑에
남자의 가방이 있었다. 그럴 수밖에 없는 것이 그 방은 가끔 아
빠의 부하들이 잠만 자는 곳이었다. 베개 옆에 이쑤시개로 쌓은
탑이 있었다. 팔각형이었고 50센티미터 정도 높이였다. 상당히
공들여서 만든 것 같았다. 우리가 관심을 갖자 남자는 탑을 무너
뜨리고는 베개 밑으로 숨겼다.

— 나가. 좀 내버려둬.

남자가 짜증나는 투로 말했다.

— 질문에 대답하면 게임기 가져다줄게요.

우리가 말했다.

— 궁금한 게 뭔데?

남자는 잠시 머뭇거리다가 되물었다.

— 여기 숨어 있는 거죠? 무슨 일이에요?

— 사람을 죽였어.

— 누구요?

— 검사.

— 아빠가 시킨 건가요?

— 아니. 내가 혼자 한 거야.

— 아저씨 킬러예요?

남자는 천천히 고개를 끄덕였다. 우리는 킬러에게 게임기와 책, 노트북과 DVD를 가져다줬다. 우리는 인터넷으로 지난 한 달간 살인 사건 기록을 검색했다. 서울지검의 부장검사가 룸살롱에서 흉기에 목을 찔려서 죽었다는 기사가 있었다.

우리는 가끔씩 킬러 방에 놀러 갔다. 같이 게임을 하고 영화를 봤다.

— 뭐로 죽였어요?

— 컴퍼스.

— 찌르고 바로 도망쳤어요?

— 아니. 양주를 붓고 불을 붙였지.

— 정말요?

— 시체에서 가장 늦게 타는 게 뭔지 알아?

— 뭔데요?

— 심장.

킬러는 게임에 소질이 없었다. 책과 영화도 끝까지 보는 적이 거의 없었다.

— 답답하지 않아요?

— 답답해.

— 그럼 같이 나가서 놀아요.

— 안 돼. 부사장님이 외국으로 보내준다고 했어. 그때까지는

여기 숨어 있어야 해.

— 변장하면 되죠.

누나가 킬러의 변장을 맡았다. 누나는 킬러의 머리를 빡빡 밀고 눈썹을 반 토막 냈다. 그리고 입술 왼쪽에 점을 찍었다. 그다음에는 안경을 씌우고 귀걸이를 달았다.

— 완벽해.

누나가 말했다.

— 정말?

킬러가 물었다. 나와 형은 고개를 끄덕였다. 정말 완벽하게 이상했다. 변신 과정을 지켜본 우리도 전의 모습을 떠올리기 힘들었다. 우리는 킬러에게 경호원들의 옷을 입히고 같이 밖으로 나왔다. 가정교사는 킬러의 모습을 보고 눈살을 찌푸렸다.

우리는 킬러와 3주 정도 같이 지냈다. 같이 동물원에도 가고, 아이스크림도 사 먹었다. 경호원보다는 킬러와 함께 있는 것이 더 안전한 것 같았다. 그는 우리한테 숨기는 것이 없었고, 아빠의 부하들처럼 우리를 조심스럽게 대하지도 않았다. 우리는 그와 함께 있는 것이 즐거웠다. 하지만 이 나라의 공권력도 아주 바보는 아니었다.

경찰이 우리 집에 찾아왔다. 사복형사 두 명과 제복을 입은 순경 두 명이었다. 형사는 우리에게 체포영장을 보여줬다. 종이를 너무 빨리 펼쳤다가 치워서 내용은 자세히 보지 못했고, 체포영장이라는 제목과 판사의 도장만 확인했다.

— 이거 말고 수색영장이 있어야 하는 거 아닌가요?

내가 말했다.

— 이걸로도 충분해. 용의자가 안에 있다는 확신이 있거든.

형사는 순경들과 함께 안으로 들어왔다. 누나가 양팔을 벌리면서 앞을 막아섰다. 형사가 누나의 허리를 잡고 들어 올렸다.

— 성추행으로 고소당하고 싶지 않으면 손 치워요. 여경을 부르든지.

누나가 말했다.

— 넌 아직 꼬마잖아.

형사가 웃으면서 누나를 내려놨다.

— 아저씨가 소아성애자일지도 모르잖아요. 다신 내 몸에 손대지 말아요.

누나는 형사의 신발에 침을 뱉었다.

— 그 애 말대로 하는 게 좋을 겁니다. 보시다시피 보통 애들이 아니거든요.

로멜이었다. 로멜은 체포영장을 확인하고, 몇 군데 전화를 걸었다. 경찰 상부에 항의를 하는 것 같았다. 결국 경찰은 30분밖에 수색을 하지 못했다. 우리 집은 생각보다 넓고 숨을 장소도 많다. 킬러는 지하실에 숨어 있었다. 경찰은 시간이 부족해서 방만 겨우 확인했을 뿐 지하에는 내려가보지도 못했다.

그날 밤, 킬러는 우리 집을 떠났다. 우리는 작별 인사를 했다.

— 그동안 고마웠다.

킬러가 말했다. 배를 타고 중국으로 간다고 했다.

— 사람을 죽일 때 제일 중요한 게 뭐예요?

우리가 물었다.

— 게임이라고 생각하면 돼.

우리는 일주일에 한 번씩 코엑스에 간다. 영화를 보기도 하고, 전시나 공연을 관람하기도 한다. 가정교사는 아쿠아리움을 좋아한다. 우리는 그녀 덕분에 아쿠아리움에 열네 번이나 갔다. 가정교사는 바다거북을 좋아한다. 누나는 크라운피시를 좋아한다. 나는 상어를 좋아한다. 형은 흰수염고래를 좋아하는데, 아쉽게도 아쿠아리움에는 흰수염고래가 없다. 아쿠아리움에서 해양 생물을 보는 게 싫지는 않지만, 그곳에는 긴장감이 없다. 수족관 안은 무균실처럼 철저하게 관리되는 안전한 세계다.

코엑스에 가면 우리는 반드시 게임센터에 들른다. 그곳에는 온갖 종류의 게임들이 있지만, 모든 게임을 지배하는 단일한 원리는 생존이다. 어떤 게임이든 게이머는 살아남기 위해 뭔가를 해야 한다. 실수하거나 미션을 클리어하지 못하면 죽는다. 끝까지 살아남으면 엔딩을 볼 수 있다. 우리는 어떤 게임이든 엔딩을 볼 때까지 한다.

우리가 모든 게임을 잘하는 것은 아니다. 하지만 게임센터에는 우리에게 유리한 규칙이 한 가지 있다. 이어 하기다. 돈만 넣으면 캐릭터는 계속해서 부활한다. 어려운 게임이라도 3만 원이면 엔딩을 볼 수 있다. 지금까지 가장 많은 돈을 쓴 게임은 〈STRIKERS 1945〉라는 슈팅게임이다. 118,400원을 썼다.

우리는 게임센터 안에 있는 모든 게임을 엔딩까지 클리어했다. 한번 클리어한 게임은 다시 하지 않는다. 우리가 계속 게임센터에 가는 이유는 이기고 싶은 상대가 있기 때문이다.

원래 우리는 사람을 상대로 하는 게임은 하지 않는다. 하지만 우리가 이기고 싶은 상대는 조금 특별하다. 그녀는 〈철권5〉의 전설적인 챔피언이다. 그녀도 우리처럼 일주일에 한 번 게임센터에 온다. 백 승을 하고 돌아간다. 아니, 백 연승을 하고 돌아간다. 8개월 동안 그녀가 지는 것을 한 번도 본 적이 없다. 우리는 그녀를 이기는 것을 게임센터에서의 최종 미션으로 정했다. 게임센터에는 우리와 같은 목표를 가진 사람들이 많다.

우리는 전부터 그녀를 알고 있었다. 그녀는 학교 앞의 버스 정류장에서 야채를 판다.

— 마트에서 파는 것보다 더 깨끗해.

누나는 그녀가 파는 야채를 보자마자 그렇게 말했다.

— 네가 보는 눈이 있구나.

그녀는 기특하다는 듯이 말했다.

그날 우리는 그녀가 파는 야채를 전부 샀다. 그녀의 야채는 맛있었다. 정말로 그랬다. 하지만 양이 너무 많아서 다 먹지 못했다. 우리는 남은 야채를 히틀러에게 줬다. 히틀러는 채식주의자다. 히틀러도 맛있게 먹었는지 다음 날 잘 먹었다고 전화를 했다.

그 후로 우리는 종종 그녀가 파는 고추와 파, 상추 같은 것을 사 먹는다.

— 할머니, 연세가 어떻게 되세요?

우리는 그녀와 안부를 묻는 사이가 됐다.

— 여든둘.

그녀는 우리가 파 한 단을 사면 고춧잎을 덤으로 준다.

그녀는 우리를 조그마한 녀석들이라고 부른다.

우리는 그녀를 야채 할머니라고 부른다.

야채 할머니는 전라남도 어딘가에서 평생을 농사만 지으면서 살았는데, 몇 년 전에 아들의 빚 때문에 땅을 팔고 서울로 올라왔다고 했다. 요즘은 남한산성 아래에 있는 텃밭을 빌려서 농사를 짓고 있었다.

— 완전히 유기농이야.

야채 할머니는 좌판에 놓인 야채를 자랑스럽게 바라보면서 말했다. 야채는 마트에서 파는 것과 비교하면 크기가 작았고, 모양도 일정하지 않았다.

— 유기농이랑 무균실의 차이가 뭐에요?

우리는 그렇게 물었다.

— 무균실이 뭔데?

야채 할머니가 되물었다.

— 세균이 하나도 없는 방이요.

— 적당히 벌레도 먹고 그래야 더 건강하게 잘 자라.

— 그럼 다른 거네요?

— 조그마한 녀석들이 궁금한 것도 많구나. 어쨌든 유기농이 더 좋은 거다.

게임센터에서 야채 할머니를 처음 봤을 때는 반가움보다 놀라움이 더 컸다. 게임센터에 다니기 시작한 지 얼마 되지 않았을 때였다. 야채 할머니는 〈철권5〉를 하고 있었다. 우리는 다른 사람과 착각한 거라고 생각했다. 하지만 의자 옆에는 팔다 남은 야채가 놓여 있었다. 게임센터의 강한 조명 탓에 야채가 시들시들해 보였다. 버짐이 핀 손으로 조이스틱을 잡고 있는 모습은 조금 기이했다.

야채 할머니는 게임센터에서 이미 유명인이었다. 게임센터 직원들은 야채 할머니가 오는 날에는 〈철권5〉를 비워놓고, 키에 맞는 의자를 따로 준비해둔다.

우리는 차례대로 야채 할머니와 대전을 한다. 한 사람당 세 번밖에 기회가 없다. 누가 그런 규칙을 만들었는지는 알 수 없지만, 불문율처럼 다들 그렇게 한다. 도전자가 너무 많기 때문이다. 전국에서 〈철권5〉의 고수들이 몰려든다. 야채 할머니는 언제나 손쉽게 이긴다.

할머니의 승리 패턴은 아주 간단하다. 우선 상대의 공격을 피한다. 그리고 발차기나 어퍼컷으로 상대를 공중으로 띄운다. 공중에 뜨면 그걸로 승부는 끝이다. 콤보 공격으로 마무리된다.

도전자들은 필승 패턴에 걸리지 않으려고 온갖 방법을 시도한다. 게임이 시작되자마자 가드를 굳히고 앉아서 발차기만 하는 사람도 있다. 하지만 큰 효과는 없다. 할머니는 가드를 굳히면 잡아서 던져버리고, 하단 차기는 공중 공격으로 무력화시킨다.

우리 중에는 누나가 가장 승리에 근접해 있다. 누나는 야채 할머니와의 대전에서 유일하게 KO패를 당하지 않는 도전자다. 누나는 본능적인 감으로 회피와 막기를 반복하면서 버틴다. 물론 결과는 같다. 〈철권5〉의 캐릭터는 상대의 공격을 막아도 HP가 조금씩 떨어진다. 누나는 판정승으로 패배한다.

하루는 케이블 채널의 게임 방송에서 야채 할머니를 취재하러 왔다. 할머니는 방송국에서 데려온 프로게이머 다섯 명을 상대로 순식간에 30연승을 했다.

― 어떻게 하면 이렇게 잘할 수 있어요?

대전이 끝나고 리포터가 인터뷰를 했다.

― 어렵게 생각할 거 없어. 농사짓는 것과 똑같아. 타이밍만 잘 맞추면 돼.

야채 할머니는 방송국 사람들에게 그날 팔고 남은 야채를 줬다. 촬영이 끝나고 PD는 누나에게 명함을 줬다. 우리는 야채 할머니를 집까지 데려다줬다.

같은 반 아이 두 명이 싸움을 했다. 등·하교를 같이하고, 쉬는 시간마다 함께 놀고, 점심도 늘 같이 먹는 아이들이었다. 둘의 체격은 비슷했다. 우리는 싸움이 어떻게 시작됐는지는 보지 못했다. 우리가 발견했을 때는 이미 한창 싸우는 중이었다.

한 명이 주먹을 날렸다. 얼굴 주변에 맞았지만 타점이 정확하지 않았다. 철권으로 치면 HP가 깎이지 않는 공격이다. 다른 한 명이 발차기를 했다. 마찬가지로 큰 위력은 없었다. 찬다기보다는 다리를 거는 느낌이었다. 둘은 서로 헛손질과 헛발질을 계속하다가 엉겨 붙었다. 서로 목덜미를 잡고 바닥을 뒹굴었다. 비효율적인 움직임이었다. 레슬링 놀이를 하고 있다고 착각할 정도였다. 위협적인 것은 그들이 내뱉는 말과 눈빛뿐이었다. 특히 눈빛은 전교생을 전부 죽이고도 남을 정도로 큰 살기를 담고 있었다. 하지만 욕설이나 눈빛만으로는 싸움에서 이길 수 없다.

10분이 지나도 양쪽 다 큰 상처가 없었다. 둘 다 무게중심이 너무 높았다. 기본적으로 직립보행은 전투에 적합하지 않다. 방어해야 할 곳이 너무 많고 쉽게 쓰러지기 때문이다. 사람은 싸울 때 무릎과 허리를 굽히고 몸을 움츠려야 한다. 〈철권5〉의 캐릭터들도 그런 식으로 기본 자세를 잡는다. 몸의 중심을 낮추는 것은 공격과 수비에 모두 도움이 된다. 스프링처럼 아래에 모인 힘을 위로 올려서 체중과 함께 상대를 공격할 수 있다. 쉬운 일은 아니다. 우리도 해본 적은 없다.

수업 시작을 알리는 종이 울리고 얼마 안 있어 담임이 들어왔다. 싸움은 승패 없이 끝났다. 담임은 싸운 이유를 물었다.

— 애가 먼저 때렸어요.

한 명이 다른 한 명을 가리키며 말했다.

— 왜 때렸니?

담임이 먼저 때린 아이에게 다시 물었다.

— 자꾸 개구리라고 놀려서요.

먼저 때린 아이가 말했다.

담임은 친구를 놀리면 안 되고, 놀림을 받았다고 때려서도 안 된다는 동화책에나 나올 법한 이야기를 30분이나 했다. 선생님으로서 당연히 해야 할 일인지는 모르지만, 쓸모없는 짓이었다. 사람이 잘못을 저지르는 것은 모르기 때문이 아니다. 그것이 잘못이라는 것을 알면서도 자신을 억제할 수 없는 것이다. 차라리 두 아이를 크게 혼내거나 벌을 주는 것이 더 효과적인 예방책이다. 그러면 다음에 비슷한 상황이 생겼을 때, 오늘 혼난 기억이 그들의 행동을 억제할 테니까.

우리는 담임이 얘기하는 동안 놀림받은 아이를 자세히 관찰했다. 그 아이는 눈과 눈 사이가 멀고, 안구가 앞으로 튀어나왔다. 그리고 공교롭게도 우리 학교 교복의 조끼는 피콕그린 계열이었다. 유사성에 근거해서 그 아이를 보고 개구리를 떠올릴 가능성은 충분했다. 반 아이들 상당수가 그 아이가 개구리를 닮았다고 생각했다. 놀린 아이는 단지 그것을 제일 먼저 말한 것뿐이다. 관점에 따라서는 용기 있는 행동일 수도 있다.

개구리라는 말을 듣자마자 때린 것은 아니다. 놀림받은 아이는 '자꾸'라고 말했다. 그렇게 부르지 말라고 몇 번이나 말했을 것이다. 참고 또 참다가 주먹을 날린 것이다. 우리는 우리가 비슷한 상황에 처했을 때 어떻게 했을지 생각해봤다.

의외로 말이 통하지 않을 때 선택할 수 있는 방법이 많지 않았다.

우리는 매년 집 앞에 있는 병원에서 주사를 맞는다. 8년 동안 결핵, B형간염, 디프테리아, 폴리오, B형혜모필루스, 폐렴구균, 홍역, 수두, A형간염, 일본뇌염, 결핵, 로타바이러스, 인유두종 주사를 맞았다. 의사는 그 약들이 우리 몸을 지켜준다고 했다. 하지만, 누나는 반대로 말했다.

— 병균이야.

누나는 처음에 주사 맞는 것을 거부했다. 주사가 몸에 해롭다고 말했다.

— 병균은 맞아. 하지만 아주 약하게 만든 병균이란다.

의사가 말했다. 그는 병원의 원장이다. 주름이 많고, 머리와 눈썹이 하얗다. 목소리가 탁한 편이다. 이유는 모르겠지만, 그가 하는 말은 신뢰가 간다.

— 병균을 왜 넣죠?

누나가 물었다.

— 병균이 들어가면 몸이 항체를 만든단다. 그러면 나중에 진짜 병에 걸렸을 때 이길 수 있어.

의사가 대답했다.

— 적당히 벌레 먹은 야채가 더 잘 자라는 거랑 같은 건가요? 유기농이요.

— 비슷해.

결국 누나는 주사를 맞았다. 형과 나는 누나가 끝까지 거부하지 않은 것을 보면 심각하게 해로운 것은 아닐 거라는 나른한 확신을 갖고 주사를 맞았다.

주사를 맞은 자국은 사라졌지만, 그 안에 들어 있던 약은 우리의 몸속에 남아 있다. 수십 가지의 약물들이 혈관을 타고 돌아다니면서 우리 몸을 공격한다. 그러면 우리 몸은 공격에 대항할 방법을 찾는다. 주사 덕분인지는 몰라도 우리는 큰 병에 걸린 적은 없다.

올해도 우리는 주사를 맞으러 갔다. 독감 예방주사다. 병원 문이 잠겨 있었다. 우리는 유리문 너머로 병원 안을 들여다봤다. 불이 꺼져 있어서 잘 보이지 않았다. 간호사도 접수를 받는 직원도 보이지 않았다.

— 쉬는 날인가?

형이 말했다.

— 병원은 쉬는 날이 없어.

내가 말했다.

— 어째서?

형이 물었다.

— 사람은 아무 때나 갑자기 아프니까.

누나가 대답했다.

가정교사가 다른 병원을 알아보겠다고 했다. 우리는 그러라
고 했다. 우리는 가정교사가 전화를 하는 동안 벤치에 앉아서 기
다렸다. 경호원이 요구르트를 사 왔다. 우리가 요구르트를 다 먹
었을 때, 병원 문이 열리고 원장이 나왔다.

— 너희 왔구나. 무슨 일이니?

원장이 우리를 보고 말했다. 우리는 그를 보는 것이 반년 만이
었다. 6개월 사이에 그는 주름이 배로 늘었고, 머리카락이 많이
빠져 있었다.

— 독감주사 맞으러 왔어요.

우리가 대답했다.

— 그래. 마지막 진료로 예방접종을 하는 것도 좋겠구나. 들어
와라.

원장은 잠시 생각하다가 그렇게 말했다.

병원 안은 어두웠고, 지저분했다. 병원 특유의 약품 냄새가 사
라지고 오래된 창고에서 나는 냄새가 났다. 대기실 의자 위에 먼
지가 쌓여 있었다. 원장 말고 다른 사람은 아무도 없었다.

— 문 닫는 건가요?

우리가 물었다.

— 파산했어.

원장이 대답했다.

— 혹시 사채 쓰셨어요?

— 아니, 사기당했어.

원장은 주사실로 가서 불을 켜고 주사기와 약을 꺼내 왔다. 주삿바늘이 미세하게 떨렸다. 원장은 울고 있었다. 우리는 조금 불안했지만, 참았다. 원장은 큰 실수 없이 주사를 놓았다. 기분 탓인지 독감주사 탓인지 한기가 느껴졌다.

원장은 50년 동안 병원에서 일했다. 환자를 돌보느라 가정에 소홀했다. 자주 집에 들어가지 않았다. 응급수술 때문에 딸의 결혼식에도 참석하지 못했다. 이혼을 했고, 딸에게 원망을 들었다. 남은 것은 병원뿐이었다.

6층짜리 건물이다. 정형외과와 내과, 소아과가 있고, 물리치료실과 재활치료실이 따로 있다. 나머지는 병실이다. 큰 수술은 무리라도 웬만한 병은 진료하고 치료할 수 있었다.

— 평생을 바쳤어. 그걸 잃은 거야. 이해할 수 있겠니?

원장이 말했다.

우리는 50년 동안 무엇인가를 열심히 만들었는데, 그것이 갑자기 사라졌을 때 어떤 기분일지 상상해봤다.

— 우리는 8년 밖에 안 살았어요. 하지만 아주 슬플 것 같아요.

우리가 말했다.

— 내일 사람들이 올 거야.

원장이 말했다.

— 왜요?

—돈 되는 걸 다 가져가려고.

—그럼 막아야죠.

다음 날, 우리는 아침 일찍 다시 병원으로 갔다. 원장은 의자에 앉아서 땅을 쳐다보고 있었다. 밤을 새웠는지 눈이 충혈되어 있었다.

—뭘 어쩔 생각이니?

원장이 물었다.

—우리만 믿으세요.

우리는 그렇게 말하고 원장실을 나왔다. 우선은 문부터 막았다. 문을 잠그고 병실의 침대와 의자로 바리케이드를 쌓았다. 바닥에는 황산을 뿌리고 압정을 깔았다. 문은 부수고 밀고 들어오면 어쩔 수 없지만 최소한 시간은 벌 수 있을 것이다. 그리고 병실과 수술실에 있던 산소통을 전부 1층에 가져와서 열었다. 과학 선생의 말에 따르면 산소포화도가 높으면 집중력이 떨어지고 쉽게 피로해진다. 전부 임시방편이었다. 사실 아빠의 부하들을 시키면 쉽게 막을 수 있었다. 하지만 힘으로 막는 것은 소용없었다.

—채권자가 병원 기자재를 가져가는 것은 합법이야.

로멜에게 물어보니 그렇게 대답했다. 강제로 막으면 경찰을 대동해서 들어올 거라고 덧붙였다.

우리는 지하 2층으로 내려갔다. 그곳에 침입한 세균들을 막아줄 항체가 있었다.

우리는 준비를 끝내고 CCTV로 상황을 지켜봤다. 1시쯤 되자 병원 앞이 차와 사람으로 가득 찼다. 경찰차와 1톤 트럭 여러 대, 승합차가 차례대로 세워졌다. 트럭 기사들과, 경찰, 청색 작업 점퍼를 입은 사람들이 내렸다. 점심을 먹고 왔는지, 이쑤시개로 이를 쑤시는 사람들이 몇 명 보였다.

점퍼를 입은 남자들은 잠긴 문과 바리케이드를 보고 별일 아니라는 듯 웃었다. 그들은 경찰과 뭔가 이야기를 주고받더니, 차에서 용접기와 절단기를 가져와서 문을 열었다. 황산과 압정을 발견하고 욕을 하는 소리가 들렸다. CCTV에는 마이크가 없었지만, 계단을 통해서 소리가 전달됐다. 그들은 우리의 예상보다 훨씬 빠르게 장애물을 치웠다. 익숙한 일인 것 같았다. 우리는 당황하지 않았다. 처음부터 바리케이드와 압정 같은 것들에는 큰 기대를 하지 않았다.

비명 소리가 들렸다. 병원 안에 들어왔던 사람들은 밖으로 도망쳤다. 대부분 겁먹은 표정이었다. 우는 사람도 있었다. 덩치가 제일 큰 남자는 바지가 젖어 있었다. 아무도 다시 안으로 들어오려고 하지 않았다. 몇몇이 경찰에게 가서 하소연했지만 경찰은 고개를 저었다. 자기들 소관이 아니라고 하는 것 같았다.

연고자가 없거나 신원 불명의 시체는 그 지역의 병원에서 6개월 동안 안치하다가 국가에서 화장한다. 어느 병원 영안실에나 그런 시체가 여러 구 있다. 대부분은 노숙자고, 교통사고나 살인 사건 피해자도 있다. 킬러가 우리 집에 왔을 때, 살인 사건 기사를 검색하다가 그 사실을 알았다. 원장의 병원에도 무연고자 시체가 몇 구 있었다.

우리는 영안실에서 시체들을 꺼내서 안내 데스크, 대기실, 계단, 엘리베이터 앞에 세웠다. 비싼 장비가 많은 수술실과 CT촬영실 앞에는 훼손 상태가 심한 것들을 배치했다. 시체들은 전부 나체였고 얼어 있었다. 이상할 정도로 아무 냄새도 나지 않았다. 날씨가 더운 탓인지 얼었던 몸이 금세 녹아서 물이 떨어졌다. 시체들이 울고 있는 것처럼 보였다. 어떤 사고를 당했는지 얼굴 반쪽이 없는 시체도 있었고, 팔이 절단된 시체도 있었다. 체격이 좋은 중년 남성의 시체는 높은 데서 떨어졌는지 다리를 억지로 붙여놔서 세우기가 힘들었다. 이십대 초반으로 보이는 여자 시체는 배와 가슴에 칼자국이 있었다. 굶어 죽은 것 같이 마른 시체들은 미라처럼 보였다.

병원에 들어왔던 남자들은 그들을 보고 도망쳤다. 2층과 지하에는 들어오지도 못했다. 사람은 인식 범위 바깥의 일을 당하면 몇 배나 큰 두려움을 느낀다. 높은 산소포화도로 주의력이 산만해진 것도 한몫했을 것이다.

진입 시도가 두 번 더 있었지만 모두 실패했다. 한 번 들어왔던 사람은 다시 들어오지 않았고, 처음 들어온 사람은 적응하지 못했다. 그러는 사이에 CCTV 화면 아래 시계는 계속 움직였고, 해가 졌다.

히틀러가 뒤처리를 해줬다. 히틀러는 4분의 1가격으로 채권을 샀다. 채권자는 회수하기 힘든 채권이라 싸게 판 거겠지만, 약간의 협박이 동반됐을 것이다.

우리는 병원을 지켜냈다.

우리는 홍 씨에게 태극권을 배우기 시작했다. 몸을 지킬 수 있는 무술을 하나쯤 익혀둘 필요가 있었다.

언젠가 우리가 홍 씨에게 왜 한국에 왔느냐고 묻자 그는 오줌 때문이라고 대답했다. 홍 씨는 원래 옌볜 지역의 공안국 소속 경찰이었다. 어느 날 사거리의 신호등이 고장 나서 교통정리를 하고 있었는데, 함께 근무를 서야 할 동료가 아이가 아프다며 사정하는 바람에 혼자 있게 되었다.

그날은 유난히 교통량이 많았다. 그 일대의 신호체계가 동시에 고장 나는 바람에 복구도 금방 될 것 같지가 않았다.

— 그때 오줌이 마려웠어.

우리는 잠시 근처 건물이나 식당에 들어가서 소변을 보면 되지 않느냐고 말했다. 홍 씨는 그럴 수가 없었다고 했다.

그가 잠시라도 호루라기와 수기 신호를 멈추면 사거리가 혼란에 빠지거나 사고가 일어날 수도 있었다. 아주 급한 것은 아니어서 몇 시간 정도는 참을 수 있을 것 같았다. 하지만 어떤 여자 때문에 그럴 수가 없었다. 그녀는 열일고여덟쯤으로 보였는데, 노란 원피스를 입고 같은 색의 하이힐을 신고 있었다. 옷도 눈에 띄는 데다 상당한 미인이라 홍 씨는 자꾸만 그녀를 쳐다보게 되었다. 그녀는 노래를 부르고 있었다. 호루라기 소리와 차 소리 때문에 드문드문 들렸지만, 굉장한 음치였다. 사람들이 이상한 눈으로 그녀를 쳐다봤다. 하지만 그녀는 상관하지 않고 계속 노래를 부르더니 갑자기 옷을 하나씩 벗었다. 처음에 홍 씨는 착각인 줄 알았다. 하지만 볼을 꼬집으니 아픔이 느껴졌다. 여자는 완전히 알몸이 되었다. 여자의 몸에서 땀이 반짝였다. 홍 씨는 그 모습을 보자 더 이상 요의를 참을 수가 없었다. 홍 씨는 여자를 데리고 근처 건물의 화장실로 들어갔다.

— 그게 우리 마누라야.

홍 씨가 자리를 비운 동안 사거리에서 사고가 일어났다. 사망자가 세 명, 부상자가 스물한 명이나 발생한 14중 추돌 사고였다. 홍 씨는 그 일로 해고를 당했고, 평생 일해도 갚을 수 없는 금액의 빚이 생겼다.

우리는 홍 씨에게 화장실에 가서 뭘 했느냐고 물어봤다.

— 당연히, 오줌을 눴지.

홍 씨는 조금 이상한 사람이다.

홍 씨가 정원 손질을 끝내면 수업을 시작한다. 우리 집 정원은 넓어서 홍 씨는 시간이 별로 없었다. 우리는 홍 씨에게 따로 수업료를 냈다.

— 공부를 중국말로 하면 쿵푸야.

홍 씨가 말했다. 신체를 단련하여 일정한 경지에 오른다는 뜻이라고 했다. 학교에서 쓰는 공부라는 말도, 뇌를 단련해서 일정한 경지에 오른다는 의미에서 사용하는 것이다.

내가 가운데 서고, 누나가 왼쪽, 형이 오른쪽에 섰다. 시합 형식으로 수업이 진행됐다. 주로 형이 상대했다. 홍 씨는 무릎을 꿇은 채 앉아 있었고 형은 서 있었지만 홍 씨가 다섯 뼘은 더 컸다. 형은 뒤꿈치를 들고 몸을 크게 부풀렸다.

— 몸을 더 낮춰야 해.

홍 씨가 형의 어깨를 누르면서 말했다. 형은 홍 씨한테 달려들었지만, 번번이 나가떨어졌다. 발차기도 주먹질도 소용없었다. 우리는 태극권이 단순할 줄 알았는데, 의외로 기술이 다양했다. 홍 씨는 어떤 각도에서 들어오는 공격도 부드럽게 흘려서 되받아쳤다.

— 버티지 말고 흘려야 해.

홍 씨가 형을 밀쳐내면서 말했다.

— 내가 더 힘이 셀 수도 있잖아요.

형이 말했다.

— 내가 제일 약하다고 생각하면서 싸우는 거야. 그래야 이길 수 있어.

홍 씨는 형을 바닥에 메다꽂으면서 그렇게 말했다. 형은 곧바로 일어서려고 했지만 홍 씨가 위에서 누르는 바람에 움직일 수가 없었다. 그날 수업은 그것으로 끝났다.

— 힘으로는 이길 수 없어.

홍 씨가 말했다.

— 그럼 뭐로 이겨요?

우리가 물었다.

— 상대 힘을 이용해야지.

— 혹시 아빠한테도 이길 수 있어요?

우리는 주변의 얘기를 통해 아빠가 강하다는 것을 알고 있었다. 히틀러의 말에 의하면 아빠는 쇠사슬과 야구 배트로 무장한 마흔다섯 명의 적들을 혼자서 맨손으로 쓰러뜨렸다고 한다. 엄마의 증언도 있었다. 신혼여행을 갔을 때의 일이다. 아빠는 술에 취해 엄마에게 치근거리는 흑인을 한 방에 기절시켰는데, 나중에 알고 보니 그 흑인은 UFC 헤비급 선수였다.

— 안 싸워봤으니까 모르지. 하지만 쉽게 지지 않을 자신은 있어.

홍 씨의 말은 정말이었다. 그날 밤 우리는 아빠에게 홍 씨와 대련을 해달라고 부탁했다.

— 아빠보다 강한 것 같아요.

아빠는 귀찮아했지만 우리가 그렇게 말하자, 상의를 벗고 넥타이를 풀었다.

홍 씨는 10분 넘게 아빠의 공격을 잘 막았다. 아빠의 와이셔츠는 땀으로 젖었지만, 홍 씨는 숨도 거칠어지지 않았다. 아빠는 공격을 멈추고 떨어져서 자세를 잡았다. 우리는 아빠가 진지해졌다는 것을 알 수 있었다. 안 좋은 예감이 들었다.

— 제가 졌습니다.

홍 씨가 왼쪽 손바닥으로 오른쪽 주먹을 쥐면서 고개를 숙였다. 하지만 아빠는 멈출 생각이 없는지 자세를 풀지 않았다.

— 와. 아빠가 이겼다. 들어가서 아이스크림 먹어요.

누나가 달려가서 아빠한테 안겼다. 아빠는 자세를 풀고 누나를 한 손으로 안아 올렸다.

— 봐준 거예요?

누나가 들어가고 나와 형은 홍 씨한테 그렇게 물었다.

— 사장님이 봐준 거지.

홍 씨는 팔소매를 걷어서 보여줬다. 손목 아래에서 팔꿈치까지 시커멓게 멍이 들어 있었다.

— 아까 한 말은 취소하마. 압도적으로 강하면 힘만으로도 이길 수 있어.

홍 씨가 말했다. 하지만 홍 씨의 눈은 여전히 자신감으로 가득 차 있었다. 계속 싸웠어도 지지 않았을지도 모른다.

아빠의 강함은 우리가 당장 흉내 낼 수 없었다. 하지만 태극권은 우리도 쓸 수 있었다. 태극권은 정해진 경도표를 거스를 수 있는 기술이었다.

우리는 더욱 열심히 공부했다.

우리는 마당에서 태극권을 연습하고 있었다. 서로가 서로를 공격하고 막는 것을 반복했다. 셋이 함께 덩치가 큰 어른의 공격을 흘린 후에 반격하는 방법도 연구했다.

경호원을 불러 시험해보려는데, 지팡이를 든 노인과 키가 185센티미터쯤 되어 보이는 아줌마가 마당으로 들어왔다. 경호원들이 그들을 막았다.

경호원들은 대부분 무술 유단자다. 실전 경험도 많다. 하지만 노인한테 속수무책이었다. 노인은 지팡이로 경호원들의 머리를 때렸다. 지팡이가 너무 빨라서 움직임이 잘 보이지 않았다. 경호원들은 머리를 감싸 쥐고 뒤로 물러났다.

— 오빠 만나러 왔어요. 여동생이에요.

아줌마가 아빠 이름을 댔다. 경호원들은 바로 길을 터주었다. 확인할 필요도 없었다. 그녀는 아빠가 여장을 한 것 같은 얼굴이었다. 가슴만 빼면 체격도 거의 비슷했다.

— 누구세요?

우리가 물었다. 우리는 아빠한테 여동생이 있다는 말을 들은 적이 없었다.

— 니들 할애비다.

노인이 말했다. 우리는 아빠한테도 아빠가 있을 수 있다는 걸 그때 처음 알았다. 우리가 어떻게 해야 할지 몰라 멍하니 서 있자 할아버지는 지팡이로 우리의 머리를 때렸다. 너무 빨라서 피할 수가 없었다. 셋이 동시에 맞았다.

— 인사도 안 해, 이것들이.

할아버지가 지팡이를 흔들면서 말했다.

— 안녕하세요.

우리는 자의 반, 타의 반으로 고개를 숙였다.

— 너는 지 애비 어릴 때랑 판박이구나. 너는 할머니를 닮았고, 가만 보자, 너는 날 닮았구나.

할아버지는 형, 누나, 나를 차례로 쓰다듬으면서 말했다. 우리는 할아버지와 함께 집 안으로 들어갔다.

— 엄마 나와보세요. 빨리요.

우리는 엄마를 불렀다. 엄마는 방에서 찰흙놀이를 하고 있었다.

— 안 사요.

엄마는 할아버지를 보자마자 그렇게 말하고 다시 방으로 들어갔다.

가정교사가 차를 가져왔다. 우리는 우유를 마셨다. 할아버지는 우리의 이름, 나이, 건강 상태, 학교생활 등을 물었다. 우리는 솔직하게 대답했다. 할아버지는 나이와 엄마에 관한 부분을 듣다가 혀를 찼다.

연락을 받고 아빠가 왔다.

— 불한당 집에는 무슨 일이십니까?

아빠는 할아버지의 얼굴도 쳐다보지 않았다.

— 일은 무슨.

할아버지는 지팡이를 짚고 일어났다. 고모에게 돌아 가자고 했다. 고모는 아빠를 데리고 부엌 쪽으로 갔다. 고모는 우리가

듣지 못하게 작은 소리로 말했지만, 나는 고모의 말을 들을 수
있었다.

— 어제 퇴원했어. 한 달도 못 사신대.

나는 누나와 형에게 고모의 말을 전했다. 그 말을 들었기 때문
인지도 모르지만, 할아버지한테 죽음의 냄새가 났다.

다음 날, 우리는 동사무소에 가서 호적 등본을 뗐다. 우리가
모르는 가족은 더는 없었다. 몰랐던 사실을 두 가지 알았다. 우
리 할머니는 유대계 미국인이었다. 그리고 아빠는 호적상으로
아직 총각이었다.

우리는 등본에 나와 있는 주소를 보고 할아버지를 찾아갔다.
할아버지는 시계 수리공이었다. 아니, 수리공이라는 말보다 제
작자라는 말이 적당할지도 모른다. 시계를 고쳐서 돈을 벌기는
했지만, 주로 하는 일은 시계를 만드는 것이었다. 가게는 명동에
있었다. 50평 정도 됐다. 그 근방에서 유일한 단층 건물이었다.
대신 지하실이 있었다.

할아버지는 우리를 보자 반가워했다.

— 수명이 한 달밖에 안 남으면 기분이 어때요?

우리는 할아버지한테 그렇게 물었다.

— 고얀 놈들. 아주 좋다.

할아버지가 대답했다.

우리는 매일 할아버지의 가게에 갔다. 아빠는 가끔씩 할아버
지가 잘 있는지 물었다.

할아버지는 지하실에서 시계를 만들거나 칸트라는 사람의 책을 읽었다. 찾아보니 칸트는 히틀러와 같은 나라 사람이었다.

— 그는 시계 같은 사람이었어.

언젠가 우리가 왜 매일 그 사람의 책을 읽느냐고 묻자 할아버지는 그렇게 대답했다. 그리고 그에 관한 일화를 하나 들려줬다. 칸트는 매일 같은 시간에 산책을 했다. 80년을 넘게 살면서 그가 산책 시간을 어긴 때는 루소의 『에밀』을 읽었던 하루뿐이었다. 칸트가 살던 동네의 성당은 칸트가 산책을 나오는 것을 보면 정오를 알리는 종을 쳤다. 우리는 그런 삶이 별로 마음에 들지는 않았다.

할아버지의 가게에는 괘종시계부터 손목시계까지 없는 것이 없었다. 시계들은 저마다 조금씩 시간이 달랐다. 우리는 가장 많은 시계가 가리키고 있는 시간을 현재라고 생각했다.

— 시계는 왜 오른쪽으로만 돌아요?

우리가 물었다.

— 최초의 시계가 이집트에서 만들어졌기 때문이야. 북반구에서는 태양이 동쪽에서 떠서 남쪽을 지나 서쪽으로 지거든. 그림자가 오른쪽으로 도는 거지. 만약 남반구에서 최초의 시계가 만들어졌다면 바늘이 왼쪽으로 돌았겠지.

할아버지가 말했다.

— 왼쪽으로 도는 시계 만들어주세요.

할아버지는 알았다고 했다.

고모는 동화 작가다. 고모는 자신이 쓴 동화책을 보여줬다. 우리는 동화를 싫어한다. 동화에는 우리가 이미 알고 있는 것들만 나온다. 특히 오래된 동화들은 고루한 생각을 갖고 있다. 가령 『인어공주』라는 책에서 인어공주는 왕자를 만나기 위해 목소리를 팔고 하반신을 얻는다. 여자가 남자를 만나기 위해서는 하반신이 있어야 한다고 주장하는 것이다. 그런 생각은 아빠 같은 사람에게나 어울린다.

— 재미없어요.

우리는 솔직하게 평가했다.

— 너희가 동화를 잘 몰라서 그래.

고모가 말했다.

— 애들이 모르는 동화가 무슨 소용이 있어요?

— 소용 있어. 동화책을 사는 건 엄마들이거든.

고모가 쓴 동화책은 창작동화는 몇 편 없었고, 대부분 기획물이었다. 『고사성어로 읽는 이순신』 같은 책들이다.

— 이거 이상해요.

— 어디가?

— 여기 보면 '죽고자 하면 살 것이고, 살고자 하면 죽을 것이다'라고 나오잖아요.

— 그런데?

— 이순신 장군은 죽잖아요. 그럼 이순신 장군은 살고자 해서

죽은 건가요?

— 그건 그런 뜻이 아니야.

— 우리는 씌어져 있는 대로 읽었어요.

고모는 아무 말도 하지 않았다. 임진왜란 때는 어땠는지 모르겠지만, 지금은 죽고자 하면 당연히 죽고, 살고자 해도 죽을 수 있는 세상이었다.

이상한 것은 그것뿐이 아니었다. 가령, 『그림과 함께 보는 심청전』에는 심청이가 공양미 3백 석을 받고 인당수에 다이빙을 한다. 그런데 여차저차해서 결국 왕비가 된 심청이는 아버지를 찾기 위해 왕에게 부탁해서 소경들을 위한 잔치를 벌인다. 그러니까 결국 심청이는 애초부터 공양미 3백 석을 바치면 아버지가 눈을 뜨게 될 거라는 말을 믿지 않았다는 뜻이다. 심청이가 애초에 의심이 많은 여자였는지는 모르지만, 그것만으로는 설명이 되지 않았다.

— 믿지 않았으면 대체 왜 죽으려고 한 걸까?

형이 말했다.

— 시험을 못 봤나 보지.

누나가 말했다.

— 그런 이야기는 없잖아.

내가 말했다. 우리는 고모를 불러서 물어봤다.

— 너희는 왜 본질은 보지 않고 사소한 것만 신경 쓰니?

고모는 말을 돌렸다.

— 사소한 것도 틀리는데 본질이라고 맞겠어요?

우리가 되물었지만 고모는 대답하지 않았다.

고모는 우리한테 자주 신경질을 냈다. 우리가 조금만 이야기
해도 시끄럽다고 했고, 물건을 살펴보고 제자리에 가져다 놔도
가게를 어지럽혔다고 난리를 쳤다.

— 엄마가 고모 드리래요.

우리는 엄마의 보석함에서 다이아몬드 목걸이를 몰래 빼서
고모한테 줬다. 고모는 아주 기뻐했다.

— 다이아몬드가 왜 좋아요?

우리가 물었다.

— 영원히 변하지 않으니까.

고모가 대답했다. 그 후로 고모는 우리한테 신경질을 부리지
않았다. 고모는 잘못 알고 있었다. 다이아몬드도 살 때와 팔 때
가격이 엄청나게 다르다.

고모는 가정교사와 경호원들이 있는데도, 꼭 우리를 직접 집
에 데려다준다. 그리고 온갖 이유를 붙여서 홍 씨를 만나고 간다.
할아버지의 가게에는 정원은커녕 화분 하나 없는데도 나뭇가지
손질하는 법을 물어본다든지, 중국 요리 이름을 물어본다든지
하는 식이다. 아무래도 고모는 홍 씨를 좋아하는 것 같다.

우리는 고모한테 홍 씨가 유부남이라는 사실을 알려줬다. 고
모는 조금 실망한 표정이었지만, 완전히 포기한 것 같지는 않았
다. 우리는 왜 다들 임자 있는 사람을 좋아하는 건지 생각해봤

다. 생각보다 결론은 간단했다. 내셔널 지오그래픽에도 남이 사냥한 먹이만 뺏어 먹는 동물들이 나온다. 괜찮은 사냥감을 찾는 수고를 덜 수 있고, 이미 누군가 먹고 있던 먹이는 안전하다. 무엇보다 남의 떡이 더 커 보이는 법이니까.

엄마가 다이아몬드 목걸이가 사라진 것을 알고는 우리를 불렀다.

— 고모한테 줬어요.

우리는 솔직하게 말했다.

— 어떻게 책임질 거니?

엄마가 물었다.

— 책임이요?

— 그건 내가 아끼는 목걸이였어.

— 한 번도 그 목걸이 거는 걸 못 봤는데요?

— 소중하니까 잘 보관한 거지.

— 엄마는 목걸이가 많잖아요. 고모는 하나도 없어요.

— 그래 그건 잘했어. 하지만 나한테 물어보고 가져갔어야지.

— 우리가 어떻게 하길 원하세요?

솔직히 우리는 그동안 엄마를 우습게 봤는데, 그것은 우리의 착각이었다. 엄마는 자기 나름의 계산법을 갖고 있었고, 자신이 원하는 것을 얻을 수 있는 방법을 알았다. 생각해보면 당연한 일이었다. 어찌 됐든 엄마는 5백 명이 넘는 여자들을 통솔하고 관

리하는 일을 하고 있었다. 엄마가 그동안 우리가 뭘 하든 내버려
둔 것은 단지 관심이 없기 때문이었다.

엄마가 원한 것은 누나의 영화 출연이었다. 우리 집에는 가끔
씩 연예 기획사 스카우터들이나 영화 관계자들이 왔는데, 그들
은 엄마보다 누나에게 관심을 보였다. 그중에 한 감독이 누나가
출연하면 엄마도 출연시켜주겠다고 한 모양이었다. 일종의 끼
워 팔기였다.

우리는 소수결을 했다.

— 난 싫어. 해로워.

누나가 말했다.

— 나도 반대. 똑같은 목걸이 사서 주자. 고모한테 다시 달라
고 하든지.

형이 말했다.

— 해봐. 하고 싶은 일만 하면서 살 수는 없잖아.

내가 말했다.

영화는 이미 절반 이상 촬영이 끝난 상태였다. 누나와 엄마가
투입되는 바람에 기존에 있던 배우들이 그만뒀다. 우리는 시나
리오를 읽고 감독이 그토록 누나를 원한 이유를 알았다. 영화 제
목은 "모스크바 예술 극장의 기립박수"였다.

— 이상한 제목이네.

형이 말했다.

— 내용은 더 이상해.

내가 말했다.

누나는 바람을 넣어서 볼을 부풀렸다.

영화는 천재 과학자의 딸이 유괴를 당하면서 시작한다. 주인공은 과학자의 딸을 찾기 위해 움직인다. 그 과정에서 미래에너지에 관련된 모든 집단과 싸움이 벌어진다. 주인공은 미국 대사관을 폭파시키고, 산유국의 왕자를 납치해 고문하고, 광화문 사거리를 쑥대밭으로 만든다. 그 과정에서 주인공이 죽이는 사람만 3백 명이 넘는다. 부상자는 그 배는 된다. 결국 주인공은 과학자의 딸을 구하고 경찰에 잡혀간다.

한마디로 요약하면 그냥 진부한 액션영화였다. 가장 큰 문제는 개연성이었다. 단지 옆집에 사는 소녀를 구하기 위해서 하는 행동이라고 하기에는 주인공의 행동이 너무 과했다. 미래에너지라는 떡밥이 있었지만, 그것은 사실 주인공의 행동과는 아무 상관이 없는 것이었다. 주인공이 아무리 많은 사람을 죽이고, 건물과 차를 부수고, 사건을 일으켜도 관객들이 납득할 만큼, 옆집에 사는 소녀는 사랑스러워야 했다.

누나는 사랑스러운 소녀 역할을 잘 연기했다. 아니, 사실 누나가 웃기만 해도 감독은 계속 OK를 외쳤다. 엄마는 누나의 엄마 역할이었다. 원래 시나리오에는 엄마의 비중도 꽤 컸다. 고민하는 과학자와 대화하는 장면도 있었고, 주인공과 통화하는 장면도 많았다. 엔딩에 무사히 돌아온 딸과 집 앞에서 포옹하는 장면도 있었다. 하지만 엄마는 계속 NG를 냈고, 참다 못한 감독이 2주 만에 과학자가 죽을 때 엄마도 죽는 것으로 시나리오를 바꿨다.

누나는 카메라가 해롭다고 말하면서도 상당히 즐거워 보였다.

방학이 끝났다. 한 달이 훨씬 넘었지만, 할아버지는 죽지 않았다. 우리가 학교에 가 있는 동안 할아버지와 놀아줄 사람이 필요했다. 고모는 별로 할아버지를 즐겁게 해주지 못했다.

— 친구 소개해드릴게요.

우리가 말했다.

— 얼마 남지도 않았는데 친구는 무슨.

할아버지가 말했다.

— 얼마 남지 않았으니까 재밌게 보내야죠. 아는 할머니가 있어요.

우리가 말했다.

— 예쁘냐?

할아버지가 물었다. 할아버지는 아빠의 아빠다.

우리는 할아버지 가게에 야채 할머니를 데리고 갔다. 할아버지는 야채 할머니를 마음에 들어 했다. 야채 할머니도 싫지 않은 눈치였다. 야채 할머니가 몇 살 연상이었지만, 할아버지가 오빠처럼 보였다. 할아버지가 삶의 끝에 더 가까이 있기 때문인 것 같았다. 할아버지는 우리의 말을 듣고 가게에 〈철권5〉를 설치했다. 할아버지는 처음에는 잘 못 했지만, 며칠 안 가서 야채 할머니와 접전을 벌일 정도의 실력이 됐다. 야채 할머니가 봐준 것인지도 모르지만 가끔 할아버지가 이길 때도 있었다. 두 분은 같이 게임을 하고 밭에 가서 작물도 돌보고, 산책도 하고 맛있는 것도 사 먹었다.

우리는 안심하고 학교에 갔다.

2학기부터는 1학년도 특별활동부에 가입해야 한다. 누나는 연극부에 들어갔다. 누나가 원한 것은 아니었고 학교의 조치였다. 누나는 영화 촬영 때문에 수업을 자주 빠지고 있었다. 누나는 특별활동에 참여하는 대신 촬영장에 갔다. 나와 형은 자주 누나의 촬영장에 갔지만, 학교를 빠지지는 않았다. 가도 구경하는 것 말고는 할 게 없었다.

나는 과학부에 가입했다. 처음에는 형도 나와 함께 과학부에 가입하려고 했는데 어떤 남자가 형을 스카우트했다.

— 자네 씨름해볼 생각 없나?

씨름부 감독이었다. 감독은 형이 1학년인 것을 알고는 크게 기뻐했다. 우리는 살면서 처음으로 떨어져서 각자의 시간을 보냈다.

씨름부에서는 음식 먹는 것도 훈련의 일부였다. 형은 하루 여섯 번 간식을 먹었고, 저녁마다 고기뷔페에 갔다.

— 몸을 무겁게 만들어야 해.

형이 말했다. 형은 3주 만에 몸무게가 20킬로그램이나 늘었다. 키도 5센티미터 컸다.

— 해로워.

누나는 형을 보고 그렇게 말했지만, 특별활동의 일부였으므로 말리지는 않았다. 형도 더 이상 체중을 늘리지는 않았다. 살을 더 찌우는 것은 움직임을 방해할 뿐 큰 의미가 없었다. 대신 홍 씨가 몸을 무겁게 만드는 기술을 알려줬다.

— 이걸 쓰면 쉽게 넘어지지 않아.

천근추라는 수법이었다. 몸의 중심을 최대한 밑으로 낮추고 양 발끝에 힘을 주는 방식이었다. 원리는 간단했지만, 실행에 옮기는 것은 쉽지 않았다. 나와 누나는 배우지 못했다. 일정 이상의 체중과 근력이 필요한 기술이었다. 형은 며칠 만에 요령을 깨우치고 천근추를 완전히 익혔다.

형은 국민생활체육회에서 주최하는 씨름 대회에 출전했다. 형이 쉽게 우승할 거라고 생각했지만, 예상외로 출전 선수들이 강해 보였다. 형보다 체격이 좋은 사람도 여럿 있었다.

형은 수비를 전혀 하지 않았다. 상대가 다리를 걸어도 허리춤을 당겨도 대응하지 않고 그대로 서 있었다. 나와 누나는 형의 발밑을 유심히 살펴봤다. 모래가 움푹 패여 있었다. 누구도 형을 넘어뜨리지 못했다.

시합이 끝나고 우리는 홍 씨와 함께 막걸리집에 갔다. 옌볜에서는 씨름을 하고 나면 막걸리를 마신다고 했다. 우리는 태어나서 처음으로 술을 마셨다. 맛은 없었다. 하지만 왠지 어른이 된 기분이었다.

같은 대화인데도 술잔을 앞에 놓고 하니 분위기가 달랐다. 평소에는 하지 않던 말도 오갔다.

— 너희는 참 재미있게 사는 것 같아.

홍 씨가 말했다.

— 힘들어요.

우리가 말했다.

우리는 만취했다. 아빠가 술을 마시는 이유를 조금은 이해한 것 같다. 어떻게 집에 왔는지는 기억나지 않는다.

눈을 떴을 때는 해가 중천이었다. 머리가 아프고 속이 쓰렸다. 우리는 겨우 일어나 물을 마셨다. 몸이 무거웠다.

술을 마시면 누구나 천근추를 쓸 수 있다.

할아버지가 쓰러졌다. 의사가 고통을 덜어주는 주사를 놨다. 할아버지는 우리에게 바늘이 왼쪽으로 도는 시계를 선물했다. 그리고 시계 약을 가는 방법을 가르쳐줬다.

할아버지는 며칠 후에 죽었다. 할아버지가 없는 가게는 시침을 잃어버린 시계처럼 조용했다.

— 가게는 너희한테 물려주마.

죽기 전에 할아버지는 그렇게 말했다. 우리가 하고 싶은 것을 하라고 했다. 우리는 하고 싶은 것을 말했다.

— 그거 재미있겠구나.

유언은 그게 전부였다.

우리는 할아버지의 가게를 부수고, 밭을 만들었다. 야채 할머니가 농사짓는 법을 알려줬다. 우리는 곡괭이로 땅을 갈았다. 오랜 시간 시멘트와 벽돌 안에 갇혀 있던 흙은 부드러웠다. 하지만 가끔씩 돌이 섞여 있었고, 흙이 뭉쳐서 잘 파지지 않았다. 우리는 열심히 곡괭이를 휘둘렀다. 땀이 많이 났다.

— 그렇게 하면 금방 지친다. 곡괭이 무게로 휘둘러.

야채 할머니가 말했다. 우리는 시키는 대로 했다. 곡괭이를 위로 올린 후에 손에서 힘을 빼고 방향만 잡았다. 정말로 힘이 덜 들었다. 우리는 과학 선생이 옥상에서 제기를 떨어뜨리면서 중력에 대해 알려준 것을 기억해냈다. 야채 할머니는 평생 농사만 지어서 학교에 다니지 않았다고 했지만, 의외로 많은 것을 알고 있었다.

— 공기가 안 좋아.

누나가 말했다. 명동에는 차가 너무 많이 다녔다. 우리는 비닐로 무균실을 만들었다. 몇 겹으로 된 비닐들이 매연으로부터 우리의 작물을 지켜줬다.

고모는 안데르센의 나라로 유학을 갔다. 우리가 좋아할 만한 동화를 써서 돌아오겠다고 했다. 우리는 솔직히 무리라고 생각했지만, 말은 하지 않았다.

우리는 토마토, 고추, 파를 심었다.

담임이 피임에 실패했다. 먼저 눈치챈 것은 누나였다.

— 이상해.

누나가 말했다.

— 뭐가?

형이 물었다.

— 요즘 담임이 커피를 안 마셔.

누나가 대답했다. 그러고 보니 그즈음 담임은 커피 대신 허브
차를 마시고 있었다.

— 그냥 입맛이 바뀐 거 아냐?

내가 말했다.

— 감이 안 좋아.

누나가 말했다. 우리는 며칠간 담임을 관찰했다. 커피 외에 큰
변화는 없었지만, 몇 가지 혐의는 있었다. 담임은 가슴이 전보
다 커진 느낌이었고, 얼굴에 홍조가 보였다. 화장실에도 자주 갔
다. 그것만으로 확신할 수는 없었다. 감기에 걸렸거나, 속옷과
화장품을 바꿨을 가능성도 있었다.

우리는 약국에 갔다.

— 임신테스트기 주세요.

우리가 말했다.

— 엄마 심부름이니?

약사가 물었다.

— 엄마는 아니지만, 동생이 생길지도 몰라요.

— 좋겠구나. 5천 원이야.

— 마음이 복잡해요. 더 많이 필요해요. 한 박스 다 주세요.

우리는 여교사 화장실 변기에 임신테스트기를 몰래 설치했다. 우리는 쉬는 시간과 점심시간에 여교사 화장실 앞에 대기했다. 담임이 화장실에 갔을 때, 누나가 따라가서 옆 칸에 숨어 있다가 임신테스트기를 회수해 왔다.

두 줄이었다.

우리는 수업이 끝나고 담임한테 갔다.

— 실망이에요.

우리는 임신테스트기를 내보이면서 말했다.

— 실수였어.

담임이 말했다.

— 우리는 실수로 아이를 가지면 안 된다고 배워요.

— 내가 원한 게 아니야.

— 낳을 생각인가요?

— 너희는 정말 끔찍한 애들이야.

담임은 가방을 들고 나갔다. 아빠를 만나러 가는 것 같았다. 우리가 정말 끔찍한 애들이라면, 우리를 그렇게 만든 것은 누구일까? 아니, 무엇일까?

우리는 엄마한테 담임의 임신 사실을 알렸다.

— 차라리 잘됐어.

엄마는 신고 있던 하이힐로 혼인서약서를 찢었다. 엄마는 집을 나갔다.

주말이었다. 우리는 간식을 먹으려고 가정교사를 불렀다. 대답이 없었다. 우리는 아래층으로 내려갔다. 거실에는 아빠의 부하들이 일곱 명이나 서 있었다. 가정교사는 전화기를 들고 실랑이를 하는 중이었다.

— 무슨 일인지 알아야 할 것 아니에요.

— 안 됩니다.

가정교사는 우리가 내려온 것을 보고는 우리한테 왔다. 무슨 일인지 묻자, 잘 모르겠다고 대답했다. 갑자기 아빠의 부하들이 들어와서는 나가지도 못하게 하고 밖으로 연락하는 것도 막고 있다고 했다.

우리를 지키기 위한 행동은 아니었다. 그들은 집 밖이 아니라 안을 감시하고 있었다. 우리는 가정교사를 데리고 다시 2층 방으로 올라왔다. 아빠나 히틀러에게 연락할 생각이었다.

전화도 인터넷도 먹통이었다. 전화선과 랜선을 자르는 것은 어려운 일이 아니지만, 와이파이 존까지 사라진 것을 보면 누군가 치밀하게 계획하고 일을 벌이고 있는 게 분명했다.

우리는 소수결을 했다.

— 탈출하자.

내가 말했다.

— 나도 도망치는 게 좋겠어.

누나가 말했다.

— 기다리자.

형이 말했다.

한 시간이 넘도록 아무도 오지 않았다. 가정교사는 계속 방 안을 이리저리 돌아다녔다. 우리는 창밖을 바라봤다. 아래층은 조용했다.

— 아빠 차다.

아빠는 차를 대문 앞에 세우고 집 안으로 뛰어 들어왔다. 아빠의 옷은 여기저기가 찢어져서 너풀거렸다. 얼굴과 목도 상처투성이였다. 가정교사가 밑으로 내려가려고 했지만, 우리가 제지했다. 섣불리 움직였다가는 인질이 될 수도 있었다. 우리는 방문을 잠그고 아래층이 정리될 때까지 기다렸다.

— 나다.

10분도 안 돼서 문 앞에서 아빠의 목소리가 들렸다.

— 무슨 일이에요?

우리가 물었다.

— 흥국이가 배신했다.

아빠가 대답했다. 우리는 히틀러가 배신했다는 사실을 믿고 싶지 않았지만, 아빠가 거짓말을 할 이유는 없었다. 아빠는 빨리 피해야 한다면서 우리를 재촉했다. 아래층에 있던 사람들은 모두 기절해 있었다. 어쩌면 몇 명은 죽었을지도 모른다. 목이 이상한 각도로 꺾여 있는 사람도 있었다.

— 선생도 당분간 어디 친구 집에라도 가 있어요.

— 같이 가겠습니다.

아빠는 좋을 대로 하라며 차에 시동을 걸었다.

땅에 묻어 놓은 현금을 파내느라 시간을 지체한 것이 화근이었다. 어제까지 아빠의 부하였던, 히틀러의 부하들이 우리의 차를 가로막았다. 아빠는 급하게 차를 후진시켰다. 우리는 이상하다고 생각했다. 추가로 더 올 위험이 있다고 해도 적을 마주친이상 도망치기보다는 내려서 때려눕히는 것이 아빠다웠다.

— 저 사람들이 아빠보다 강해요?

우리가 말했다.

— 총을 갖고 있어.

아빠의 말과 동시에 총성이 들렸다. 그들은 모두 다섯 발을 쐈는데, 차에 맞은 것은 한 발뿐이었다. 사이드미러가 부서졌다.

— 맨손으로 너희 아빠를 이길 수 있는 사람은 없어.

언젠가 히틀러는 그렇게 말한 적이 있다. 우리는 그저 아빠가 그만큼 강하다는 말로 받아들였다. 하지만 그 말은 맨손으로 이길 수 없다면 무기를 사용하면 된다는 뜻이었다.

히틀러는 불법 개조한 토카레프를 사용했다. 아빠는 갑작스러운 공격을 당해 등과 어깨에 총을 맞았다. 총에 맞은 채로 배신자들을 쓰러뜨리고 우리를 데리러 온 것이다.

우리는 아빠의 얘기를 듣고 나서야 운전석 시트가 붉게 물들어 있는 것을 알아챘다. 히틀러의 부하들이 탄 차가 우리를 쫓아왔다. 도로에 다른 차가 많아서 총을 쏘지는 않았다.

— 경찰에 신고해요.

우리가 말했다. 아빠는 고개를 저었다. 신고할 수 없는 이유가 있는 건지, 자존심 때문인지는 알 수 없었다.

— 어디로 가는 거죠?

가정교사가 물었다. 아빠는 대답하지 않았다. 아니, 대답할 수가 없었다. 아빠는 의식이 거의 없었다. 더 이상 운전을 하는 것은 무리였다. 차가 좌우로 흔들렸다.

우리는 앞자리로 넘어갔다. 내가 운전대를 잡았고, 형이 내 지시대로 액셀러레이터와 브레이크를 조작했다. 누나는 변속기를 그러쥐고 앞과 뒤를 살폈다. 나는 운전을 처음 해봤지만, 별로 어렵지 않았다. 블랙버드가 움직이는 방식과 똑같았다.

내비게이션의 알림이 정확하다면 우리는 세 번이나 과속카메라에 찍혔다. 추격을 뿌리칠 수는 없었다. 연료는 한계가 있고, 길에도 끝이 있다. 이대로 가면 언젠가는 붙잡힐 수밖에 없었다. 더구나 아빠의 상태가 좋지 않았다. 피는 멈췄지만 피보다 많은 양의 땀을 흘리고 있었다. 가정교사가 몇 번이나 병원에 가야 한다고 말했지만, 아빠는 묵묵부답이었다.

히틀러의 부하들이 탄 차는 50에서 백 미터 정도 거리를 유지하면서 따라왔다. 우리는 그런 식의 사냥법을 알고 있었다. 상처 입은 사냥감은 무리해서 숨통을 끊기보다 천천히 따라다니면서 죽기를 기다리는 것이 더 효과적이다.

우리는 서울을 벗어나 경기도에 들어섰다. 남한산성이 점점 가까워졌다. 창 너머로 표지판이 보였다.

– 낙석주의 –

구불구불한 비포장도로였다. 크고 작은 바위들이 얼기설기 쌓여 있었다. 앞에 방지망이 있었지만, 아주 얇은 철망이었다. 우리는 잠시 차를 세웠다. 형이 내렸고, 형 대신 누나가 액셀러 레이터와 브레이크를 맡았다.

— 뭘 하려고?

가정교사가 물었다. 상황이 다급한 탓인지 그녀는 무의식중에 반말을 했다. 지적하고 싶었지만 그럴 상황이 아니었다. 그녀는 계속 아빠의 상처를 압박하고 땀을 닦았다.

— 뭐든 해야죠.

내가 대답했다. 나는 다시 차를 출발시켰다. 계속 우회전을 했다.

히틀러의 부하들이 탄 차가 30미터까지 거리를 좁혀왔다. 그들은 창문을 열고 총을 쐈다. 외진 길이라 우리 말고는 다른 차가 없었다.

— 이 거리에서는 맞지 않아.

누나가 말했다. 총은 계속 빗나갔다. 히틀러의 부하들은 사격 솜씨가 엉망이었고, 불법 개조한 토카레프는 정밀도가 떨어졌다.

오른쪽에 산을 두고 계속 우회전을 하면 결국 같은 자리로 돌아온다. 나는 고개를 들어 산 위에 올라간 형과 눈을 맞췄다.

— 지금 세워.

형이 신호를 보냈고, 나는 핸들을 왼쪽으로 크게 꺾었다. 동시에 누나가 브레이크를 밟았다. 히틀러의 부하들이 탄 차는 우리에게 맞춰 속력을 줄였다. 총알이 뒷좌석의 창문을 깼다. 그 순간 형이 큰 바위를 밀었다. 이 작전에 필요한 것은 정확한 타이밍과 밀어내는 힘이었다. 형은 〈철권5〉와 씨름을 통해 둘 다 가지고 있었다.

형이 민 큰 바위는 아래로 굴러서 쌓여 있던 다른 바위들과 부딪쳤다. 그 여파로 밑에 있던 바위들이 방지망을 뚫고 도로로 쏟아졌다. 일종의 산사태였다. 규모가 작았지만, 자동차 하나를 묻어버리기에는 충분했다. 지구와 바위는 외로워서 서로를 끌어당겼고, 히틀러의 부하들은 그 사이에 끼어서 압사했다.

우리는 시체를 확인했다. 한 명이 희미하게 숨이 붙어 있었다. 우리는 돌멩이로 머리를 내리쳤다. 우리는 시체에서 토카레프와 탄약을 꺼내 가방에 넣었다. 마침 차에서 기름이 새어 나오고 있어서 불을 붙였다. 영화에서 보던 것처럼 폭발하지는 않았다. 정말 심장이 가장 늦게 타는지 확인해보고 싶었지만, 다른 추격자가 올 수도 있어서 자리를 피했다.

우리는 야채 할머니의 집으로 갔다. 어딘가 멀리 가고 싶었지만, 아는 곳이 마땅치 않았다. 무엇보다 아빠의 치료가 시급했다.

— 조그만 녀석들. 무슨 일이냐?

야채 할머니는 우리를 보고 조금 놀랐다.

— 아빠가 다쳤어요.

우리가 말했다. 우리는 힘을 합쳐서 아빠를 부축하며 야채 할머니의 집 안으로 들어갔다. 아빠는 정말 무거웠다. 야채 할머니는 아빠를 엎드려 눕히고 양복 상의를 벗겼다. 와이셔츠가 피범벅이었다. 등과 허리에 총에 맞은 흔적이 있었다. 야채 할머니는 와이셔츠를 찢고 소독약으로 상처를 닦았다. 가정교사가 도왔다.

— 자리가 안 좋구나.

야채 할머니가 말했다.

— 병원에 가야지 여기서는 안 돼요.

가정교사가 말했다. 하지만 병원에 가는 것은 위험했다. 히틀러의 부하들이 병원을 감시하고 있을 가능성이 높았다. 우리는 집 앞 병원의 원장에게 전화를 걸었다.

— 왕진을 좀 와주셔야겠어요.

우리가 말했다.

— 누가 어디를 얼마나 다쳤는데?

원장이 물었다.

— 시간이 별로 없어요. 몸에 쇳조각이 박혔어요. 약이랑 수술 도구 최대한 많이 챙기세요. 수혈이 필요할지도 몰라요. O형이에요. 혼자 오세요.

— 그래 알았다.

우리는 원장에게 주소를 알려줬다. 원장은 한 시간 정도 후에 커다란 가방을 들고 도착했다.

원장은 아빠를 보자마자 주사와 수액을 놓고, 수혈 팩을 연결했다. 약간이지만 아빠의 혈색이 좋아졌다.

— 너희는 나가 있어라.

원장이 말했다.

— 수술할 거면 보호자 동의가 필요하지 않나요? 지금은 우리가 아빠 보호자예요.

우리가 말했다.

— 보호자라고 꼭 수술하는 걸 봐야 하는 건 아니야. 그리고 너희가 옆에 있으면 내가 집중이 안 돼. 애들이 볼 만한 게 아니야.

원장이 말했다. 야채 할머니가 반강제로 우리를 밖으로 쫓아냈다. 수술은 세 시간이 넘게 이어졌다. 가정교사가 계속 물을 끓여서 방 안으로 가지고 들어갔다. 가끔씩 아빠의 신음이 들렸다.

— 고비는 넘겼다. 큰 병원으로 옮겨야 해.

원장이 말했다.

— 그건 안 돼요. 며칠만 여기 와서 봐주세요.

우리가 말했다.

— 그리고 총상이나 자상은 경찰에 신고해야 해.

— 모른 척해주세요.

— 너희한테는 큰 신세를 졌다만, 이건 모른 척할 수 없어. 무슨 일인지 몰라도 경찰에 맡기는 게 너희한테도 좋지 않겠니? 그래야 치료도 제대로 받고.

— 모른 척해주세요. 아빠를 치료해준 분을 해치고 싶지는 않아요.

우리는 토카레프를 꺼내서 장전했다. 원장은 천천히 고개를 끄덕였다.

아빠는 이틀 후에 깨어났다.

우리는 아빠의 얼굴을 물수건으로 닦아주면서 곁에 있었다. 악몽을 꾸는지 가끔씩 표정이 일그러졌고 헛소리를 했다. 아빠는 일어나자마자 물을 한 주전자나 마셨다.

— 지금 기분이 어떠세요?

우리가 물었다.

— 허리 아래로 아무 감각이 없다.

아빠가 말했다. 넋이 나간 얼굴이었다. 아빠는 하반신 불구가 됐다. 우리는 약간이지만 아빠의 심정을 이해했다. 말하자면 아빠는 인어가 된 것이다.

가정교사가 아빠가 깨어난 것을 알고 방으로 들어왔다.

— 죽을 좀 만들었어요.

당근과 파, 감자가 들어 있는 흰죽이었다. 가정교사는 우리에게 죽이 담긴 그릇을 나눠주고는 남은 그릇을 들고 아빠 옆으로 갔다. 우리는 몹시 배가 고팠지만, 규칙대로 누나가 먼저 숟가락을 들었다.

가정교사는 아빠의 몸을 일으켜 세우고 베개를 등 뒤에 받쳤다. 그러고는 물수건으로 아빠의 손과 입을 닦았다.

— 거기 둬요. 나중에 먹을 테니.

아빠가 말했다.

— 조금만 드세요. 여러분도 빨리 먹어요. 식으면 맛이 없어요.

가정교사는 천천히 죽을 저은 후에 숟가락으로 떠서 후후 불었다. 누나가 먼저 한 숟가락을 먹었다.

— 독이야.

아빠가 죽을 먹으려는 순간 누나가 소리쳤다. 누나는 그대로 바닥에 쓰러졌다. 가정교사는 아빠의 입에 죽 그릇을 대고 강제로 먹이려고 했다. 아빠는 몸을 비틀었지만, 부상 때문에 제대로 움직이지 못했다. 형이 가정교사에게 달려들었다. 가정교사가 그릇으로 형의 머리를 내리쳤다. 나는 가방에서 토카레프를 꺼내 발사했다.

— 기분이 어때요?

내가 물었다.

— 말해줘도 이해 못 할 거야. 나중에 크면……

가정교사는 죽었다.

나는 이해하려고 물어본 것이 아니다. 단지 알고 싶었을 뿐이다. 직접 보고도 가정교사의 배신을 믿을 수가 없었다. 뭔가 피치 못할 사정이 있을 거라고 생각하고 싶었다. 누나가 독을 미리 알아차리지 못한 것도 그녀를 너무 믿었기 때문일 것이다.

총소리를 듣고 야채 할머니와 원장이 달려왔다. 형은 이마가 찢어져서 피를 흘리고 있었다. 누나는 바닥에 쓰러진 채로 눈물과 침을 흘렸다. 그리고 오줌을 쌌다. 지독한 냄새가 났다.

야채 할머니가 형의 이마를 지혈했다. 원장은 누나를 살폈다.

— 독을 배출하고 있어요.

원장이 말했다.

— 혼자서? 그런 게 가능해?

야채 할머니가 물었다.

— 저도 신기하네요. 타고난 체질일 수도 있고. 자라온 환경이 특별할 수도 있고, 일단 수액이라도 놔야겠어요.

원장이 대답했다.

아빠가 소리를 질렀다. 무슨 말인지 전혀 알아들을 수 없는 괴성이었다. 형은 세 바늘을 꿰맸다. 누나는 설사를 하기는 했지만, 다른 이상은 없었다.

— 선생님은?

누나가 깨어나자마자 물었다.

— 죽었어.

— 죽었어.

형과 내가 동시에 대답했다. 형과 나의 대답이 다른 이유는 반동 때문이었다. 나는 토카레프의 반동 때문에 손목을 다쳤다. 결과적으로 우리 중에 내 상처가 제일 심각했다. 공격당한 사람보다 공격한 사람이 더 많이 다칠 수도 있다. 때리면 때릴수록 내가 더 아픈 경우도 있다.

가정교사가 죽고 며칠이 지나서 아빠는 우리를 불렀다.
— 복수해다오.
우리는 그 자리에서 바로 소수결을 했다.
— 난 찬성.
— 나도.
— 나도 좋아.
히틀러에 대한 복수 안건은 부결되었다.
— 고맙다.
아빠가 말했다. 아빠는 소수결에 대해 모른다. 우리는 방을 나와서 엄마를 구할 것인지 구하지 않을 것인지를 놓고 또 한번 소수결을 했다. 히틀러는 여자는 죽이지 않으니, 엄마는 살아 있을 것이다.
— 난 반대야.
형이 말했다.
— 나도 반대.
누나가 말했다.

— 고마워.

내가 말했다. 진실하게 투표하지 않는 것은 소수결의 원칙에 어긋나는 일이지만, 서로를 위해 생각과 반대로 말하는 경우도 있다.

우리는 노트북, 핸드폰, 무선공유기를 샀다. 집이 작아서 공유기 한 대로 마당까지 와이파이 존을 만들 수 있었다. 인터넷이 연결된 뒤로는 얼마든지 원하는 물건을 구입할 수 있었다. 누나는 옷과 향수를 샀고, 형은 줄넘기와 야구공을 주문했다.

아빠를 위해서 라디오도 샀다. 아빠는 하루 종일 방에서 라디오를 듣는다. 거의 말을 하지 않고, 밥도 조금 먹는다. 가끔 새벽녘에 화장실에 가려고 일어나면 아빠의 방에서 미세한 흐느낌 소리 같은 것이 들린다. 그것이 아빠가 내는 소리인지 라디오에서 나오는 소리인지는 정확히 알 수 없다.

— 하모니카 하나만 구해다오.

어느 날, 밥을 먹기 전에 아빠가 그렇게 말했다. 우리는 바로 노트북을 켜고 하모니카를 판매하는 사이트를 검색했다.

— 하모니카가 종류가 많아요. 어떤 곡을 연주할 건데요?

우리가 물었다.

— 이 노래.

아빠가 라디오에 테이프를 넣고 재생 버튼을 눌렀다. 처음 듣는 하모니카 연주가 흘러나왔다. 라디오에서 나오는 것을 녹음한 것인지 소리가 작고 음질이 좋지 않았다. 새벽에 아빠 방에서 들리는 흐느낌과 비슷한 소리였다.

— 리 오스카가 잭 케루악의 『길 위에서』를 읽고 작곡한 곡이라고 해요. 그런데 신기하게도 우리나라에는 이 연주곡을 듣고 소설을 쓴 소설가가 있다고 합니다. 그분의 소설을 읽고 누군가 또 작곡을 하면 흥미로울 것 같아요. 음악이 소설이 되고, 소설이 음악이 되는 계속되는 연쇄, 「My Road」어떠셨나요? 다음 곡은……

연주가 끝날 때쯤 디제이의 멘트가 나왔다. 녹음은 거기까지였다.

— 다이아토닉으로 배워야 한대요.

아빠가 고개를 끄덕였다. 우리는 리 오스카의 CD와 악보, 다이아토닉 하모니카를 선택하고 주문 버튼을 눌렀다.

국민이 가장 신뢰하는 공공기관은 우체국일 것이다. 3일 후에 다이아토닉 하모니카가 배달됐다.

아빠는 종일 하모니카를 분다. 형편없는 연주다. 다만 슬픔과 아련함은 원곡보다 더 잘 표현한다. 수천 번 넘게 같은 연주곡을 듣는 것은 고문이다. 우리는 그 소리가 듣기 싫어서 이른 새벽에 나가서 늦은 밤에 들어온다. 하지만 아빠는 우리가 자는 동안에도 계속 하모니카를 분다. 꿈속에서도 연주가 들리는 것 같았다.

— 산책도 좀 하고 그러세요.

아빠는 우리가 전기로 움직이는 휠체어를 사 주겠다는 것도 거절했다.

— 해로워.

누나는 그렇게 선언했다. 해로움의 주체가 하모니카 연주인
지 아빠의 우울인지는 정확하지 않지만, 우리는 누나의 판단이
옳다고 생각했다.

우리는 엄마에게 연락을 했다.

— 안전하세요?

— 난 괜찮아. 아빠는 살아 있어?

— 어떤 상황이에요? 히틀러가 감시해요?

— 따라다니는 사람이 몇 명 있지만, 평소처럼 잘 지내. 그보
다 아빠는 살아 있어?

— 아빠 부하들은 전부 히틀러한테 붙었어요?

— 난 그런 건 잘 몰라. 아빠는 살아 있어?

우리는 어떻게 말해야 할지 고민했다. 우리의 대답은 백 퍼센
트 히틀러의 귀에 들어갈 것이다. 아빠가 멀쩡히 살아 있다고 말
하면 후환을 없애려고 대대적으로 추적해 올 것이고, 죽었다고
말해도 확인하러 올 게 분명했다.

— 아빠가 좀 다쳤어요.

우리는 중간을 선택했다.

— 너희 어디니?

— 안전한 곳에 있어요.

— 거기가 어디니?

— 아빠 아는 사람 집이에요.

— 어딘데? 내가 거기로 갈게.

— 아니에요. 우리가 데리러 갈게요. 좀 걸리겠지만, 기다리세요.

우리는 전화를 끊었다. 홍 씨한테도 연락을 했다.

— 집은 어때요?

— 정원이 엉망이 됐어.

홍 씨는 정원사에서 잘렸다고 했다. 우리는 홍 씨한테 우리가 있는 곳의 주소를 알려줬다. 홍 씨는 곧 오겠다고 했다.

며칠 후에 문자로 사진이 한 장 도착했다. 재갈이 물려 있는 담임의 사진이었다. 우리는 엄마가 「코리아」라는 영화의 여주인공이 됐다는 기사를 봤다. 이상한 일이었다. 객관적으로 엄마는 주인공을 맡을 깜냥이 되지 않는다. 히틀러가 뒤에서 뭔가 조작하고 있는 게 분명했다.

야채 할머니의 집은 남한산성 중턱에 있었다. 집 뒤에는 군부대가 있었다. 표지판에 '제3공수여단'이라고 적혀 있었다. 일반 병사는 거의 보이지 않았고, 대부분이 부사관이었다.

언덕 위에 올라가면 부대 안이 절반 정도 보였다. 우리는 군인들이 사격 연습을 하는 것을 지켜봤다. 그들은 총 위에 바둑알을 올려놓고 총이 흔들리지 않게 격발하는 연습을 했다. 우리는 바둑알 크기의 돌을 가지고 따라 했다.

히틀러의 부하들이 가지고 있던 총알은 많지 않았다. 우리는 연습을 3백 번 한 후에 한 발씩 실사격을 했다. 군인들이 자주 사격을 하기 때문인지 총소리가 나도 아무도 신경 쓰지 않았다. 그런 식으로 열 번쯤 쏘자 명중률이 높아졌다.

우리는 사격 연습을 한 후에 냇가에서 목욕을 했다. 언덕에 앉아서 머리를 말리다가 집배원이 우리 집 쪽으로 가는 것을 봤다.

— 뭐 주문한 거 있어?

내가 물었다.

형과 누나가 고개를 저었다. 최근에는 아무것도 사지 않았다.

— 느낌이 안 좋아.

누나가 말했다.

우리는 집배원의 뒤를 쫓아갔다. 하지만 오토바이를 따라잡을 수는 없었다.

우리가 도착했을 때, 집배원은 홍 씨한테 붙잡혀 있었다.

— 고마워요. 딱 맞춰 오셨네요.

우리가 말했다.

— 위험했어.

홍 씨가 말했다. 아빠의 방문에 총알 자국이 보였다. 우리는 문을 열고 아빠한테 갔다.

— 기분이 어떠세요?

아빠는 아무 말도 하지 않았다.

— 쉬세요. 저희가 잘 처리할게요.

우리는 다시 문을 닫았다. 아빠는 지친 것 같았다.

— 히틀러가 보냈나요?

우리는 집배원, 아니 집배원으로 위장한 킬러에게 물었다.

— 의뢰인이 누군지는 몰라.

킬러가 대답했다.

— 풀어주면 다시 올 건가요?

— 내가 아니어도 계속 올 거야. 이런 일 하는 사람은 널렸으니까.

— 우리도 한 명 알아요. 하나씩 줄여나가면 되겠네요.

형이 킬러의 양쪽 귀를 잡은 후에 머리를 한 바퀴 회전시켰다. 홍 씨가 놀라서 막으려고 했지만, 이미 상황이 끝난 후였다. 킬러는 목이 부러져서 죽었다.

그날 밤, 아빠는 밤새도록 하모니카를 불었다.

눈이 많이 내렸다.

— 휠체어하고, 수영할 만한 곳 좀 알아봐다오.

아빠가 우리를 불러 부탁했다. 우리는 그러겠다고 대답했다. 거절하면 또 종일 하모니카 연주를 들어야 했다.

국민이 가장 신뢰하는 공공기관에서 3일 만에 휠체어를 배송해주었다. 우리는 전동휠체어를 사려고 했지만, 아빠는 팔 힘을 길러야 한다면서 직접 손으로 움직이는 것을 원했다.

근처에 수영장은 없었다. 시내까지는 차로 한 시간 넘게 가야 했다. 아빠를 데리고 오갈 사람이 없었다. 우리는 수영장 대신 온천을 찾았다. 휠체어로 부지런히 가면 30분 안에 갈 수 있는 거리에 있었다.

첫날에는 길 안내를 겸해서 우리가 아빠와 함께 갔다. 아빠가 휠체어를 운전하는 데 익숙하지 않아서 생각보다 오래 걸렸다. 온천에는 손님이 한 명도 없었다. 주인 남자와 남자의 어머니로 보이는 여자만 있었다. 아빠는 곧장 탕 안에 들어갔고, 우리는 목욕을 했다.

— 저기 한번 가보자.

형이 말했다.

우리는 건식 사우나에 들어갔다. 뜨겁고 건조했다. 숨쉬기가 힘들었다.

— 나가자.

누나가 말했다.

— 그래.

내가 말했다.

— 이거 다 떨어질 때까지 있자.

형이 모래시계를 뒤집으면서 말했다. 누나와 나는 할 수 없이 자리를 잡고 앉았다. 공기가 너무 뜨거웠다. 모래는 아주 천천히 떨어졌다. 기분 탓이 아니라 정말로 그랬다.

— 너희가 있기에는 너무 더운 것 같구나. 온도를 좀 낮춰줄 테니 조금만 있다가 들어오렴.

주인 남자가 들어와서 말했다.

— 괜찮아요.

우리가 말했다.

주인 남자는 그러면 조금만 있다가 나가라고 했고, 우리는 모래시계의 모래가 다 떨어지면 나가겠다고 했다.

— 안 돼. 저거 48분짜리야.

— 왜 그렇게 길어요?

— 말해주는 대신 얘기 끝나면 나가야 돼.

우리는 고개를 끄덕였다.

남자의 아버지는 평생 모래시계만 만들었다. 특별한 이유가 있었던 것은 아니다. 우연한 기회에 기술을 배웠고, 다른 것은 할 줄 아는 게 없었다. 문제는 모래시계의 상품성이 별로 없다는 것이었다. 1995년에 드라마 덕에 잠깐 호황을 누린 적이 있을 뿐, 거의 팔리지 않았다.

— 쓸모가 없거든.

모래시계를 사용하는 곳은 사우나뿐이었다. 남자의 아버지는 목욕탕과 찜질방, 온천 등속을 돌아다니면서 모래시계를 팔았다. 하지만 공장에서 대량으로 생산하는 것에 비해 가격이 비싸서 잘 팔리지 않았다. 남자의 아버지는 점점 메말라갔다. 하루에 물을 3리터씩 마시는데도 온몸이 늘 푸석푸석했다. 머리카락도 수분을 잃어서 조금만 만져도 툭툭 끊어졌다.

— 결국 탈진으로 돌아가셨어.

남자는 아버지의 유골 가루로 모래시계를 만들었다.

우리는 모래시계를 쳐다봤다. 안에 담겨 있는 것이 유골가루인지 모래인지 확인할 방법은 없었다.

— 자 이제 그만 나가자. 시원한 식혜 한잔 줄게.

남자가 말했다.

우리는 남자의 말대로 했다. 마침 아빠도 수영을 끝내고 탕 가장자리에 앉아 있었다. 우리는 식혜를 마시면서 주인 남자에게 사정을 말하고 아빠를 부탁했다.

그 후로 아빠는 매일 온천에 가서 수영을 했다. 허리 아래가 마비된 아빠가 어떤 식으로 수영을 하는지는 알 수 없었다. 몇 번인가 아빠가 복근의 힘만으로 다리를 들어 올리는 것을 본 적은 있었다.

우리는 과학 선생을 불렀다.

— 아직도 우리 담임 선생님을 사랑하나요?

우리가 물었다.

— 당연하지.

과학 선생이 대답했다.

— 다른 남자의 아이를 가졌어도 상관없나요?

— 상관없어.

우리는 과학 선생에게 사진을 보여주고 담임의 납치 사실을 알렸다. 과학 선생은 경찰에 신고하자고 했다.

— 경찰은 히틀러를 상대할 수 없어요.

우리는 히틀러가 경찰 고위층을 매수하고 있다는 것을 알려줬다. 무엇보다 그런 식으로는 담임을 구할 수 없다고 설득했다.

— 그럼 어떡해?

— 우리가 구해야죠.

— 난 뭘 하면 되지?

— 폭탄이 필요해요.

우리는 과학 선생에게 원장을 소개시켜줬다. 초등학교 과학 교사와 병원 원장이 손을 잡으면 아주 쉽게 폭탄을 만들 수 있다.

과학 선생이 폭탄을 만드는 동안, 택시 기사와 원장을 손님으로 위장시켜 히틀러의 가게에 들여보냈다. 홍 씨가 자기도 가겠다고 했지만, 얼굴을 아는 사람이 많아서 제외시켰다.

— 히틀러의 동선을 파악하려면 내부의 협력이 필요해요.

우리가 말했다.

— 도와줄 사람이 있을까?

아빠가 물었다.

— 가게에 일하는 여자를 한 명 알아요.

— 누군데?

— 희재라고 기억나세요? 아빠랑 잔 적 있대요.

아빠는 기억해내려고 애썼다.

— 기억 안 나. 그런데 그 여자가 도와줄까?

아빠가 말했다.

— 히틀러가 해피를 죽였다고 말하면 도와줄 거예요.

우리가 말했다.

— 해피가 누군데?

— 그런 게 있어요.

우리는 택시 기사와 원장에게 희재의 인상착의를 알려줬다.

— 못 찾겠으면 웨이터한테 5만 원 주면서 불러달라고 해요.

아빠가 거들었다.

택시 기사와 원장은 히틀러의 가게에 세 번 갔다. 처음과 두번째는 희재가 출근을 하지 않아서 못 만났다고 했다. 원장은 갔다올 때마다 조금씩 젊어지는 것 같았다. 그들은 세번째 잠입에서 희재를 만났다.

— 자네 수색 솜씨는 정말 일품이더군.

원장이 희재와 이야기하는 동안 택시 기사는 특수한 솜씨로 같이 온 여자들의 몸을 수색했다고 했다. 희재는 히틀러가 가게에 나왔을 때 문자를 보내주기로 했다.

과학 선생은 폭탄을 완성했다. 시험 삼아 터뜨려봤는데, 승용차 하나가 반파됐다.

우리는 로멜의 사무실로 갔다. 로멜은 히틀러의 부하들과 어울리지 않는다. 늘 혼자 다닌다. 사무실에도 사무장 한 명과 전화를 받는 여직원밖에 없다. 우리는 들어가자마자 문을 잠그고 토카레프를 장전했다.

— 아저씨도 아빠를 배신했나요?

우리가 물었다.

— 난 아무것도 하지 않았어.

로멜이 대답했다.

— 그게 더 나쁠 수도 있어요.

— 법률적으론 문제가 없다.

— 왜 배신했죠?

— 너희 아빠는 너무 독선적이었어. 히틀러는 모든 일을 민주적으로 처리한단다.

— 우리는 아저씨를 죽일 수도 있어요.

우리는 토카레프를 꺼내서 장전했다.

— 복수는 법으로 금지된 행위야.

형은 로멜을 죽이겠다고 했다.

누나는 형 의견에 동의했다.

나는 반대했다.

로멜은 죽을 만큼 잘못이 없었다. 방관이 죄라면 모든 인간이 처벌받아야 하니까. 무엇보다 우리는 정보가 필요했다.

— 진짜 로멜은 히틀러 암살 혐의로 수사받다가 자살했어요.

우리가 말했다.

— 역사는 되풀이되는 법이지만, 그렇다고 똑같이 반복되는 것은 아니야.

로멜이 말했다.

우리는 로멜을 데리고 야채 할머니 집으로 돌아왔다. 우리는 그에게서 예전 아빠의 부하들의 상황, 엄마와 담임의 위치를 알아냈다.

로멜의 말에 따르면 공식적으로 아빠는 적의 습격을 받아 죽은 것으로 되어 있었다. 히틀러가 아빠를 배신했다는 것을 아는 것은 히틀러의 측근들뿐이었다. 혼란을 줄이고 부하들을 수습하기 위해 택한 방법이었겠지만, 그것은 큰 실수였다. 아빠는 살아 있으니까.

우리는 아빠와 함께 부하들을 모으러 갔다. 홍 씨가 아빠의 휠체어를 밀었다. 우리는 가방 안에 토카레프와 폭탄을 넣었다.

우리는 로멜에게 얻은 정보를 토대로 만든 부하들의 배치도를 아빠에게 줬다.

— 어디부터 갈 생각이세요?

우리가 물었다. 아빠는 손으로 몇 군데를 가리켰다. 우리는 이유를 물었다.

— 이 녀석들은 충성심이 높아.

아빠가 대답했다.

— 충성심이 높았던 사람한테 먼저 가는 건 별로 좋은 생각이 아니에요.

— 어째서?

— 아빠한테 가장 충성했던 사람이 히틀러잖아요.

아빠는 고개를 숙이고 한숨을 크게 쉬었다.

— 그럼 어떤 순서로 가는 게 좋겠니?

— 히틀러가 사장이 된 후로 실권을 잃어버린 사람들부터요. 그다음에는 평소에 히틀러와 사이가 안 좋았던 사람들이요.

— 너희 말이 맞구나.

아빠는 배치도를 다시 천천히 살피고 몇 군데를 말했다. 큰 가게를 관리하다가 최근에 작은 가게를 관리하게 된 사람들이었다.

싸움은 일어나지 않았다. 그들은 좌천당한 것에 대한 불만이 많았는지 아빠를 보자마자 우리 편이 됐다. 아빠는 반나절 만에 세력의 3분의 1을 수복했다. 아빠는 더 많은 부하들을 모으고 싶어 했다.

— 이걸로는 힘들어. 적어도 반 이상은 모아야 해.

아빠가 말했다.

— 왜요?

우리가 물었다.

— 경험이 많은 놈들은 대부분 저쪽에 있어. 숫자라도 비슷하게 맞춰야 싸울 수 있어.

— 전면전을 할 게 아니니까. 괜찮아요.

— 그럼 어쩌려고?

— 기습해야죠.

우리는 아빠를 진정시켰다. 기습을 하기 위해서는 히틀러가 우리의 움직임을 눈치채지 못하게 해야 했다. 무엇보다 중요한 것은 속도였다.

우리는 아빠의 부하들을 둘로 나눴다. 인질 구출과 공격을 동시에 해야 했다. 아빠와 과학 선생은 담임을 구하러 갔다. 홍 씨가 아빠의 휠체어를 밀었다. 담임이 있는 곳은 일산 근처의 물류 창고였다. 지키는 사람이 많지 않으니 크게 어려운 일은 아니었다.

우리는 남은 사람들을 데리고 히틀러가 있는 룸살롱 본점으로 쳐들어갔다. 우선 원장과 택시 기사를 손님으로 위장시켜 들여보냈다. 원장의 차에는 과학 선생이 만든 폭탄이 가득 실려 있었다. 한 시간 후에 폭발하도록 시한장치를 했다.

주차장이 폭발하는 소리가 공격 신호였다. 폭발과 동시에 비상벨이 울렸고, 룸살롱 안에 있던 손님들이 밖으로 나왔다. 히틀러의 부하들은 우왕좌왕했다. 우리는 그 틈에 안으로 돌격했다.

생각보다 방비가 너무 허술했다. 주차장의 소란 때문이라고 해도, 지키는 사람이 너무 적었다. 몇 명 안 되는 히틀러의 부하들은 아빠의 부하들에게 바로 제압당했다. 히틀러는 사무실에 혼자 앉아 있었다. 마치 우리를 기다리고 있었던 것 같았다.

우리는 토카레프를 꺼내서 히틀러를 겨눴다. 히틀러도 총을 꺼내서 우리를 조준했다. 우리는 넓게 거리를 벌렸다. 내가 가운

데, 누나가 왼쪽, 형이 오른쪽에 섰다. 히틀러는 총구로 우리를 한 명씩 가리켰다. 동시에 쏘면 우리 중 한 명은 죽을 수밖에 없었다.

— 오랜만이구나.

히틀러가 말했다.

— 항복하세요.

우리가 말했다.

— 왜 아빠를 배신했죠?

— 나중에 크면 알게 될 거야.

히틀러는 웃었다. 소리는 내지 않았지만, 즐거운 것 같았다.

— 뭐가 웃기죠?

우리가 물었다.

히틀러는 대답 대신 손을 움직였다. 토카레프로 자기 머리를 쐈다. 히틀러의 머리의 강도는 4.5, 총알의 강도는 9.3, 히틀러의 머리에 구멍이 뚫렸다. 총알이 뚫고 나온 자리는 두개골이 산산조각 났다.

히틀러는 처음부터 우리를 죽일 생각이 없었는지도 모른다. 생각해보면 그에게는 우리를 죽일 기회가 얼마든지 있었다. 방법도 아주 많았다. 우리는 그의 행동과 말을 이해할 수 없었다.

담임을 구출하는 데 성공했다고 연락이 왔다. 우리의 동생은 태어나지 못했다. 납치와 감금, 협박, 그에 따른 공포를 이겨내지 못하고, 액체 상태로 자궁을 빠져나왔다. 우리는 차라리 잘

된 일일지도 모른다고 생각했다. 그 정도 고비를 넘기지 못하는 동생이라면 무사히 태어났어도 어차피 살아남지 못했을 테니까. 우리는 동생을 축복해줬다.

과학 선생이 담임을 데려갔다. 아빠는 담임을 붙잡지 못했다. 우리는 택시를 타고 예전에 우리가 살던 집으로 갔다.

우리는 히틀러를 화장했다. 하얗고 작은 가루는 경도가 0이었다. 우리는 온천 주인에게 부탁해서 유골 가루로 모래시계를 만들었다.

― 시간은 어떻게 해줄까?

― 10년이요.

모래가 다 떨어졌다. 우리는 주민등록증을 받았다. 동물원에 들어갈 때, 성인 요금을 냈다.

얼마 후에 야채 할머니가 죽었다. 사고도 병이 있었던 것도 아니었다. 시간이 다해서 게임이 끝난 것이다. 장례식장은 분당의 작은 병원이었다. 우리는 물론이고, 그동안 할머니와 대전했던 수백 명의 도전자들이 조문을 갔다. 게임센터 사장이 근조 화환을 보냈다. 할머니의 아들은 조문객이 너무 많아서 당황한 것 같았다.

도전자들은 조의금 함에 계속해서 봉투를 넣었지만, 할머니는 다시 살아나지 않았다.

아빠는 우리한테 정식으로 모든 것을 물려주고 은퇴했다.

— 무림은 너희가 생각하는 것보다 훨씬 무서운 곳이다. 한번 발을 들이면 쉽게 빠져나갈 수 없어.

아빠가 말했다.

— 괜찮아요. 바깥은 뭐 다른가요?

우리가 말했다.

나중에 알게 된다던 것들은 하나도 알 수 없었다. 하지만 뭔가 안 것 같은 기분이 들었다.

임창정과 USB

김신식
(산문가 · 시각문화 연구자)

0. 차력의 과학, 과학의 차력

차력이냐 과학이냐. 『편협의 완성』을 읽은 뒤 처음 남긴 메모
였다. 한데 차력과 과학을 구분하려는 이 메모는 소설을 여러 번
읽을수록 유용하지 않았다. 작품 속 인물들은 몸부림친다. 차력
은 과학이며, 과학은 차력임을 증명하고자. 차력의 본뜻을 감
안한다면 차력을 구경하는 일은 신묘함을 체험하는 것이다. 하
나 차력사들의 몸짓엔 주어진 대상의 힘에 기대어 신비로움을
창출하는 물리(物理)가 담겨 있다. 본 소설집을 읽으면서 "차력
은 과학이기 때문에 연습만 하면 된다"[1]는 어느 무도인의 인터

---

1) 「[이주상의 E파인더] 런던무도대학교 이태용 총장, "9월에 전세계 무도인의 축제가

뷰가 떠올랐다. 인터뷰이의 말이 허황되지 않은 까닭을 이갑수 소설의 특색과 연관 지어 생각하고 싶다. 『편협의 완성』엔 과학을 신경 쓰는 사람들이 자주 나온다. 근데 이들은 시쳇말로 '몸빵'에 익숙하다. 나는 수록작을 읽은 뒤 끼적거렸다. '차력은 세상사의 신비를 증언하는 몸짓의 과학이다(차력의 과학). 과학은 간혹 몸으로 맞닥뜨려 세상사의 신비를 이해하려는 차력이다(과학의 차력).' 『편협의 완성』에서 인물들은 세상사를 과학의 원리에 맞게 설명하고자 한다. 이들은 과학적 사고에 천착한 채 인간 만사를 이해하려 한다. 여기엔 자기 자신을 실험의 대상으로 기꺼이 내놓는 '몸빵'의 태도가 스며들어 있다. 비유하자면 『편협의 완성』은 차력과 과학을 궁금증을 해소하는 몸짓으로 묶는 작품집이다. 그러했을 때 이갑수 소설의 사람들에게 중요한 신조는 다음과 같다. *하면 된다.*

이 신조를 바로 받아들이지 말고 일단 따져보자. 당신에게 저 문구는 낯익다. 가령 당신은 1990년대 후반에서 2000년대 초반에 흥했던 조폭 영화, 양아치로 불리는 소시민들이 소동을 일으키는 영화에서 지겹게 본 모토로 '하면 된다'를 기억할지도. 그런데 『편협의 완성』에서 '하면 된다'의 용례는 사뭇 다르다. 이갑수 소설에선 양아치들이 과학을 한다. 그렇다. 『편협의 완성』은 과학 하는 양아치들의 이야기다. 과학과 양아치라니. 차력과

열립니다", 『스포츠서울』 2018년 3월 22일 자.

과학 사이만큼 멀어 보일지도. 하지만 지능과 재능, 머리 굴림의 차원에 치우쳐 양쪽을 판단하진 말자. 이갑수 소설의 과학엔 몸짓과 몸빵이 중요하니까. 『편협의 완성』속 양아치들은 소위 '무데뽀 정신'을 실천하면서 동시에 이 정신이 그저 무력한 사람들에게 남은 악다구니인지 의구심을 표한다. 실험실의 인류학자 브뤼노 라투르가 설파했듯 과학 연구 논문의 오류를 의심하고 밝히는 가장 분명한 방법은 무엇인가. 연구가 수행된 실험실로 들어가 다시 그 실험을 하는 것이다. 라투르의 생각을 전유하자면 이갑수 소설의 사람들이 선보이는 '하면 된다 효과'는 양아치라는 문화적 캐릭터에 으레 부착된 무데뽀 정신의 해학에 있지 않다. 『편협의 완성』은 무데뽀 정신이야말로 불가해한 세상을 이해해보려는 과학적 사고임을 이야기한다. 개개의 사정과 사연 속에서 어렵게 살아가는 이갑수의 행동대장들. 그들은 무데뽀 정신이 과학의 사고임을 증명하는 데 '몰빵'하고자 세상을 향해 '몸빵'으로 맞선다.

『편협의 완성』을 '몸빵의 과학소설'로 부르고 싶었던 연유에는 수록작을 읽을 때마다 떠오른 한 사람이 있기 때문이다. 임창정. 1983년생인 이갑수와 1982년생인 필자에게 양아치로 기억되는 배우를 꼽으라면 박중훈과 임창정을 빼놓을 수 없을 것이다. 하지만 시기상 1980년대생에게 회자되는 양아치는 박중훈보다 임창정에 더 가깝지 않나 싶다. 언뜻 거리감을 느끼겠지만 나는 당신 앞에서 이렇게 말하고 싶다. 『편협의 완성』은 과학

하는 임창정들의 이야기라고. 나는 임창정의 실제 모습을 모른다. 고로 배우가 맡은 캐릭터로서만 이야기 중임을 밝힌다면 내가 꺼낸 생각은 우리가 알고 있는 임창정의 캐릭터를 떠올린다면 어색해 보인다. 하나 전술했다시피『편협의 완성』은 과학 하는 양아치들의 이야기다. 잇자면 이갑수의 픽션은 소시민의 무력과 울분을 품은 채 "언제나 곤궁에 처한 남자"[2]를 대변해온 임창정식 양아치들을 노래하는 에세이essay가 아니다. 이갑수의 임창정들은 세상은 왜 이 모양이며 나는 왜 이 꼴인지 그 곤궁을 검정assay하는 데 몸을 쓰는 양아치다. 이갑수 소설에 내장된 렌즈로 영화「색즉시공」을 다시 본다면, 임창정이 연기한 차력 동아리 회원 은식이 은효 앞에서 선보인 차력은 순박하고 열등감 많은 남자의 사랑 고백이 아니다. 사랑이 무엇이며 그 사랑이 왜 실현되어야 하는지 몸소 수차례 검증하는 실험인 것이다. 소설로 돌아온다. 그리고 말한다.『편협의 완성』은 과학 하는 임창정들, 검정하는 임창정들, 검증하는 임창정들의 이야기다. 그렇다면 "문학을 공부하는 과학도이고 싶다"[3]는 작가의 실험실에서 과학은 어떻게 일어나고 있을까.

---

2) 강병진, 「[임창정] 점점 단단해지는 얼굴」, 『씨네21』 2010년 11월 1일 자(홈페이지 기준).

3) 이갑수·백수린·이수형, 「징후들: 이해와 오해 사이에서 소설을 구해줘」, 『문학과사회』 2012년 여름호, p. 136.

1. 이갑수가 꾀하는 과학, 이갑수가 꿈꾸는 문학(1)
: 원리와 이치

　우선 하나씩 열거해보자. 표제작 「편협의 완성」에서 김희재는 책으로 세상을 배우며, 교본대로 검도를 익히는 사람이다. 「아프라테르」에서 화자의 형은 일본 만화에서 배운 대로 만화 속 장면을 동생에게 실험한다. 「T.O.P」에서 커피 자판기로 환생한 무도인 일각은 소림사로 돌아가고자 돈을 벌어야 하고 인간으로 변신해 카페 일을 배운다. 「일사부조리」에서 블루투스 이어폰을 긴 채 감전 사고를 당한 화자는 청각을 잃어 독순술을 배우러 다닌다. 「품사의 하루」에서 형용사는 공업고등학교에 다니면서 컴퓨터에 대한 것보다 화장에 대해 더 많이 배운 인물이다. 「우리의 투쟁」에서 조폭 두목의 막내아들로 태어난 화자는 가정교사와 과학 선생 등을 통해 어른들의 생리를 배운다. 이처럼 이갑수 소설의 사람들은 학습에 매진한다. 이유는 간단하다. 궁금하니까. 과학이 아니더라도 우리는 궁금증을 풀고자 다양한 학문을 배운다. 그렇다면 왜 과학인가. 「편협의 완성」에서 검도인 안인력은 이처럼 말한다. "그렇게 반복만 하면 아무 소용도 없어. 숙달은 되겠지만 그게 다야. 원리를 파악해야지"(p. 25). 작품 속 사람들이 품은 궁금증엔 무엇보다 '원리'라는 화두가 깔려 있다. 원리는 어떨 때 쓰이는가. 자신이 사는 세상이 어떻게 돌아가는지 세상의 성질과 상태를 알고자 할 때 우리는 원리를 파악하고 싶어 한다. 이갑수는 작품마다 등장인물이 접하는 장소·사물·직종의 유래를 밝히거나 사물의 용도와 효과를 설명하며 세상의 움직임을 알아가는 데 필요한 과학적 원리를 강조한다. 우리는 어느 때 원리에 대해 놀라워하는가. 우리를 에워싼 복잡한 세상에서 일어나는 일 안에 단순한 반복과 패턴이 숨어 있음을 알 때 우리는 종종 '알고 보니'로 시작되는 감탄을 표출한다.

아울러 원리는 반복과 패턴으로 이뤄진 세상을 설명·증명하는 데 요긴하면서도 반복이 야기하는 소모를 일깨워준다. 안인력의 말에서 알 수 있듯 학습과 학습을 구성하는 반복된 연습의 효과는 숙달에서 멈춘다. 한쪽만 숙달된 사람은 막상 다른 상황에 처했을 때 자신이 익히고 예비해둔 상황이 아니라서 쉽게 당황한다. 원리를 알면 다른 동작을 행할 응용이 가능하다. 「편협의 완성」 속으로 돌아가 보자. 화자인 김희재는 안인력의 찌르기 연습에 의문을 품는다. 그러다 검도 대회에 나간 안인력이 연습하던 검법 대신 정작 다른 검법으로 우승했을 때 김희재는 자신이 행해온 학습과 연습이 잘못되었음을 알고, 안인력이 왜 원리 파악을 중요히 여겼는지 뒤늦게 깨닫는다. 어린 시절 깁스를 했던 자신을 떠올리며.

태어나서 한 번도 왼손으로 글씨를 써본 적이 없는데도 글자를 적을 수 있었고, 젓가락으로 라면을 집어먹을 수 있었다. 원리를 알고 있기 때문에 가능한 일일 것이다. 어쩌면 그날 안인력이 보여준 다양한 기술들은 그런 이해의 극단적인 성과였는지도 모른다. 그는 찌르기 연습을 한 것이 아니라, 검이 움직이는 원리를 파악하고 있었던 것이다. (p. 31)

안인력은 사물과 사람을 잇는 동작의 원리를 파악하는 무도인이다. 그는 김희재의 학습과 연습이 편협했음을 일깨운다. 그러나 우리가 읽고 있는 책은 과학잡지가 아니다. 소설이다. 검술의 원리에 관련된 과학 지식을 쌓고 싶다면 당장 서점으로 달려가 교양과학서를 사서 읽으면 된다. 이갑수의 소설은 과학적 원리를 강조한다. 다만 『편협의 완성』에서 과학적 원리란 문학의 원리를 설명하는 기법으로 한정, 이해되어야 할 것이다. 실토한다. 나는 문학의 원리가 무엇인지 총체적인 정의를 내릴 깜냥이 되지 않는다. 그러나 이러한 한계를 그어놓은 뒤 적어도 이갑수의 소설에서 문학은 어떻게 원리를 추구하는지 짚어볼 순 있겠다. 명징한 과학적 원리로도 이해될 수 없는 세상사와 인간사의 모순을 몸소 맞기. 나는 이것이 이갑수 소설에 나타나는 문학적 원리라고 생각한다. 「아프라테르」로 돌아가보자. 화자의 형이 흠모하던 책방 누나가 있다. 이 누나는 오토바이를 즐겨 탄다. 그러던 어느 날 형은 책방 누나에게 묻는다. "천국에 가면 어떤 기분일까요?"라고 형이 묻자 책방 누나는 형을 오토바이에 태우고 시속 160킬로미터로 고속도로를 달린다. 형은 이 경험을

"부드럽고, 빠르고, 무서웠어"(p. 50)라고 말한다. 그리고 책방 누나는 교통사고로 진짜 천국에 간다. 천국에 가는 기분은 어떨지 궁금증을 풀고자 책방 누나가 택한 방법은 실습이다. 이는 천국에 가면 어떤 기분이 드는지 알아보려는 실험이기도 하다.

계속된 장면. 사망 전 병원에 입원한 책방 누나를 진단한 의사는 책방 누나가 곧 깨어나리라 단언한다. 근거는 시티 사진이었다. 소설 속 언급처럼 "엑스레이나 시티 사진을 판독하는 원리는 다른 그림 찾기와 같다. 건강한 사람의 사진과 비교해서 다른 부분이 있으면 병이 있다고 의심하는 것이다"(p. 51). 책방 누나의 시티 사진에는 단 하나의 다른 그림도 없었지만 결국 깨어나지 않았다. 그리고 죽었다. 이는 '몸빵'으로 증명한 실험 결과이자 실습이라는 학습 유형에서 나온 결론이다. 이갑수 소설에서 '몸빵의 과학'은 과학의 원리와 세상의 이치 사이가 벌어져 있음을 증언한다. 세상을 투명하게 내다볼 수 있는 원리가 과학의 눈으로 제시된다 하더라도 가닿을 수 없는 세상의 이치는 여전히 존재하는 법. 이처럼 단어의 본뜻에서 떠난다면 『편협의 완성』에서 원리와 이치는 달리 쓰임을 알 수 있다. 언뜻 원리나 이치는 세상·인간·사물의 제때와 제자리 그리고 제 모습이라는 본질을 이해하는 데 필요한 용어 같다. 그런데 이갑수 소설에 내재된 문학의 원리는 원리와 이치를 구별한다. 원리principle를 주어진 대상의 복잡성을 과학적으로 규명했을 때 나타나는 결과로, 이치reason를 세상의 모순을 담은 인간들의 원칙을 나타내는 용어로 말이다. 전자엔 조리logic가 후자엔 부조리irrationality가 강조된다는 점에서 차이가 있다. 좀더 살펴보자. 이갑수 소설에서 이치는 어떻게 나타나는가. 이갑수는 인간사에 내재된 모순을 숙지한 채 그것이 자신만의 원칙인 것처럼 으스대는 어른들을 비웃는 장치로 이치를 쓴다. 이렇게.

어른들은 언제나 과거를 교훈 삼으라고 말한다. 예전에는 더 힘들었다. 끔찍했다. 지금이 낫다는 식의 논리다. 하지만 그건 속임수다. 사람은 자기가 하는 일이 가장 힘들고, 자신이 아플 때 제일 아프다. 최악의 악당은 역사 속의 누군가가 아니라, 지금 우리를 괴롭히는 사람이다. (p. 236)

어른이 되어야만 알 수 있는 것 따위는 없다. 우리는 지금도 무엇이든 알 수 있다. (pp. 238~39)

영화로 치자면 리처드 링클레이터 감독의 「보이후드」를 소노 시온 감독의 「러브 익스포저」 버전으로 재해석한 듯한 성장소설 「우리의 투쟁」. 어린 화자는 자신이 만난 어른들이 건넨 이치와 그 발화 방식을 곱씹으며 자신만의 이치로 되갚아준다. 세상을 살아가는 단맛과 쓴맛을 다 겪어본 자라는 위치에서 내린 '이것이 세상의 제맛'이라는 어른들의 이치에 대응하는 것이다. 한편 이갑수 소설에서 이치는 지구에 태어난 인간이라는 존재 자체를 비웃으며 인간의 불가해한 속성을 질문하고 비평하는 장치로도 쓰인다. 이렇게.

이갑수가 써 내려간 이치의 문장들	작품명	페이지
나는 안인력의 찌르기를 보면서 코카콜라를 마셨다. 예상보다 달에 광고판을 세운 효과는 별로 없었다. [……] 사람들은 달을 거의 보지 않았다. 당연한 일인지도 모른다. [……] 지상에 더 화려하고 매혹적인 것들이 많았다.	편협의 완성	34~35
천하제일무술대회가 끝나고 열린 연회 때마다 손오공 앞 식탁에는 언제나 통돼지구이가 있다. 나는 돼지랑 친구인데 돼지를 즐겨 먹는 게 이상하다고 생각했다. 하지만 나이를 먹으면서 이해했다. 그런 게 사람이다.	아프라테르	45
─우리가 환생한 이유가 뭘까요? [……] 나는 대답하지 않았다. 그녀도 몰라서 물은 것은 아닐 것이다. 첫번째 태어났을 때도 이유 같은 건 없었다. 두번째도 마찬가지다.	T.O.P	80~81
아버지는 그 돈으로 땅을 사서 건물을 지었다. 그는 왜 그런 아무것도 없는 외진 곳에 건물을 짓는지 이해를 못 했다. 시간이 지나자 건물 근처에 지하철역이 들어왔고, 대형마트가 생겼다.	일사부조리	100~01
어쩌면 답은 정해져 있는지도 모른다. 엘로힘이 보시기에는 좋지 않지만, 내가 만들고 싶은 것을 내가 만들고 싶은 방법으로 만들면 그것은 세상에 존재할 수조차 없다.	조선의 집시	127
나는 천주교 신자이지만, 신이 자신의 형상대로 인간을 만들었다는 말은 믿지 않는다. 신이 이렇게 멍청한 모습일 리가 없다.	서점 로봇의 독후감	147
─이걸 만든 사람은 전쟁이 뭔지 알아. 처음 스타크래프트를 했을 때, 명사는 그렇게 말했다. 자기 차례를 지키면서 전쟁을 한다는 것은 말도 안 되는 일이다. 전쟁은 혼란 그 자체니까.	품사의 하루	190
언젠가 뉴스에서 국회의원들이 본회의를 하는 모습을 보고 우리는 소수결이 아주 뛰어난 제도라는 것을 새삼 깨달았다.	우리의 투쟁	227

이 이죽거림 가득한 이치의 문장들에서 추릴 수 있는 속성은 무엇일까. 나는 이렇게 말하고 싶다. 『편협의 완성』은 환경과 사물의 제 작동을 설명하는 과학적 원리, 그러한 원리를 망각해온 인간이 자신들의 경험치만 담아 제조해버린 이치의 간극을 비평하는 소설집이라고. 이갑수는 마치 이렇게 말하는 것 같다. 인간은 자신이 체득한 이치를 발설할 때 그 이치가 세상의 본맛이라 생각할지 모르겠지만, 그 본맛이야말로 인간의 자만이 만든 착각이라고. 즉 『편협의 완성』은 인간으로 태어난 이상 들을 수밖에 없던 기존의 힘 있는 경구를 야유하고, 그 경구에 서린 이치의 영향력에 '대항하는 경구 모음집'이라 할 수 있다.

2. 이갑수가 꾀하는 과학, 이갑수가 꿈꾸는 문학 (2)
: 임계 상태의 픽션

대항적 경구와 함께 이갑수의 작품에서 두드러지는 특징은 과장exaggeration이다. 당신은 갸우뚱할지 모르겠다. 과학적 원리를 강조하는 소설에서 과장이 두드러지다니. 한번 물어보자. 과연 과학은 과장과 거리가 먼가. 우리는 대상을 되도록 정밀하게 보고자 측정이라는 방식을 택한다. 측정은 과학 실험에서 결과를 도출할 때 필요한 방법 중 하나다. 이갑수의 소설은 '측정'의 태도로 방금 전 질문을 당신 앞에 끄집어 올린다. 가령 이렇게.

형의 첫 패배는 이태원에서 벌어진 싸움이었다. 상대는 키 2미터가 넘는 흑인이었는데, 형은 15분 동안 226대를 맞았다. (「아프라테르」, p. 46)

금강불괴의 몸으로도 여자들이 물건 사는 데 따라다니는 건 견딜 수가 없었다. 그들은 이틀 동안 1억 6천 5백만 원어치의 옷과 액세서리를 샀다. 커피로 치면 33만 잔쯤 된다. 여덟 명의 소녀가 이틀 동안 33만 잔의 커피를 마실 수 있다는 건 신비한 일이기는 했다. (「T.O.P」, p. 87)

다음 날, 그는 소음측정기를 사서 거실 벽에 붙였다. 저녁 6시에서 8시 사이가 가장 시끄러웠다. 측정기의 수치가 70데시벨이 넘어가면 그는 경비실로 항의 문자를 보냈다. 그러면 며칠 동안은 조용해졌다. 그는 무감각해진다는 말을 싫어했다.
하나의 감각이 제한되면 다른 감각이 예민해진다. 그것은 과학적으로도 이미 검증된 일이었다. (「일사부조리」, pp. 105~06)

낭비에 대해 생각해본 적이 있다. 스물네 시간을 기준으로 하면 나는 성인 남성 3백 명분의 노동력을 갖고 있다. 휴식이 필요 없으므로 한 달이나 1년을 기준으로 하면 더 늘어날 것이다. (「서점 로봇의 독후감」, pp. 146~47)

이를테면 이갑수 소설의 사람들은 몇 대를 맞았다고 말하지 않는다. 226대를 맞았다고 말한다. 누가 몇 벌의 옷을 샀고 그것으로 견딜 수 없다고 말하지 않는다. 33만 잔의 커피로 환산될 수 있는 옷을 샀기에 견딜 수 없다고 말한다. 수치를 일일이 밝히는 일은 정확성을 염두에 둔 것이지만 세상만사를 수치로 낱낱이 밝히는 일에서 우리는 종종 과함을 느낀다. 즉 숫자는 그 자체로 정확하다. 하지만 어떤 일에 대해 숫자를 일일이 거론할수록 받아들이는 사람은 과장됨을 느끼곤 한다.

측정과 과장이 맞물린 이갑수 소설에서 자주 눈에 띄는 측정하는 태도를 '측정력'이라 명명할 수 있다면, 『편협의 완성』 속 측정력은 화자의 눈앞에 벌어진 일들의 크기를 키우거나 우연한 소동에 휘말린 이들의 처지를 '웃프게' 묘사하는 데 쓰인다. 당신이 과장을 쉽게 부정적으로 치부하지 않는다면, 이갑수 소설에서 과장은 불합리한 세상을 살아가는 사람들의 비극을 더욱 정밀하게 쪼개어 나타낼 때 제시되는 비운(悲運)의 감정이다. 질문을 키워볼까. 나는 『편협의 완성』을 통해, 한 편의 픽션이 만들어지는 데 측정과 과장은 어떻게 맞물려 보는 이로 하여금 특유의 감정을 유발시키는지 질문을 던져볼 수 있으리라 생각한다. 나는 질문에 대한 힌트를 영화감독 요르고스 란티모스와 그의 동료 각본가 에프티미스 필리포의 스타일에서 얻었다. 두 사람의 작업을 다룬 영화저널들이 주목해온 키워드엔 '과장'이 있다. 이때 과장은 그저 시끌벅적한 소동에서 나올 법한 분위기가 아니다. 일례로 영화 「랍스터」에서 보듯 45일 이내에 사랑하는 짝을 찾지 못하면 자신이 말한 동물이 되어야 하는 상황은 인간의 언어로 세세하게 동작들을 제약하는 측정된 규칙과 환경이 있었기에 더욱 극적인 과장으로 다가온다.

소설로 돌아오자. 이갑수의 작품에 자주 발견되는 측정과 환산은 등장인물이 맞이한 상황을 극적으로 부풀리는 데 활용된다. 이러한 부풀림이야말로 나는 픽션의 묘미라고 생각한다. 부연하자면, 이갑수 소설은 문학 바깥의 현실을 정밀하게 측정·환산하며 '실물 크기life size'대로 그 현실을 이야기한다. 그렇지만 결국 그러한 측정과 환산으로 이뤄진 서사의 전개가 문학 밖 현실의 흐름에 마냥 복속되지 않는다는 데서 묘미가 있다. 당신이 이 해설을 읽기 전 수록작의 전개가 대체로 황당무계하다고 느꼈다면, 황당무계함은 문학적 현실과 문학 바깥의 현실을 일대일의 비율로 측정·실험해가는 가운데 벌어진 일종의 '임계 상태critical state'를 시사하는 픽션적 장치다. 이갑수 소설의 인물들이 졸지에 봉변을 당하고 자주 사고를 당하며 변신과 환생을 거치는 이 우발성엔 사회에 내재된 임계 상태의 도달과 그로 인해 야기될 전이와 붕괴, 폭발의 패턴. 즉 "임계적 사고"[4]가 작동

---

4) 나는 『편협의 완성』을 읽으면서 임계적 사고에 빠져들었는데, 관련된 생각은 이론물리학자 마크 뷰캐넌의 『우발과 패턴』(김희봉 옮김, 시공사, 2014) 그리고 과학 저널리스트 필립 볼의 『물리학으로 보는 사회』(이덕환 옮김, 까치, 2008) 등을 참고했다.

하고 있다. 당신은 임계적 사고의 예로 자주 소개되는 모래 더미 게임에 대해 들어본 적 있을 것이다. 모래 한 알을 떨어뜨려가며 모래 더미의 붕괴도를 실험하는 이 게임이 강조하는 것은 결국 우발을 야기하는 민감성이다. 작은 모래알 하나가 모래 더미를 붕괴시킬 수도 있는 실험 속 장면을 본 소설집의 특색으로 시각화한다면, 『편협의 완성』에서 인물들이 수치, 측정, 환산을 일일이 표하는 이유는 그들 앞에 닥친 세상이 불안하기 때문이며, 인물들은 그 불안을 민감하게 느끼고 있기 때문이다. 이갑수는 불안에 떠는 인물들의 민감성이 감지하는 예측 불가능한 세상사와 인간사의 크기를 점점 부풀리며 소동의 규격을 만들어낸다. 그런 가운데 이 임계 상태에 달한 소동들의 규격은 황당무계함을 자랑한다. 재론하자면 이 황당무계함은 체력이 바닥난 작가가 될 대로 되라며 던져놓은 서사의 양상이 아니다. 『편협의 완성』은 한 작가가 인간과 사물 사이, 문학 밖 현실과 문학적 현실 사이를 민감하게 측정해가며 실험한 우발과 그 패턴을 증명하는 소설집이다.

3. 비─인간이라는 입구: 문학은 USB를 넘어설 수 있을까

논의의 마지막으로 나는 이갑수 소설에서 자주 발견되는 '비─인간'에 대해 이야기하고 싶다. 이를 위해 장면들을 펼쳐본

다. 여기 "나는 무엇이든 책으로 배웠다"(「편협의 완성」, p. 11)
고 자신의 인생을 술회하는 인간이 있다. 여기 "인간들은 책을
읽지 않는다. 책 읽기는 내가 할 수 있는 유일한 로봇다운 행동
이"(「서점 로봇의 독후감」, p. 162)라고 말하는 로봇이 있다. 그
리고 여기 책과 인간에 대한 견해를 펼치는 외계인이 있다.

　책 따위를 읽을 시간이 있었다면 이길 방법을 궁리했어야지.
책 가지곤 우리를 못 이겨. 우리는 지구를 점령한 후 지구인에 대
해 숱한 자료를 모았다. 컴퓨터 분석에 따르면 지구인은 새로운
환경에 쉽고 빠르게 적응한다. 그래서 어제까지 적이라고 맞서던
우리한테 오늘은 꼬리를 흔들고 있지. (마쓰모토 레이지 원작 애니
메이션 「우주해적 캡틴 하록」에서)

　외계인의 말에 선장 하록은 답한다. "지구인은 당신 말처럼 비
굴하지 않아"라고. 이 애니메이션이 방영되었던 해가 1978년이
다. 40년이 지난 지금, 나는 『편협의 완성』을 통해 하록의 대답
에 댓글을 달 순간을 마련했다. 수록작을 보면 하록의 말에 '좋
아요'를 선뜻 누르기가 어려워진다. 나는 해설을 준비하던 중 인
스타그램에 방금 인용한 대사가 나오는 장면을 캡처해 올린 뒤
다음과 같이 적었다. "비굴한 것 같아. 하록." 2018년 2월 5일의
일이다. 요즘은 잘 쓰지 않는 표현이지만 외계인의 저 말은 폐부
를 찌른다. 험난한 사건 사고를 극복하려면 책보다 더 능한 도구

가 많기 때문이다. 속 시원히 일을 해결하고 싶을 때 영화와 드라마 속 주인공은 책 대신 CCTV를 돌려본다. 요즘은 CCTV 대신 USB로 주인공이 위기를 탈출하는 장면이 부쩍 늘어난 것 같다. 해결사를 자처하는 USB 덕분에 아침 드라마 주인공은 자신이 일하는 회사의 주주 총회에서 가까스로 위기를 모면한다. USB라는 저 작은 사물이 인간보다 커 보이는 순간은 USB 때문에 사람들이 쉽게 누명을 쓰거나 악당을 변심시키는 장면들이다. 『편협의 완성』을 읽으면 여러 사물이 등장한다.[5] 이 사물을 '비-인간'이라 부를 수 있을 것이다. 이 '비-인간'들이 단순히 인간을 꾸짖는 역할만 한다면 오산이다. 실은 내가 하록 선장의 저 대사에 반박한 이유도 그저 인간이 지닌 태생의 심성에서 추론해본 것이었다면 이 논의는 바로 여기서 중단되어야 마땅하다. 인간이 본디 비굴하고 비루하다면 무슨 할 말이 있겠는가.

『편협의 완성』은 인간이 스스로 비루하고 비굴한 인간이라고 정의하는 것마저 인간적 아름다움을 포기하지 않았다는 예라고 냉랭히 말한다. 이 인간적 아름다움이 그리 좋은 뜻은 아님을 당신은 이미 감지했을 것이다. 이갑수 소설에 인간과 대비되는 사물이 자주 등장하는 이유는 '인간적 아름다움'이라는 기준에 의

---

5) 여담이지만 스마트폰으로 "010-6274-1217"(「조선의 집시」)를 구글에 검색하면 흥미로운 결과물이 하나 뜬다. 인간은 책을 안 읽는다는 서점 로봇의 편협에 끄덕거리게 되면서도, 책을 읽을 때 스마트폰이 방해가 된다는 인간의 편협은 핸드폰 번호라는 '비-인간'을 통해 심문거리가 될지도. 나는 인간의 목소리를 듣기 위해 전화를 거는 대신 검색을 택했다.

문을 던지고자 함이다. 인간은 자신을 부정하면서까지 자기 존재의 덕목을 믿으려 하기 때문에, 이갑수는 비-인간이라는 입구를 열어젖혀 인간적 아름다움을 포기하지 않은 인간이 내리는 인간미의 정의를 하나씩 소거한다. 고로 본 소설집에서 큰 역할을 하는 것은 인간이 아니라 코카콜라(「편협의 완성」), 전생에 사람이었던 커피 자판기(「T.O.P」), 베이스기타(「조선의 집시」), 로봇(「서점 로봇의 독후감」), 과학 실험에 쓰인 돌(「우리의 투쟁」)인지 모른다. 「품사의 하루」는 각 품사에 인간의 모습을 형상화한 소설로 볼 수 있지만, 한편으로 나는 이 작품을 '인간적'으로 시작하는 우화로만 여기지 말기를 제안하고 싶다. 분명 이 작품엔 "형용사는 너무 작게 말하고, 적게 먹고, 조금 움직인다"(p. 184)처럼 품사의 특징에서 연상되는 인간의 속성을 비평하는 장치가 꼼꼼하게 설정되어 있지만, 외려 각 품사를 원래 품사의 위치대로 비-인간적으로 대할 때 「품사의 하루」는 온전히 품사의 제 일로 구성된 하루로 다가올지도. 그리고 이러한 '비-인간'적 독법을 통해 우리는 인간과 비-인간 사이를 비집고 들어오는 제3의 지점은 없을까라는 제법 중요한 질문을 마련할 수 있을지도.

나는 이 질문을 문학으로 향하고 싶다. 문학이 여전히 인간적 아름다움의 기준 마련에 치중할 때, 원래 문학이란 스스로를 부정해가며 위기를 의식한 채 오랜 시간 지탱해왔지, 같은 '자기 부정'의 선언들은 쉬이 '문학이라는 양분'으로 치장되어왔다. 하지만 수사에 젖어들기보다 우리에게 긴급한 것은 과연 문학은 우리 삶의 양분인지 문학의 성분들을 하나하나 해부하고 증명하려는 실천이 아닐까. 이런 맥락에서 『편협의 완성』은 문학의 양분이 무엇인지를 넘실거리는 수사로 정의하는 소설이 아닌, 문학이 우리 삶의 양분이라면 그 양분은 과연 무슨 성분으로 이뤄져 있는지 따져보려는 과학의 소설이다.

그리고 이 소설의 중심엔 두루두루 의견을 살핀 '중론' 대신 인간이 사는 세상엔 "소수결"(「우리의 투쟁」)이 가끔은 나을지도 모른다는 편협을 대뜸 제시하는 이갑수라는 작가가 있다(이 편협에 대해서 작가는 나름 꼼꼼한 관찰기와 소감을 제공하니 안심해도 된다). 소설을 읽으면서 "나는 우주적 아름다움이 무엇인지 잘 모른다. 하지만 그 말이 인간들이 정해놓은 아름다움의 기준을 벗어난 것이라면, 성공인지도 모른다"(「서점 로봇의 독후감」, p. 153)는 서점 로봇의 말을 연두색 형광펜으로 여러 번 칠했다. 저 뼈저린 말이 로봇만의 편협일 수 있지만 이갑수는 저 편협이 불가피하게 완성될 수밖에 없는 곳이 지구라고 말하는 듯하다. 나는 이 소설의 편협에 동참한다. 아니, 동참할 수밖에 없다.

*

해설을 마무리할 즈음 임창정이 USB를 건네받으며 이야기가 시작되는 영화가 개봉했다는 소식을 접했다. 임창정과 USB라니. 나는 USB라는 첨단 기기와 임창정을 견주며 임창정에 대한 내 편협을 돌아봤다. 아울러 문학이 영화나 드라마 속 USB 같은 해결사가 될 수 있을까(아직 역부족인데……)라는 편협도 떠올려봤다. 그렇게 서서히 편협은 깨지고 또 다른 편협이 들어온다. 이것은 과학이다.

첫 소설을 썼을 때, 사부는 내게 맥주를 사주면서 이렇게 말했다.

―넌 놀라운 재능을 갖고 있어.

어쩌면 나는 그 말 때문에 소설가가 됐는지도 모른다. 흔들릴 때마다 그 말을 떠올리면서 내가 쓰고 싶은 것을 쓰고 싶은 방법으로 썼다.

몇 년 전에 사부의 고향에 내려갔다가 그 말의 진의를 알게 됐다. 늘 그랬듯이 우리는 음악이 나오는 술집에서 맥주를 마셨다. 적당히 취기가 올랐을 때쯤, 화장실에 다녀오다가 나는 놀라운 장면을 목격했다. 사부가 냉장고를 붙잡고 말을 하고 있었다.

―넌 놀라운 재능을 갖고 있어.

헛웃음이 나왔다.

그날 우리는 냉장고의 재능을 전부 마셨다.

서울에 돌아와 선배와 후배 들에게 물어보니, 사부에게 그 말을 들은 사람은 3백 명도 넘었다. 일종의 술버릇이었다. 사부는 술을 마시면 앞에 앉아 있는 사람이 누구든 같은 말을 하는 모양이었다.

이제 나는 내가 읽고, 쓴 문장의 총량이 나의 재능이라는 것을 안다. 그리고 그 재능이 계속 늘어날 것이라는 것도.

첫 책이다. 오래 걸렸다.

이제 나는 정말로 놀라운 재능을 갖고 있다.

2018년 4월

이갑수